SAS

RAMENEZ-MOI LA TÊTE D'EL COYOTE

DU MÊME AUTEUR
AUX PRESSES DE LA CITÉ

N° 1 S.A.S. À ISTANBUL
N° 2 S.A.S. CONTRE C.I.A.
N° 3 S.A.S. OPÉRATION APOCALYPSE
N° 4 SAMBA POUR S.A.S.
N° 5 S.A.S. RENDEZ-VOUS À SAN FRANCISCO
N° 6 S.A.S. DOSSIER KENNEDY
N° 7 S.A.S. BROIE DU NOIR
N° 8 S.A.S. AUX CARAÏBES
N° 9 S.A.S. À L'OUEST DE JÉRUSALEM
N° 10 S.A.S. L'OR DE LA RIVIÈRE KWAÏ
N° 11 S.A.S. MAGIE NOIRE À NEW YORK
N° 12 S.A.S. LES TROIS VEUVES DE HONG-KONG
N° 13 S.A.S. L'ABOMINABLE SIRÈNE
N° 14 S.A.S. LES PENDUS DE BAGDAD
N° 15 S.A.S. LA PANTHÈRE D'HOLLYWOOD
N° 16 S.A.S. ESCALE À PAGO-PAGO
N° 17 S.A.S. AMOK À BALI
N° 18 S.A.S. QUE VIVA GUEVARA
N° 19 S.A.S. CYCLONE À L'ONU
N° 20 S.A.S. MISSION À SAÏGON
N° 21 S.A.S. LE BAL DE LA COMTESSE ADLER
N° 22 S.A.S. LES PARIAS DE CEYLAN
N° 23 S.A.S. MASSACRE À AMMAN
N° 24 S.A.S. REQUIEM POUR TONTONS MACOUTES
N° 25 S.A.S. L'HOMME DE KABUL
N° 26 S.A.S. MORT À BEYROUTH
N° 27 S.A.S. SAFARI À LA PAZ
N° 28 S.A.S. L'HÉROÏNE DE VIENTIANE
N° 29 S.A.S. BERLIN CHECK POINT CHARLIE
N° 30 S.A.S. MOURIR POUR ZANZIBAR
N° 31 S.A.S. L'ANGE DE MONTEVIDEO
N° 32 S.A.S. MURDER INC. LAS VEGAS
N° 33 S.A.S. RENDEZ-VOUS À BORIS GLEB
N° 34 S.A.S. KILL HENRY KISSINGER !
N° 35 S.A.S. ROULETTE CAMBODGIENNE
N° 36 S.A.S. FURIE À BELFAST
N° 37 S.A.S. GUÊPIER EN ANGOLA
N° 38 S.A.S. LES OTAGES DE TOKYO
N° 39 S.A.S. L'ORDRE RÈGNE À SANTIAGO
N° 40 S.A.S. LES SORCIERS DU TAGE
N° 41 S.A.S. EMBARGO
N° 42 S.A.S. LE DISPARU DE SINGAPOUR
N° 43 S.A.S. COMPTE À REBOURS EN RHODÉSIE
N° 44 S.A.S. MEURTRE À ATHÈNES
N° 45 S.A.S. LE TRÉSOR DU NÉGUS
N° 46 S.A.S. PROTECTION POUR TEDDY BEAR
N° 47 S.A.S. MISSION IMPOSSIBLE EN SOMALIE
N° 48 S.A.S. MARATHON À SPANISH HARLEM
N° 49 S.A.S. NAUFRAGE AUX SEYCHELLES
N° 50 S.A.S. LE PRINTEMPS DE VARSOVIE
N° 51 S.A.S. LE GARDIEN D'ISRAËL
N° 52 S.A.S. PANIQUE AU ZAÏRE
N° 53 S.A.S. CROISADE À MANAGUA
N° 54 S.A.S. VOIR MALTE ET MOURIR
N° 55 S.A.S. SHANGHAÏ EXPRESS
N° 56 S.A.S. OPÉRATION MATADOR
N° 57 S.A.S. DUEL À BARRANQUILLA
N° 58 S.A.S. PIÈGE À BUDAPEST
N° 59 S.A.S. CARNAGE À ABU DHABI
N° 60 S.A.S. TERREUR À SAN SALVADOR
N° 61 S.A.S. LE COMPLOT DU CAIRE
N° 62 S.A.S. VENGEANCE ROMAINE
N° 63 S.A.S. DES ARMES POUR KHARTOUM
N° 64 S.A.S. TORNADE SUR MANILLE
N° 65 S.A.S. LE FUGITIF DE HAMBOURG
N° 66 S.A.S. OBJECTIF REAGAN
N° 67 S.A.S. ROUGE GRENADE
N° 68 S.A.S. COMMANDO SUR TUNIS
N° 69 S.A.S. LE TUEUR DE MIAMI

- N° 70 S.A.S. LA FILIÈRE BULGARE
- N° 71 S.A.S. AVENTURE AU SURINAM
- N° 72 S.A.S. EMBUSCADE À LA KHYBER PASS
- N° 73 S.A.S. LE VOL 007 NE RÉPOND PLUS
- N° 74 S.A.S. LES FOUS DE BAALBEK
- N° 75 S.A.S. LES ENRAGÉS D'AMSTERDAM
- N° 76 S.A.S. PUTSCH À OUAGADOUGOU
- N° 77 S.A.S. LA BLONDE DE PRÉTORIA
- N° 78 S.A.S. LA VEUVE DE L'AYATOLLAH
- N° 79 S.A.S. CHASSE À L'HOMME AU PÉROU
- N° 80 S.A.S. L'AFFAIRE KIRSANOV
- N° 81 S.A.S. MORT À GANDHI
- N° 82 S.A.S. DANSE MACABRE À BELGRADE
- N° 83 S.A.S. COUP D'ÉTAT AU YEMEN
- N° 84 S.A.S. LE PLAN NASSER
- N° 85 S.A.S. EMBROUILLES À PANAMA
- N° 86 S.A.S. LA MADONE DE STOCKHOLM
- N° 87 S.A.S. L'OTAGE DE OMAN
- N° 88 S.A.S. ESCALE À GIBRALTAR

L'IRRÉSISTIBLE ASCENSION DE MOHAMMAD REZA, SHAH D'IRAN
LA CHINE S'ÉVEILLE
LA CUISINE APHRODISIAQUE DE S.A.S.
PAPILLON ÉPINGLÉ
LES DOSSIERS SECRETS DE LA BRIGADE MONDAINE
LES DOSSIERS ROSES DE LA BRIGADE MONDAINE

AUX ÉDITIONS DU ROCHER

LA MORT AUX CHATS
LES SOUCIS DE SI-SIOU

AUX ÉDITIONS DE VILLIERS

- N° 89 S.A.S. AVENTURE EN SIERRA LEONE
- N° 90 S.A.S. LA TAUPE DE LANGLEY
- N° 91 S.A.S. LES AMAZONES DE PYONGYANG
- N° 92 S.A.S. LES TUEURS DE BRUXELLES
- N° 93 S.A.S. VISA POUR CUBA
- N° 94 S.A.S. ARNAQUE À BRUNEI
- N° 95 S.A.S. LOI MARTIALE À KABOUL
- N° 96 S.A.S. L'INCONNU DE LENINGRAD
- N° 97 S.A.S. CAUCHEMAR EN COLOMBIE
- N° 98 S.A.S. CROISADE EN BIRMANIE
- N° 99 S.A.S. MISSION À MOSCOU
- N° 100 S.A.S. LES CANONS DE BAGDAD
- N° 101 S.A.S. LA PISTE DE BRAZZAVILLE
- N° 102 S.A.S. LA SOLUTION ROUGE
- N° 103 S.A.S. LA VENGEANCE DE SADDAM HUSSEIN
- N° 104 S.A.S. MANIP À ZAGREB
- N° 105 S.A.S. KGB CONTRE KGB
- N° 106 S.A.S. LE DISPARU DES CANARIES
- N° 107 S.A.S. ALERTE AU PLUTONIUM
- N° 108 S.A.S. COUP D'ÉTAT À TRIPOLI
- N° 109 S.A.S. MISSION SARAJEVO
- N° 110 S.A.S. TUEZ RIGOBERTA MENCHU
- N° 111 S.A.S. AU NOM D'ALLAH
- N° 112 S.A.S. VENGEANCE À BEYROUTH
- N° 113 S.A.S. LES TROMPETTES DE JERICHO
- N° 114 S.A.S. L'OR DE MOSCOU
- N° 115 S.A.S. LES CROISÉS DE L'APARTHEID
- N° 116 S.A.S. LA TRAQUE CARLOS
- N° 117 S.A.S. TUERIE À MARRAKECH
- N° 118 S.A.S. L'OTAGE DU TRIANGLE D'OR
- N° 119 S.A.S. LE CARTEL DE SÉBASTOPOL

LE GUIDE S.A.S. 1989

GÉRARD DE VILLIERS

SAS

RAMENEZ-MOI LA TÊTE D'EL COYOTE

EDITIONS
GERARD *de* VILLIERS

Photo de la couverture : Michel MOORE
Arme fournie par : armurerie COURTY ET FILS, à Paris
Maquillage : Georges DEMICHELIS

La loi du 11 mars 1957 n'autorisant, aux termes des alinéas 2 et 3 de l'article 41, d'une part, que les *copies ou reproductions strictement réservées à l'usage privé du copiste et non destinées à une utilisation collective*, et, d'autre part, que les analyses et les courtes citations dans un but d'exemple et d'illustration, *toute représentation ou reproduction intégrale ou partielle, faite sans le consentement de l'auteur ou de ses ayants droit ou ayants cause, est illicite* (alinéa 1er de l'article 40). Cette représentation ou reproduction, par quelque procédé que ce soit, constituerait donc une contrefaçon sanctionnée par les articles 425 et suivants du Code pénal.

© Éditions Gérard de Villiers, 1995.

ISBN : 2 - 7386 - 5733 - 8

ISSN : 0295 - 7604

CHAPITRE PREMIER

Exaltación Garcia faisait honneur à son prénom. Le cri qui jaillit de sa gorge, lorsque son amant, John Doe, l'empala jusqu'à la garde, avait la puissance d'une sirène. Le vent violent du désert le répercuta sûrement jusqu'à Calexico, de l'autre côté de la frontière mexicaine.

Ce hurlement fut suivi d'une rafale de jappements aigus, tout aussi puissants. John Doe, allongé sur le dos, ses grandes mains de paysan crochées aux hanches de sa maîtresse à califourchon sur lui, la faisait coulisser sur son sexe à un rythme sauvage. Exaltación Garcia avait l'impression d'être forée par un derrick brûlant et infatigable. John Doe méritait bien son surnom de « Hot Rod » (1). La tête rejetée en arrière, elle hurlait son plaisir à s'en rompre les cordes vocales. Lorsqu'elle faisait l'amour, ses sensations étaient si intenses qu'elle était incapable de les garder pour elle... Elle s'était découverte ainsi à seize ans, une nuit où son beau-frère, chauffé à blanc par ses avances aussi muettes qu'incandescentes, était venu la rejoindre dans l'appentis où elle vivait.

Pris de court, le coupable avait tout juste eu le temps de sauter par la fenêtre pour échapper à la machette de son épouse légitime, et Exaltación s'en était tirée avec une grande estafilade dans le dos. Elle avait quitté le

(1) Bielle brûlante.

village de *Los Mochis* dès l'aube et n'y était jamais retournée.

Là où John Doe et elle se trouvaient, elle pouvait hurler à gorge déployée sans crainte de déranger personne. A cet endroit, un peu à l'est de Mexicali, la ville mexicaine jumelle de son homologue américaine, Calexico, la frontière entre les deux pays était matérialisée par un canal rectiligne courant sur plusieurs kilomètres au fond d'une tranchée profonde de six ou sept mètres. Au sud de cette dernière, courait l'Avenida Cristobal Colon, la plus au nord de Mexicali, bordée tout le long de son trottoir nord de poteaux régulièrement espacés signalant la frontière. De l'autre côté du canal, il n'y avait que des champs plats comme la main, sur plusieurs kilomètres de profondeur.

Pas une lumière, pas un chat, à part quelques trafiquants de drogue franchissant le canal à la nage. Le vent violent qui soufflait en permanence emportait tous les bruits vers Imperial Valley.

John Doe s'était rendu là, vingt minutes plus tôt, pour traverser clandestinement la frontière. Il avait déjà ôté sa chemise lorsque Exaltación s'était collée à lui, ses longues mains plaquées sur sa poitrine, commençant à agacer ses mamelons. John Doe s'était enflammé comme un paquet d'étoupe, en dépit de l'après-midi de sexe passé avec elle. Il est vrai qu'il sortait de trois semaines de prison pendant lesquelles Exaltación, au cours de rares visites, n'avait pu lui offrir que quelques hâtives masturbations, sous le regard lubrique d'un gardien acheté pour cent pesos.

Ici, entre les deux hauts talus, ils étaient parfaitement à l'abri des regards.

Lorsque Exaltación avait défait la ceinture de son jean pour glisser une main dans l'ouverture, il s'était dit que le passage du canal pouvait attendre un peu. Ils avaient recommencé à se caresser fiévreusement debout, oscillant sur le sol meuble. John Doe avait défait les innombrables boutons fermant de haut en bas la longue robe verte de la Mexicaine, découvrant d'abord les longues pointes de ses seins, dures comme des crayons.

Lorsqu'il les avait tordues entre ses doigts, Exaltación avait poussé un feulement bref.

Sa robe sur sa taille, elle avait pesé sur les épaules de John Doe, le forçant à s'allonger sur le dos, sur le talus en pente. Elle avait aussitôt achevé de le libérer, puis arraché sa culotte pour s'empaler d'un coup sur son amant, comme on enfourche un cheval.

Excité par ses clameurs, John Doe se mit à donner de furieux coups de reins, comme s'il voulait la désarçonner et lui arracha des cris encore plus forts.

Soudain, elle se laissa tomber sur le côté, roula sur le dos, jambes grandes ouvertes.

— *Ahorita querido* (1), finis-moi ! haleta-t-elle.

Certes, la position était moins confortable, mais pour *vraiment* exploser, Exaltación avait besoin de sentir sur elle le poids d'un homme.

John Doe l'embrocha d'une seule poussée, que la jeune femme accueillit d'un hurlement encore plus déchirant. Ensuite, il se mit à la défoncer de toute sa vigueur, jusqu'à ce que, d'un ultime coup de reins, il la cloue à la terre meuble et se vide en elle.

Apaisé, il se releva, le jean sur les chevilles, son érection pratiquement intacte. Exaltación resta allongée, les bras en croix, ses seins lourds aux longues pointes durcies se soulevant rapidement.

« Quelle femelle ! » pensa John Doe en achevant de se déshabiller. Exaltación allait lui manquer, mais sa décision était prise. Nu comme un ver, le sexe déjà moins faraud, il regarda l'eau sombre du canal, large d'une douzaine de mètres. Son passeport US, ses papiers et ses vêtements se trouvaient dans une poche en plastique imperméable. Une fois de l'autre côté, il n'aurait qu'à s'éloigner de la frontière le plus vite possible, pour éviter de se faire prendre

---

(1) Maintenant, chéri.

par une *border patrol*. Là-bas, le danger était moindre : il n'avait ni arme, ni drogue sur lui et pouvait raconter n'importe quelle histoire.

Il se retourna vers Exaltación.

– *Adiós !* Je t'appelle demain, au *Cecil*.

Elle lui tendit les bras.

– Viens me dire au revoir, *guapo* (1).

Il posa son paquet et la rejoignit. En riant, elle le fit tomber, l'attira sur elle en ondulant des hanches.

– Baise-moi encore ! souffla-t-elle à son oreille.

Insatiable. Cela lui rappela leur première rencontre, deux ans plus tôt.

C'était à Calexico, dans une station d'essence proche de la frontière. John Doe, au volant de sa Camaro blanche, avait vu sortir d'une BMW une brune somptueuse. Les cheveux tombant jusqu'au milieu du dos, un visage de princesse indienne, un corps parfait moulé par une robe de jersey verte boutonnée devant, qui descendait jusqu'à mi-mollets. Même chaussée de ballerines, elle avait une allure folle.

Un détail lui avait mis le sang à la tête : les pointes de ses seins, très longues, épaisses comme des crayons, semblaient prêtes à percer le jersey. Fasciné, il s'était approché, pendant qu'on lui faisait le plein.

– *Hi ! I'm Joe. I'm looking for a job.* (2)

Le regard de l'inconnue l'avait parcouru lentement, avec aplomb, puis une petite lueur gourmande avait surgi au fond des prunelles noires.

– *What kind of job ? Legitimate ?* (3)

John avait immédiatement senti qu'elle accrochait. Il faut dire qu'avec ses cheveux blonds en broussaille, ses yeux verts tranchant sur son teint bronzé et sa carrure d'athlète, il n'avait jamais eu beaucoup de mal à séduire.

---

(1) Mon beau.
(2) Salut. Je m'appelle Joe. Je cherche du travail.
(3) Quel genre de boulot ? Honnête ?

— *Any kind* (1), avait-il répliqué.

En tendant un billet de dix dollars au pompiste, l'inconnue lui avait lancé avant de démarrer :

— Ce soir, à *El Sarape*, Calle Bravo y Reforma, à Mexicali. *A las nueve. Adiós.*

C'était juste de l'autre côté de la frontière, et John n'avait pas hésité. Depuis un an qu'il avait été démobilisé des *Green Berets*, il traînait entre le Texas, l'Arizona et la Californie, de petit job en petit job, se réfugiant parfois chez d'anciens copains de l'armée plus stables que lui. Il venait de passer trois mois à *Needles,* au bord de la route 66, dans une chambre du motel *Desert Inn,* louée trois cent quatre-vingts dollars par mois. Les huit cents dollars qu'il gagnait comme cuisinier dans un *Mc Donald's* ne lui permettaient pas de mener grand train. Il en avait eu ras le bol et avait pris la route du sud, destination le Mexique, l'Eldorado de tous les paumés américains. La rencontre avec cette superbe inconnue brune qui semblait ne pas avoir froid aux yeux tombait à pic.

Son plein fait, il avait pris la direction du poste-frontière. Personne du côté américain. Côté mexicain, un fonctionnaire de l'Immigration lui avait fait signe de passer, sans même qu'il s'arrête. Les *gringos* (2), ayant par définition des dollars, étaient les bienvenus dans ce pays à la monnaie fondante.

Il avait trouvé une chambre au *Cecil Hotel*, un bouge à la façade jaune, en plein centre, où flottait un fumet de maïs, de *tamales* et d'ordures, pour la modique somme de vingt pesos par jour. La nuit tombée, il avait mis le cap sur *El Sarape.*

Il priait pour que l'inconnue ne lui ait pas posé un lapin.

*
**

---

(1) N'importe quoi.
(2) Terme péjoratif désignant les Américains du Nord.

Elle était au bar, dans la même tenue, devant un « Original Margarita » (1) grand comme un seau.

El Sarape était théoriquement le meilleur restaurant de Mexicali, ce qui n'allait pas loin. La grande salle était meublée de tables recouvertes de toile cirée aux couleurs criardes et flanquées de bancs de bois. Des portraits de chanteurs mexicains inconnus, sauf de leurs amis, décoraient les murs. Devant l'établissement, une douzaine de *mariachis*, brodés, cintrés, argentés et moustachus, bavardaient. Ils daignaient parfois rejoindre l'estrade au fond de la salle pour un coup de trompette paresseux destiné aux rares clients.

La brune avait accueilli John Doe d'un signe de tête, comme s'ils se connaissaient depuis toujours, et commandé d'autorité pour lui le même « Original Margarita ». Lorsqu'elle avait tiré de sa poche un paquet de *Lucky Strike*, il s'était empressé d'extraire son Zippo du fond de son jean, mais elle l'avait devancé, allumant sa cigarette avec son Zippo à elle, décoré d'un scorpion en argent massif incrusté de turquoises. Ils avaient ri et il en avait profité pour demander :

— *What's your name ?* (2)
— Exaltación Garcia. *¿ Tú hablas español ?*

Il avait dû avouer que son espagnol n'était pas fameux et ils avaient continué en anglais. Les « Margarita » s'étaient succédé. Ça se buvait comme de l'eau. Ils avaient été s'asseoir dans la salle et s'étaient bourrés de *tamales* et de *tacos* à la sauce d'enfer. Vers une heure du matin, John Doe, bien allumé, avait posé sa large main sur la cuisse d'Exaltación.

Elle avait tourné la tête vers lui.
— *¿ Que pasa ?*

(1) Cocktail de tequila, Cointreau et citron vert, inventé en 1948 à Acapulco par une Américaine, Margarita Sanes.
(2) Comment vous appelez-vous ?

– Tu sais comment on m'appelait dans l'armée ? « Hot Rod. »

Les prunelles noires n'avaient pas changé d'expression.

– Et alors ?

– J'ai envie de te baiser, avait continué John. Tu me fais bander... Et j'ai une grosse queue.

Exaltación avait retroussé ses lèvres épaisses dans un sourire ironique et provocant.

– Vous dites tous cela... Moi, je n'ai pas confiance si je ne vois pas.

Sans lui laisser le temps de répondre, ses yeux plongés dans les siens, elle avait envoyé la main droite vers son jean et saisi la tirette du zip. John Doe avait eu un sursaut, mais déjà, les doigts de la jeune femme s'étaient faufilés à l'intérieur pour empoigner sa virilité. Puis, avec la même célérité, elle avait remonté le zip, et dit simplement :

– *Vamos !*

Ils étaient sortis d'*El Sarape*.

John avait garé sa Camaro dans le parking à côté du restaurant.

Exaltación marchait devant lui, balançant ses hanches. Une lueur de gourmandise sexuelle faisait briller ses yeux. Emporté par une pulsion primitive, John l'avait rejointe d'une enjambée et poussée dans une cabine téléphonique désaffectée d'où pendaient quelques fils arrachés. Le reste avait été confus, brutal et purement bestial. Une mêlée sauvage dans l'étroit espace. Le jean aux chevilles, John Doe avait soulevé Exaltación pour la poser sur la tablette de métal. Il lui avait écarté les cuisses d'un geste décidé, puis, un bras passé derrière sa taille, l'avait attirée violemment vers l'avant, la faisant s'empaler sur son sexe. Il ne s'attendait pas au hurlement qui avait jailli de la gorge de la jeune femme.

Un instant, il l'avait crue blessée, mais elle l'avait détrompé aussitôt, en nouant ses jambes autour de lui. Seulement soutenue par le membre fiché en elle, elle s'était laissé soulever à pleines mains, pour retomber ensuite, emmanchée comme elle ne l'avait jamais été. Le tout dans un concert de hurlements sauvages, auxquels s'étaient mêlées très vite les stridences moqueuses des trompettes de l'orchestre *mariachi* ! Celui-ci saluait à sa manière le début de cette belle idylle. John Doe n'en avait pas moins mené leur cavalcade jusqu'à son apogée, puis ils avaient gagné *Cecil Hotel*, pour recommencer avec plus de confort. C'est le lendemain matin qu'Exaltación avait demandé :

— Tu veux vraiment travailler ?
— Bien sûr, avait répondu John Doe.

Il lui restait trois cents dollars. Exaltación, assise nue sur le lit, avait allumé une *Lucky Strike* et fait sa proposition.

— Je connais des gens qui ont besoin d'armes. Ici, au Mexique, elles coûtent très cher. Toi, aux Etats-Unis, en Californie, au Texas, tu peux en acheter facilement.
— Quel genre d'armes ?

La jeune femme n'avait pas cillé.

— Des AK 47 Kalachnikov, des Ingram, des pistolets. Tu les achètes toi-même sous un faux nom, et tu les passes. Aux USA, ça vaut quelques centaines de dollars, ici, plusieurs milliers. Je te paierai cash, à la livraison, et tu n'en entendras plus jamais parler.

John Doe avait accepté, moitié par appât du gain, moitié pour revoir Exaltación. Il avait repris contact avec ses copains anciens militaires, trouvé des filières et des armuriers complaisants. Il ne passait jamais deux fois la frontière au même endroit et n'avait jamais eu aucun problème. Les rendez-vous se donnaient par téléphone. Il laissait un message à un répondeur. D'après le préfixe, c'était à Tijuana. A son tour, Exaltación lui fixait rendez-vous. A Mexicali ou à Tijuana.

Chaque livraison se doublait de quelques jours de passion violente. Cependant Exaltación s'était toujours refusée à partager la vie de John Doe. Tout en le présentant à ses « amis ». Le jeune Américain avait progressivement découvert la vérité : Exaltación travaillait avec un des plus puissants gangs de *Narcos* du Mexique, le cartel de Tijuana. Les armes fournies par John Doe servait à équiper ses hommes, dans les luttes féroces et sans fin qui les opposaient à la concurrence et aux rares éléments sains de la police et de la magistrature.

Pratiquement, toutes les armes fournies par John Doe avaient servi à tuer... Comme il ne s'agissait que de Mexicains, voyous de surcroît, il n'en avait pas fait une crise de conscience aiguë.

Ses séjours à Tijuana s'étaient prolongés. Grâce à son espagnol cahotant, il était devenu plutôt copain avec ses clients, participant à leurs virées dans les boîtes de *mariachis,* et même à leurs fêtes. Il avait été secrètement flatté d'être reçu à une partie chez un des hommes les plus puissants du Mexique, Gustavo Ortuzar, en compagnie de toute la famille Arrellano, les « commanditaires » d'Exaltación. Il avait ainsi appris beaucoup de choses qu'il rangeait dans un coin de sa mémoire.

Parfois, lorsqu'il se réveillait seul dans une chambre d'hôtel, il se disait que tout cela finirait mal, qu'il ferait mieux de repasser définitivement la frontière et de chercher un petit job aux Etats-Unis. Seulement, son trafic lui rapportait de quoi vivre agréablement sans travailler et il y avait cette incandescente salope d'Exaltación dont il ne pouvait plus se passer. Il avait franchi une ligne rouge supplémentaire en acceptant une offre qu'il aurait dû refuser.

Quatre mois plus tôt, Exaltación lui avait demandé d'aller recruter aux Etats-Unis quelqu'un pour un job très « spécial ». Lorsque John Doe avait su de quoi il s'agissait, il avait d'abord dit non. Trop dangereux. Exaltación avait travaillé John Doe au corps – littéralement – deux semaines avant qu'il ne dise enfin oui. Il était reparti de l'autre côté de la frontière en traînant les pieds, mais avait réussi à monter l'opération souhaitée par les commanditaires d'Exaltación.

En revenant à Tijuana, mission accomplie, il n'avait pas le cœur léger. Sachant qu'il avait mis le doigt dans un engrenage sans retour.

Ensuite, il avait tremblé pendant quinze jours, s'attendant à chaque seconde à ce que son nom apparaisse à la une des journaux américains. Rien. Peu à peu, il avait repris de l'assurance, à la tête de plusieurs dizaines de milliers de dollars, chouchouté par les « amis » d'Exaltación, n'ayant d'autre souci que d'apaiser la fringale sexuelle de cette dernière.

Un incident avait provisoirement mis fin à ce nirvana. Une altercation idiote avec un policier en moto, à Mexicali, un soir où John avait forcé sur la *Tecate* (1). On avait fouillé sa Camaro, découvert un pistolet automatique, des munitions et huit mille dollars en liasses... Il s'était retrouvé dans la prison de la Calle Sur, à attendre un jugement problématique. Il avait pu téléphoner à Exaltación qui s'était manifestée quelques jours plus tard. Son avocat, Francisco Juarez, une crapule patentée, lui avait laissé entendre que s'il ne consentait pas à abandonner ses huit mille dollars, il n'était pas près de sortir.

Exaltación avait cependant joué les bonnes fées et lors de sa dernière visite au parloir, elle lui avait annoncé :
– J'ai parlé de toi au *Jefe*, à Tijuana. Il t'aime bien. Il va payer ta caution et il a parlé au juge. Tu sortiras dans trois jours.

La première joie passée, John Doe s'était inquiété. Celui qu'Exaltación appelait « El Jefe » était Ramon Arrellano, le plus féroce des quatre frères qui dirigeaient le cartel de Tijuana. Un conglomérat de politiciens véreux, de policiers corrompus, d'inspecteurs des douanes US, de tueurs des *street gangs* de San Diego, de blousons dorés mexicains.

A chacune de leur rencontre, il saluait John Doe d'un *abrazo* vibrant d'amitié.

(1) Bière.

John Doe avait demandé à Exaltación ce que Ramon Arrellano demandait en échange de son aide.

— Juste un truc facile. Tu passes avec ta voiture, « chargé » d'une centaine de kilos. Tu ne risques rien, on n'arrête jamais les *gringos*.

Sur le moment, John Doe n'avait rien dit. Il fallait avant tout sortir de prison. Mais passer cent kilos de cocaïne du Mexique aux Etats-Unis, c'était horriblement dangereux. S'il se faisait prendre, il connaissait le tarif : dix ans de pénitencier... Après être passé une fois à travers les gouttes, c'était trop tirer sur la ficelle.

Il avait dit OK à Exaltación, avec la ferme intention d'aller se mettre au vert aux Etats-Unis dès sa sortie de prison. Parce qu'il était hors de question de demeurer au Mexique après avoir désobéi aux Arrellano...

Lorsqu'il avait été libéré, le jour même, vers trois heures de l'après-midi, parce que le juge avait renâclé au dernier moment, Exaltación l'attendait Calle Sur, au volant de sa BMW, en face des bureaux minables des dizaines d'avocats installés à proximité directe de leurs clients. Il avait huit mille dollars en poche, ainsi que le reçu de sa caution de mille dollars, officiellement payée par l'avocat.

Exaltación avait démarré aussitôt, rattrapant le boulevard Lopez Mateos, vers le sud.

— Où va-t-on ?

— A Tijuana, avait répondu Exaltación. *El Jefe* veut te voir.

C'était la tuile.

Connaissant l'appétit sexuel d'Exaltación, qui portait une de ses éternelles robes boutonnées devant, il avait commencé à défaire les boutons du bas, découvrant les cuisses et la culotte noire. Exaltación avait sursauté.

— *Espera*. (1) On baisera à Tijuana.

— Il y a presque deux heures de route !

(1) Attends.

— On s'arrêtera dans le désert.

Il avait compris qu'elle avait ordre de le ramener et qu'il n'aurait pas gain de cause. Il avait aussitôt essayé une autre parade.

— Il faut que je passe au *Cecil*. J'y ai laissé des affaires.

— *Está bien*, avait accepté Exaltación.

Elle avait fait demi-tour pour le conduire jusqu'au minable petit hôtel jaune canari, face à la gare où des bus brinquebalants assuraient la desserte des villages environnants.

John Doe avait grimpé quatre à quatre l'escalier sale, étroit et raide comme une échelle, qui menait à la réception du premier étage.

Le rez-de-chaussée de l'immeuble était occupé par une boutique de fringues et un salon de coiffure ouvert à tous les vents qui balayaient en permanence Mexicali. La ville plate, construite en plein désert, et truffée de restaurants chinois, était laide comme seules peuvent l'être les villes pauvres. Il ne la regretterait pas.

Au premier étage, l'unique employé de l'hôtel lui avait annoncé que ses affaires étaient sous la garde du propriétaire, qui ne les lui rendrait que contre cinq mille pesos... Elles en valaient dix fois moins, mais John Doe n'avait pas insisté et avait glissé un billet rouge de cent pesos dans la main du vieux.

— Ouvre-moi la porte de derrière. Je veux me débarrasser de ma *novia* (1).

Le vieux avait empoché le billet, puis défait le cadenas condamnant une sortie de secours jamais utilisée. Un escalier encore plus raide que l'autre descendait dans une cour où paissaient deux cochons noirs. Ils s'enfuirent en grognant quand John Doe jaillit dans la ruelle. Il pila devant la BMW.

Exaltación fumait une de ses éternelles *Lucky Strike*,

(1) Fiancée.

la glace ouverte, le regard moqueur. Il aurait pu prendre ses jambes à son cou, mais impossible de franchir la frontière avant la nuit. Sa Camaro était encore dans le parking de la police et de toute façon, il préférait revenir aux Etats-Unis clandestinement.

Rassemblant son courage et tâchant de faire bonne figure, il avait contourné la voiture pour s'asseoir à côté d'Exaltación, et annoncer brusquement :

— Je ne veux pas aller à Tijuana.

Il s'était étonné de la fermeté de sa voix. Exaltación avait posé sur lui ses grands yeux sombres.

— ¿ Porque ?

— C'est trop dangereux de passer de la came. Tu connais le tarif...

— « El Jefe » a payé pour te faire libérer, avait-elle répliqué d'un ton réprobateur.

John Doe avait fouillé dans sa poche, tiré sa liasse de dollars et compté dix billets de cent. Il les avait posés sur les genoux de la jeune femme.

— Voilà ses mille dollars. Tu le remercieras. Je suis prêt à faire d'autres jobs, mais pas ça.

— Il ne sera pas content, avait remarqué Exaltación d'un ton neutre, en rangeant quand même l'argent dans son sac, comme si un homme qui gagnait tous les ans des centaines de *millions* de dollars attachait de l'importance à une somme aussi ridicule.

John Doe l'avait embrassée dans le cou.

— Tant pis, *querida*. Maintenant, tu ne veux pas monter avec moi ? J'ai très envie de te baiser.

En apparence résignée, Exaltación avait refait le tour du bloc, pour se garer dans la rue, et ils étaient remontés au *Cecil*, dans une chambre louée pour la journée. Là le festival habituel s'était prolongé jusqu'à cinq heures et demie. Laissant Exaltación pantelante, John Doe avait alors proposé :

— Allons manger quelque chose. J'ai maigri de huit livres dans cette putain de *cárcel* (1) !

Ils s'étaient retrouvés au steak-house *El Vaquero*. Avant toute chose, John Doe avait commandé un double *Defender* et l'avait bu d'un trait. Ensuite, après avoir commandé à manger, Exaltación s'était levée d'un geste très naturel.

— *Voy a telefonar*.

Comment l'en empêcher ? John se doutait bien qu'elle allait avertir les Arrellano du contretemps, pour ne pas se faire engueuler. Quand elle était revenue s'asseoir, il avait demandé :

— Tu les as prévenus ?

Elle avait répondu sans se troubler.

— *Si. Todo está bien*. Tu m'appelleras quand tu voudras travailler de nouveau.

Ils avaient traîné au restaurant, attendant que la nuit tombe. Vers sept heures, ils avaient repris la BMW, direction l'Avenida Cristobal Colon. Au lieu de le déposer, Exaltación avait insisté pour l'accompagner jusqu'au bord du canal.

*
**

Tout ce film s'était déroulé en quelques secondes dans la tête de John Doe, tandis qu'Exaltación se frottait contre lui, pour l'exciter une nouvelle fois. Sentant son érection renaître, il s'arracha à elle et se releva. Elle l'imita.

— Je reviendrai vite ! promit-il.

Comme il se détournait pour ramasser ses affaires, il sentit son pouls s'emballer. Il lui avait semblé apercevoir des silhouettes, dans la pénombre de la digue, à une centaine de mètres. Il s'immobilisa, scruta la pente et devina trois formes qui descendaient en biais vers le bord du

---

(1) Prison.

canal, dans leur direction. Le vent et la terre meuble étouffaient le bruit de leurs pas.

De ce côté, ce ne pouvait être que des Mexicains. Mais pas la police, qui ne venait jamais dans ce coin.

– *Shit !*

L'estomac rétracté, John Doe se baissa, ramassa ses affaires et dévala la berge. D'un seul coup, il se laissa glisser dans le canal et la fraîcheur de l'eau le surprit. Exaltación était restée debout à la même place, sans même reboutonner sa robe pleine de terre.

Il commençait à nager quand les trois hommes surgirent de l'obscurité. L'un d'eux, un grand coiffé d'un chapeau noir, courut vers le bord dont John Doe s'éloignait vivement. Un autre saisit Exaltación par les bras, les ramena brutalement derrière son dos, puis la força à s'agenouiller. Le troisième sortit une machette de sa gaine, de celles qui servent à couper la canne à sucre, avec une lame de trente centimètres. Il la posa sur la gorge de la jeune femme, au moment où son compagnon arrivait au bord du canal.

– Hé, *gringo*, lança ce dernier, *regresa* !

Le Mexicain à la grosse moustache fournie ne disait rien à John Doe, mais l'eau lui sembla soudain encore plus froide. Sans répondre, il nagea pour s'éloigner. Si ces types avaient voulu le tuer, ce serait déjà fait, car ils étaient sûrement armés, se rassura-t-il. A moins qu'ils ne veuillent pas alerter la police par des coups de feu... Quoique la police...

Poussant son sac en plastique devant lui, il se lança dans le courant. Un cri affreux dans son dos lui donna la chair de poule.

– *Juanito !... matar...*

Le vent avait emporté les mots criés par Exaltación, mais il entendit clairement *matar*. Ils menaçaient de la tuer. John Doe se retourna, résistant tant bien que mal au courant.

L'homme à la machette avait saisi les longs cheveux d'Exaltación pour lui tirer la tête en arrière, offrant sa gorge découverte à la lame. D'un seul coup, il pouvait la décapiter... Le jeune Américain, nageant sur place, entendit de nouveau la voix de la jeune femme percer la nuit.

— *Juanito, regresa ! Por piedad !*

— *Regresa !* fit en écho l'homme posté au bord du canal. Sinon, on la tue.

Sa voix était froide, sans la moindre émotion. John *savait* qu'ils ne bluffaient pas. Dans ce milieu, on ne menaçait jamais en vain et la vie humaine était aussi dévaluée que le peso mexicain.

Ses pensées s'entrechoquaient. Il essayait de se convaincre qu'Exaltación n'était qu'un bon coup, une superbe salope bien juteuse, et qu'il en retrouverait une autre. Mais il avait trop le goût de son sexe. Peut-être, s'ils l'avaient menacée avec un pistolet, aurait-il fermé les yeux. Mais la machette, c'était carrément dégueulasse.

Comme si l'homme planté au bord du canal voulait le rassurer, il lui lança d'une voix amicale :

— *El Jefe* veut te voir. C'est tout.

Un hurlement atroce fit sursauter John Doe. Retenue seulement par les cheveux, Exaltación, en se débattant furieusement, allait se précipiter au-devant de la lame. Celle-ci frôla son cou d'un blanc laiteux. John Doe, les yeux écarquillés, en eut la nausée.

— *Yo vengo* (1), hurla-t-il en faisant demi-tour.

Avec les Mexicains, il ne fallait jamais aller jusqu'au bout. Ils devenaient vite incontrôlables. Il avait vu une fois, à Tijuana, un membre de cette bande abattre froidement un musicien qui regardait sa copine avec trop d'insistance.

D'un geste, l'homme posté au bord du canal stoppa le tueur à la machette qui s'apprêtait à frapper. En quelques minutes, John Doe sentit le fond sous ses pieds. Le Mexicain lui tendait une main secourable. Il fut arraché à l'eau, hissé comme par une grue : le Mexicain avait dix centi-

---

(1) Je viens.

mètres de plus que lui, et une poigne de bête. Il souriait, amusé par la chair de poule de l'Américain.

– *Está mucho frio, no !* lança-t-il.

John Doe ne répondit pas. Il venait de reconnaître son interlocuteur : Manuelo El Mazel, partout surnommé « El Coyote ». L'exécuteur en chef du gang des Arrellano. Il devait avoir une centaine de meurtres à son palmarès, sans parler des tortures, rackets et horreurs diverses. Grand amateur de *mariachis*, macho comme pas deux, il était surtout d'une férocité absolument contrôlée. Son dernier meurtre avait fait des vagues.

A bout portant, il avait logé quatorze projectiles de 9 mm dans la tête du cardinal Juan Jesus Ocampo, qui avait eu l'audace, lors d'une homélie, de s'en prendre aux trafiquants de drogue et même d'exhorter la police à s'attaquer à eux. Le meurtre, à l'aéroport de Guadalajara, avait eu une centaine de témoins, mais personne n'avait identifié le tueur. Officiellement, « El Coyote » était recherché, mais comme ses gardes du corps étaient des policiers, il courait un risque limité.

John Doe s'habillait à toute vitesse. Ses vêtements collaient à sa peau trempée et il était transi par le vent qui soufflait toujours aussi fort. Exaltación, très droite, reboutonnait sa robe, mouillée seulement par le plaisir. L'homme à la machette avait allumé un cigarillo. La jeune femme se jeta dans les bras de John Doe.

– *Gracias !* murmura-t-elle. *Muchas gracias.*

Sans lui répondre, John Doe se tourna vers « El Coyote » et demanda d'une voix égale :

– Il y a longtemps que vous étiez là ?

Le Mexicain secoua la tête.

– On arrivait, *amigo ! ¿ Porque ?*

– *Por nada.*

Cette salope d'Exaltación l'avait bien eu, songea-t-il, amer. Si elle avait tant insisté pour se faire encore baiser au bord du canal, c'était pour donner aux tueurs de Tijuana le temps d'arriver. Et la menace de l'égorger était probablement bidon.

– *Vamos !* lança « El Coyote ».

En file indienne, ils escaladèrent le talus. De l'autre côté, l'Avenida Cristobal Colon, mal éclairée, était absolument déserte : on se couchait tôt à Mexicali. Derrière la BMW d'Exaltación était garée une énorme Silverado noire, haute sur pattes, avec des glaces fumées. Le 4 x 4 pouvait contenir une dizaine de personnes. Un type fumait, appuyé à la carrosserie. « El Coyote » ouvrit une portière à John Doe et sourit.

– *Me disculpe...*

John Doe monta. L'intérieur était délicieusement frais, grâce à la clim. Ils s'installèrent, deux devant, trois derrière. Exaltación avait regagné sa BMW dont les phares s'allumèrent. Les deux véhicules démarrèrent et « El Coyote » mit de la musique à la radio : des chansons très rythmées de Sinaloa. Détendu, il ôta son chapeau et soupira d'aise.

Un quart d'heure plus tard, la Silverado s'engagea sur la route qui filait à travers des montagnes désertiques vers Tecate et Tijuana. La musique empêchait de se parler.

John Doe réalisa qu'une étrange odeur flottait dans la voiture. Il mit un certain temps à identifier la poudre de riz dont les *pistoleros* coquets s'étaient arrosés. L'angoisse le reprit bien vite. Sur cinquante kilomètres, il n'y avait rien, pas un village, juste de la rocaille, où les Narcos jetaient parfois des cadavres aux vautours attentionnés. Personne ne s'écartait de l'*autopista*. Le paysage lunaire était sinistre, à la lueur des phares.

John Doe se dit qu'il aurait dû continuer à nager. Finalement, il avait fait un mauvais calcul. Les Arrellano ne le lâcheraient pas tant qu'il n'aurait pas réglé sa dette. De la façon qu'ils avaient choisie.

CHAPITRE II

Lorsque Malko pénétra dans la grande salle à manger d'*Evans' Farm Inn*, il n'eut guère de mal à repérer celui avec qui il avait rendez-vous : Roy Bean, *deputy-director* de la Division des Opérations (1), du moins provisoirement, car le nouveau directeur de la CIA, John Deutch, n'était pas encore parvenu à faire nommer à ce poste sa protégée, une femme, ce qui ne manquerait pas de bouleverser la tradition de la *Company*.

La salle du restaurant était totalement vide, car il était déjà deux heures et demie. Même le samedi, les Américains déjeunent tôt. Le retard était imputable à Malko qui, à la sortie du pont sur le Potomac, avait pris le mauvais *freeway* menant à la route 123... Pourtant, *Evans' Farm Inn*, à l'entrée de Mac Lean, en Virginie, sur Chain Bridge Road, était à une portée de fusil de Langley, siège de la CIA.

Roy Bean, très affable, se leva et vint à sa rencontre : avec sa haute stature, sa barbe grise et son visage de patriarche, il évoquait un acteur shakespearien plutôt qu'un espion.

– Ici, nous sommes tranquilles, assura-t-il en menant Malko à sa table en bordure d'une grande pelouse, où il emporta son verre de *Defender*.

---

(1) Division chargée des opérations clandestines.

C'était vraiment une ancienne ferme, pleine de charme, très *east coast*, envahie dès midi par tous les propriétaires de maisons à vingt milles à la ronde. Les deux hommes commandèrent rapidement à un garçon visiblement étonné de voir des mammifères normaux, parlant anglais, déjeuner si tard.

— Ce n'était pas plus simple pour vous de me voir à Langley ? s'enquit Malko.

Roy Bean le détrompa avec un sourire.

— Ce n'est rien ! D'habitude, le samedi, je m'ennuie : ma femme joue au tennis toute la journée. Et puis, je tenais à préserver la confidentialité de notre entretien. Dès le départ, ajouta-t-il en attaquant son saumon fumé.

Malko était en train de déboucher une bouteille de Taittinger « Comtes de Champagne », rosé 1986 qu'il s'apprêtait à déguster avec Alexandra, à Liezen, quand le téléphone avait sonné deux jours avant.

Son interlocuteur – Roy Bean – ne s'était pas présenté, se contentant de citer quelques rencontres précédentes afin que Malko puisse le situer. La belle voix basse avait fait le reste. D'un ton détaché, il avait dit à Malko qu'il souhaitait le rencontrer. Une chambre était retenue pour lui à l'hôtel *Willard*, non loin de la Maison-Blanche, et un billet en première classe sur Air France l'attendait dans une agence de Vienne. Délicate attention. Il n'ignorait pas le goût de Malko pour une escale à Paris.

Celui-ci était arrivé la veille à Washington, frais comme un gardon, ayant profité des nouveaux aménagements de la classe Espace 180 d'Air France. Principalement des sièges-couchettes se dépliant à l'horizontale. De vrais lits. Avec, en prime, un pyjama, une couette, un téléphone et une lampe de chevet. L'hôtel volant. Le téléphone l'avait réveillé : Roy Bean lui donnait rendez-vous dans cette auberge de Virginie.

— Personne à la *Company* n'est au courant de notre rencontre, précisa le directeur adjoint des Opérations, comme s'il lisait dans les pensées de Malko. Pas même la Station de Vienne.

Malko repoussa son saumon, vraiment immonde.
– Pourquoi ?

Roy Bean, sans répondre directement, demanda :
– Vous avez entendu parler de l'attentat d'Oklahoma City ?
– Bien sûr, répondit Malko, un peu surpris que la CIA s'intéresse à un acte terroriste commis sur le territoire américain par un citoyen américain, un certain Timothy Mac Veigh, ancien « Marine » arrêté peu après.

Le 19 avril – trois mois plus tôt – un véhicule piégé avait explosé devant un bâtiment administratif de la capitale de l'Oklahoma, le détruisant presque entièrement et faisant cent soixante-sept morts.

C'était plutôt de la compétence du FBI.

– Je suis sur cette affaire depuis six semaines, annonça Roy Bean, repoussant à son tour une assiette et allumant une *Lucky Strike*... Une *Task Force* (1) incluant des éléments du FBI, de la DEA, du *Bureau of Tobacco and Firearms* et de chez nous, a été créée pour mener une enquête en profondeur. Plus de deux cents personnes y travaillent.

– Je croyais le coupable arrêté ?

Roy Bean attendit que le serveur ait déposé devant eux deux *New York steaks*, tellement cuits qu'ils semblaient sortir de l'enfer, pour laisser tomber :
– Un des coupables. Si vous lisez les journaux d'ici, vous découvrirez que nous avons demandé à l'Attorney-general un délai pour effectuer un supplément d'enquête, avant d'amener le cas devant un Grand Jury. Nous avons obtenu deux mois de sursis. Jusqu'en août.
– Pourquoi ?

---

(1) Combinaison de différentes entités administratives travaillant d'habitude séparément.

Roy Bean réussit à couper son steak en deux et remarqua suavement :

– Vous ne trouvez pas qu'une affaire Oswald, cela suffit dans la vie d'un pays comme le mien ? Aujourd'hui, je peux vous dire que si Timothy Mac Veigh passe devant un Grand Jury, cela ne mènera à rien. Il n'existe aucune *hard evidences* (1), seulement des *circonstantial evidences* (2). Il plaide non coupable. Le seul fait concret qu'on puisse lui reprocher est d'avoir loué sous son nom, à Junction City, le camion Ryder qui a explosé ensuite devant le building. Rien sur les explosifs, rien sur ses motivations. Bien entendu, si on ne trouve rien de plus, il sera inculpé officiellement pour l'attentat et, étant donné la pression de l'opinion publique, condamné à mort, puis exécuté. Ils font encore cela en Oklahoma... Dans deux ans, le building aura été reconstruit et on ne saura jamais la vérité...

– Quelle vérité ? interrogea Malko.

– Finissons ce délicieux steak, suggéra Roy Bean. Il va refroidir...

Malko eut envie de lui dire que froid, il serait peut-être mangeable... Pendant quelques minutes, ils se contentèrent de mastiquer, puis Roy Bean commanda des cafés, une bouteille de *Defender Success* et des glaçons. Après s'être servi une rasade de scotch, il sortit d'une vieille serviette noire plusieurs photos. Il poussa la première devant Malko.

– Voilà le résultat de cet attentat.

Un immeuble de six étages entièrement éventré, comme un bombardement. Six étages réduits à l'état de gravats. Une plaie béante. Effrayante.

– Cent soixante-sept personnes sont mortes là-dedans, précisa l'Américain, dont trente-deux enfants. Ecrabouillés comme lors d'un tremblement de terre. Que Dieu ait

---

(1) Preuves.
(2) Indices.

leur âme. Mais où qu'ils soient aujourd'hui, je pense qu'ils se sentiront mieux en sachant qu'on essaie de punir LES coupables.

Malko réalisa que l'Américain avait les yeux humides et que sa voix s'était étranglée. La force de l'Amérique, c'était cette capacité que conservaient certains hommes, pourtant rompus aux pires saloperies humaines, à ne pas se cuirasser contre l'horreur.

– Vous avez dit LES coupables ? remarqua Malko, lui aussi gagné par l'émotion.

Sans répondre, Roy Bean sortit une seconde photo : celle d'un homme jeune, les cheveux roux coupés très court, avec un visage anguleux en lame de couteau et des yeux très bleus. Le nez droit important comme un brise-lames, la bouche mince, il aurait pu poser pour une campagne de recrutement de l'US Army. A la fois sage, énergique et sain. Sympathique.

– Timothy Mac Veigh, commenta Roy Bean. Pensez-vous vraiment que ce garçon ait pu, *seul*, commettre cet attentat, le plus meurtrier jamais perpétré sur le sol américain ? Fabriquer de l'explosif, préparer une voiture piégée et la mener devant le building ; puis s'enfuir avec une voiture dépourvue de plaques d'immatriculation ? Et évidemment, se faire arrêter très vite...

– Cela paraît étonnant, reconnut Malko. Vous le croyez innocent ? On a parlé d'un attentat commis par une milice privée d'extrême droite...

Roy Bean eut un léger sursaut.

– *Of course not !* (1) C'est lui qui a conduit le véhicule piégé. Mais il est seulement *the man behind the gun* (2) ! Membre d'une conspiration beaucoup plus vaste. Qui, à mon avis, n'a rien à voir avec les excités de ces milices. Timothy Mac Veigh est un marginal exalté. Il a été probablement manipulé. Mais il ne sait pas pourquoi.

---

(1) Bien sûr que non !
(2) L'homme qui a pressé la détente.

— Comment êtes-vous si sûr de cela ?

Roy Bean prit le temps de se reverser un peu de *Defender* avant d'annoncer :

— Je vais vous révéler des éléments que personne, à part certains enquêteurs, ne connaît. D'abord, l'explosion. Dès que nous avons vu les photos, les spécialistes de chez nous ont été frappés par une similitude : cela ressemblait étrangement à ce qui restait de notre ambassade à Beyrouth, après l'attentat du Hezbollah, en 1982. Une camionnette piégée avec quinze cents livres de Semtex. Officiellement, l'explosif utilisé à Oklahoma City était du nitrate d'ammonium, obtenu à partir d'engrais. (Roy Bean fit une pause et dit en détachant bien les mots :) Nos spécialistes sont formels : il faudrait plusieurs wagons de nitrate d'ammonium pour provoquer la destruction totale de cet immeuble ! D'autant que le camion Ryder était garé à plusieurs mètres, et donc, que l'effet de souffle s'est réparti dans toutes les directions. Nous avons envoyé nos gens là-bas, dès le lendemain. Ils ont fait des prélèvements et interrogé des témoins. La conclusion se trouve dans ce rapport : l'explosion qui a entièrement détruit le building a été causée par environ deux mille livres de C 4.

— L'explosif militaire ?

— Oui. Mais ça ne veut rien dire, il est relativement facile de s'en procurer. Ces analyses sont confirmées par les témoins qui ont vu une fumée blanche s'élever au-dessus du building. Ce qui signifie que l'oxygène de l'air a été consommé. Dans le cas du nitrate d'ammonium, la fumée aurait été noire.

— Est-ce que cela met Mac Veigh hors de cause ?

— Non. Lui aussi aurait pu s'en procurer. Mais le dispositif de mise à feu a été retrouvé en partie. Ce n'est pas non plus du travail d'amateur. C'est un modèle fabriqué en Suisse. Nous essayons de remonter la piste.

— Quelle est votre conclusion ?

— Ce n'est pas *la mienne*, souligna Roy Bean, mais celle de la *Task Force*. Cet attentat a été soigneusement planifié par des professionnels qui savaient les dégâts qu'ils allaient commettre. C'était fait pour tuer. Timothy Mac Veigh n'est que le « matador », celui qui porte l'estocade finale. Derrière, il y a une organisation.

– Le Hezbollah ?

– Non. Ça a été notre première idée. Mais ils sont hors de cause. Ce serait trop long de vous expliquer pourquoi.

Un ange portant le bandeau vert du *Djihad* s'enfuit, soulagé.

– Vous devez bien avoir une idée ?

Le beau visage shakespearien de Roy Bean s'imprégna de gravité :

– Oui. Une idée assez précise. Le building d'Oklahoma City visé par la bombe abritait au quatrième étage une unité spéciale de la DEA, qui depuis plusieurs mois, travaillait sur les liens entre les Narcos mexicains et les politiciens de ce pays. Surtout, sur la zone frontière qui va de Tijuana à San Antonio, au Texas. L'entonnoir où se déverse toute la cocaïne du *Pacific corridor*. La drogue arrive de Colombie en avion jusqu'au Mexique central ; elle est transportée ensuite par la route jusqu'à la frontière US. Une frontière de deux mille milles par laquelle entrent 70 % de toute la cocaïne consommée aux Etats-Unis. Ces fonctionnaires de la DEA travaillaient en collaboration étroite avec les *Desert Rats*, les agents de la DEA, sur le terrain, et certaines autorités mexicaines.

– Pourquoi n'en a-t-on jamais parlé ? s'étonna Malko.

Roy Bean effleura sa barbe grise, avec un sourire contraint.

– Il s'agit d'une affaire un peu délicate. Vous savez qu'au cours des derniers mois, le gouvernement Clinton a tout fait pour que soit ratifié l'accord commercial NAFTA entre les Etats-Unis et le Mexique.

– Quel rapport ?

Ils étaient seuls maintenant. Les garçons, après avoir pris l'addition, s'étaient retirés.

– Une partie de l'opinion publique américaine est hostile à ce pacte, expliqua Roy Bean. Aussi la Maison-Blanche a-t-elle tout fait pour donner une bonne image du Mexique. Cette enquête de la DEA avait été lancée depuis longtemps, mais les autorités politiques ont demandé à l'Agence de mettre la pédale douce. Imaginez que l'on ait découvert que le président Clinton voulait associer notre pays à une *narco-démocratie*... On a interdit à la DEA de rendre publique ce qu'elle pourrait découvrir. Mais la Maison-Blanche n'a pas osé stopper son enquête. Or, celle-ci avançait très vite. Trop vite au goût de certains.

– Donc, conclut Malko, cet attentat aurait pu être commandité par les Narcos mexicains ?

Roy Bean hocha la tête.

– Disons que si cette hypothèse se révélait exacte, les Narcos n'auraient servi que de « techniciens ». L'enquête de la DEA ne les gêne pas directement. Ils se moquent que certains politiciens mexicains de premier plan soient compromis. Il y en aura toujours à acheter... Par contre, au plus haut niveau du PRI (1), cette enquête pouvait se révéler explosive...

– Pour qui ?

– Imaginez que la DEA dépose sur le bureau du président Clinton un rapport détaillé prouvant la collusion entre les grands cartels de la drogue au Mexique et les plus hauts dirigeants du pays. Notre président se ferait un devoir de le transmettre au nouveau président mexicain Zedillo, au pouvoir depuis décembre 1994. A son tour, celui-ci serait forcé d'agir, par peur des représailles américaines. C'est-à-dire de couper les branches pourries...

Roy Bean eut un petit rire sec, et reprit :

– Autant dire qu'il ne resterait que le tronc... et encore ! D'après ce que nous savons, les *Dinosaures*, c'est-à-dire la branche conservatrice du PRI, sont entièrement liés aux

---

(1) Parti révolutionnaire institutionnel, au pouvoir au Mexique depuis 1929.

Narcos... Ce sont eux qui pourrissent les différentes polices mexicaines qui deviennent à leur tour les auxiliaires des cartels... Vous voulez un exemple ? Il y a quelques mois, la DEA a appris qu'une Caravelle chargée de huit tonnes de cocaïne pure avait atterri sur un terrain abandonné près de Guadalajara. Elle a prévenu les autorités mexicaines. Celles-ci se sont tellement dépêchées qu'à leur arrivée, il ne restait plus que cinq cents kilos de cocaïne à bord ! Le reste avait été évacué sous la protection de policiers fédéraux... chargés justement de réprimer le trafic de drogue.

A côté du Mexique, la Thaïlande était une démocratie irréprochable, songea avec surprise Malko. Roy Bean se hâta d'ajouter :

– Il y a des centaines d'exemples similaires. La DEA estime qu'en dix ans, le trafic a rapporté aux différents cartels mexicains qui se partagent la frontière TRENTE MILLIARDS DE DOLLARS ! Cela fait beaucoup d'argent pour acheter des consciences, avec un peso dévalué de 70 % en six mois ! Le Mexique est en train de rejoindre la Colombie. Vous savez que le nouveau président Samper, là-bas, a vraisemblablement été élu grâce à l'argent de la drogue ? Nous ne pouvons pas affirmer que ce n'est pas aussi le cas pour le président Zedillo du Mexique. Bientôt, les Narcos contrôleront toutes les structures de l'Etat et pourront dicter leur conduite aux chefs politiques.

– Donc, conclut Malko, votre conviction est que l'attentat d'Oklahoma City a été commandité par des politiciens mexicains ?

– Par certains dirigeants du parti au pouvoir, corrigea l'Américain. Oui. Et je ne suis pas le seul à en être convaincu. Seulement...

Il laissa sa phrase en suspens.

– Seulement quoi ?

– Il nous est impossible d'accuser sans preuves.

– Et vous n'en avez pas ?

– Pas encore.
– Malgré le déploiement de cette *Task Force* ?
– Oui. Vous n'imaginez pas les difficultés que nous rencontrons... Car nos enquêtes se prolongent toutes au sud de la frontière. Et là, c'est le pot au noir... La DEA et le FBI ne peuvent opérer sur le territoire mexicain qu'avec l'approbation des autorités locales, ce qui les paralyse. Les policiers mexicains signalent immédiatement leurs hommes aux Narcos... Il y a trois mois, un agent de la DEA, en mission à El Paso, a trouvé dans sa chambre la tête de l'informateur qu'il venait rencontrer en grand secret... Vous vous souvenez de l'affaire Kiki Camarena, en 1985 ? Cet agent de la DEA kidnappé, torturé sauvagement et assassiné près de Guadalajara. La DEA a identifié le principal coupable, grâce à des témoignages : le chef de la *Policía Federale* de l'Etat... Les Mexicains n'ont pas bougé. Alors, entre ces difficultés et la mauvaise volonté de la *White House*, les choses n'avançaient pas vite.

– Qu'est-ce qui a changé ? demanda Malko après avoir trempé ses lèvres dans un café infect.

– Cent soixante-sept morts américains, laissa tomber Roy Bean. Les voitures piégées ont souvent été utilisées par les Narcos en Colombie et au Mexique.

Roy Bean alluma une *Lucky Strike* avec son Zippo CIA. Toutes les agences fédérales, toutes les unités militaires, tous les navires de guerre, utilisaient des Zippo décorés de leur sigle. Une tradition qui ne coûtait pas cher puisque les briquets Zippo étaient garantis à vie depuis leur création, en 1932.

– Je comprends votre frustration, acquiesça Malko, mais je ne vois pas en quoi je peux vous aider, s'il y a déjà deux cents professionnels sur le terrain.

Roy Bean se pencha au-dessus de la table.

– Ils ne sont pas sur le *bon* terrain, glissa-t-il. C'est au Mexique qu'il faut continuer cette enquête.

– D'après votre description, ce n'est pas évident,

remarqua Malko. Vous m'avez déjà retenu une concession à Arlington ?

Roy Bean sourit en chassant la fumée de son cigare.

– Je ne veux pas vous envoyer au massacre. Nous, à la *Company*, nous avons certains avantages sur la DEA et le FBI. D'abord, nous n'avons de permission à demander à personne pour opérer, au Mexique ou ailleurs. Surtout avec quelqu'un comme vous. Si vous acceptez ma proposition, je serai le seul à le savoir, vous ne dépendrez de personne.

– Ni le FBI ni la DEA ne le sauront ? s'étonna Malko.

L'Américain leva les yeux au ciel.

– Surtout pas ! Ils sont trop administratifs. Une flopée de gens serait au courant et cela reviendrait aux oreilles des Narcos.

– Qu'attendez-vous de moi ?

Roy Bean parcourut des yeux la salle vide, comme si des Narcos se cachaient sous toutes les tables.

– Depuis une semaine, annonça-t-il à voix basse, j'ai un petit avantage sur mes homologues de la DEA et du FBI.

– C'est-à-dire ?

– Malko, dit Roy Bean, je vous connais depuis longtemps et j'ai une totale confiance en vous, mais je ne veux vous révéler ce que je sais que si vous acceptez...

– Accepter quoi ?

L'Américain fit claquer le capot de son Zippo et lâcha :

– D'aller de l'autre côté de la frontière pour mener une enquête avec les éléments que je vous donnerai, et de ne rendre compte qu'à moi. J'ai l'accord complet de John Deutch. Sur la mission et sur vous. Il s'agit simplement de montrer au Congrès que la *Company* n'est pas aussi mauvaise qu'on le dit. (Il baissa la voix et ajouta d'une voix tremblante d'émotion :) Vous savez que certaines personnes verraient d'un bon œil la fusion de la *Company* et du FBI...

La perspective d'une telle horreur lui donnait la chair

de poule. Malko eut un sourire intérieur. C'était toujours la lutte à mort entre les agences fédérales. Celui qui avait une *bonne* information avait tendance à la garder pour lui. Le reste, c'était du baratin.

– C'est la raison de ce rendez-vous discret ?

Roy Bean inclina la tête affirmativement.

– *Right !* (1) Si je vous avais reçu dans mon bureau, à Langley, j'aurais été obligé d'en faire part aux gens de la *Task Force*. C'est le jeu. Ici, il s'agit d'une rencontre amicale. Si tout se passe bien, vous n'apparaîtrez JAMAIS dans les mémos de cette affaire. Mais vous serez récompensé sans problèmes.

La Division des Opérations contrôlait toujours les fonds secrets de la CIA.

Malko commençait à être intrigué. Roy Bean n'était ni un mythomane, ni un farceur. Un vrai professionnel retors qui jouait « perso », comme souvent dans ce genre d'histoire.

– J'ai toujours aimé les *mariachis*, dit Malko en souriant. J'accepte de travailler pour vous.

Le sourire de Roy Bean s'élargit.

– C'est la meilleure nouvelle du week-end ! lança-t-il, visiblement soulagé. Maintenant, on va entrer dans les détails opérationnels. Venez...

Il laissa un pourboire parcimonieux et entraîna Malko vers la pelouse déserte dominant la route 123 et les bois entourant Mac Lean. Quand ils furent isolés en pleine campagne, l'Américain s'assit sur un banc, au soleil, et demanda à Malko :

– Vous vous souvenez de l'assassinat de Luis Donaldo Colosio ?

– Le candidat à la présidence mexicaine ?

– Exact. Il a été abattu l'année dernière à Tijuana au cours d'un meeting politique, en pleine foule, par deux tueurs. L'un d'eux, Mario Aburto, a été arrêté aussitôt et

(1) Vous y êtes !

son arme confisquée par la police municipale de Tijuana. Il s'agissait d'un browning 9 mm tout neuf, avec un chargeur de quatorze coups. A l'époque, par mes contacts, j'ai pu me procurer le numéro de série de l'arme, avant que cette dernière ne disparaisse, comme par hasard ! Cela nous intéressait de savoir qui avait voulu la mort de Colosio. Par le FBI, nous avons découvert l'origine de ce browning. Il avait été acheté au Texas, à Corpus Christi, par un citoyen américain, un certain John Doe, né en Arizona. Un *drifter* (1) sans domicile fixe, habitant dans des motels ou des *trailers parks*, entre la Californie, l'Arizona et le Texas. Ancien *green Beret*, trente et un ans, célibataire. Déjà recherché en Californie pour contrebande d'armes, soupçonné d'avoir vendu à un gang de Tijuana une douzaine de AK 47 dérobés dans une armurerie de Los Angeles au cours d'un cambriolage.

« Le FBI a lancé un nouveau mandat contre lui, sans même disposer d'une photo récente, et puis tout le monde a oublié l'affaire... Des histoires semblables, il y en a cent par semaine. Les armes sont moins chères et plus faciles à se procurer ici qu'au Mexique.

L'assassinat de Luis Donaldo Colosio, successeur désigné de l'ancien président Salinas, en mars 1994, avait bouleversé la classe politique mexicaine, se souvenait Malko.

– Ce sont les Narcos qui ont fait assassiner Colosio ? interrogea-t-il. Ils ont fait la même chose en Colombie, à un candidat qui s'était déclaré contre eux...

Roy Bean sourit, approbateur.

– Je vois que vous connaissez vos classiques ! Colosio a bien été assassiné sur l'ordre du cartel de Tijuana. Ses dirigeants, les frères Arrellano, craignaient qu'une fois élu, Colosio ne favorise le cartel de Sinaloa, leur pire ennemi...

(1) Marginal.

Edifiant. Le Mexique était décidément un pays d'avenir qui le resterait...

– Il y a un lien entre le meurtre de Colosio et l'affaire d'Oklahoma City ? interrogea Malko.

Roy Bean sourit dans sa barbe.

– J'y viens. Pendant des mois, le nom de John Doe a dormi dans nos dossiers et dans ceux du FBI. On se disait qu'il finirait par se faire arrêter et qu'on pourrait peut-être savoir à qui il avait vendu le browning. Ce qui, probablement, ne mènerait à rien... Et puis, il y a une semaine, nous avons retrouvé John Doe... Ou plutôt sa trace. Il occupait au printemps dernier la chambre voisine de celle de Timothy Mac Veigh dans un motel de Junction City. Sous son véritable nom. Le FBI a comparé des empreintes trouvées dans sa chambre avec celles de son dossier militaire. *Positive identification*.

– Ce John Doe représente donc le chaînon manquant entre Timothy Mac Veigh et les Narcos, conclut Malko. Vous avez votre lien.

– Exact !

L'Américain jubilait... Il se leva, trop nerveux pour demeurer assis, et Malko demanda :

– Le FBI a aussi cette information ?

– *Of course !* Ils ne sont pas malins, mais ils savent quand même se servir d'un ordinateur. Depuis huit jours, ils cherchent John Doe comme des fous, dans tous les Etats. Sans succès. Mais discrètement. Il ne faut pas l'alerter.

Ses yeux pétillaient de joie et il ne put se retenir plus longtemps.

– J'ai un petit *edge* (1) sur le FBI et la DEA, dit-il d'une voix vibrante. Moi, je sais où se trouve John Doe. Et vous, vous allez partir le chercher.

*
**

___
(1) Avantage.

Il en postillonnait de bonheur. Du coup, il ressortit son paquet de *Lucky Strike*, son Zippo au sigle de la CIA, et alluma une nouvelle cigarette. Sous le soleil radieux de ce bel après-midi d'été, cette conversation semblait irréelle. Malko ne put s'empêcher de conclure logiquement :

– Il est au Mexique ?

Roy Bean souffla la fumée avec volupté.

– Oui. En prison.

Les choses se compliquaient, mais l'Américain se hâta d'ajouter :

– Nous allons le faire sortir !

– Comment ?

– C'est très simple. Je me suis renseigné. Il peut être libéré sous caution de mille dollars. Il est au trou pour une peccadille : une altercation avec un policier mexicain qui a trouvé dans sa voiture un pistolet chargé. Pour un citoyen mexicain, cela se serait réglé avec cent pesos. Comme c'est un *gringo*, ils espèrent lui soutirer beaucoup plus.

– Il va se poser des questions, objecta Malko.

– Aucune ! On passe par un avocat ami qui ne dira rien. John Doe pensera que ce sont ses amis Narcos qui le font libérer.

– Il ne tardera pas à s'apercevoir du contraire...

Roy Bean, hilare, laissa tomber :

– Ce sera trop tard. Parce qu'à sa sortie de prison, VOUS serez là, avec quelques *baby-sitters* de la *Company*. Il ne restera qu'à l'embarquer discrètement et à passer la frontière.

– Cela ressemble furieusement à un kidnapping, remarqua Malko.

– Mais cela n'en est pas un ! En 1988, la Cour suprême a autorisé l'enlèvement de suspects dans un pays étranger. Cette loi a servi en 1990 : la DEA a fait enlever un médecin mexicain coupable d'avoir participé à l'interrogatoire de Kiki Camarena : Humberto Alvarez Mechain.

– Ça, c'est la loi américaine... rétorqua Malko, mi-figue, mi-raisin.

Roy Bean lui jeta un regard réprobateur.

– *Mexicans suck!* (1) On ne va sûrement pas leur demander leur avis. Pas plus qu'au FBI qui cherche John Doe au Texas...

– Vous êtes le seul à savoir où il se trouve ?

– Le seul, se rengorgea Roy Bean.

– Comment avez-vous eu cette information ?

– Depuis des années, expliqua Roy Bean, j'ai *nourri* un informateur au sein de la *Policía Federale* mexicaine : Eduardo Bosque. Un investissement en or. Il y a deux ans, les Narcos l'ont repéré. Ça s'est très mal passé pour lui. Il a été obligé de s'enfuir aux Etats-Unis. Il vit ici, officiellement comme journaliste, mais en réalité, il a gardé des contacts. C'est lui qui m'a retrouvé John Doe. Presque par hasard. Il vous donnera tous les détails. J'ai pris rendez-vous avec lui ce soir.

– Vous venez ?

– Non, bien sûr ! C'est lui qui vous fournira les informations sur la partie mexicaine de notre opération. Nous nous reverrons demain pour mettre au point le reste. Et, si Dieu le veut, tout sera bouclé dans quelques jours.

Pourvu que le diable ne s'en mêle pas, pensa Malko.

– Dites-m'en un peu plus sur cet Eduardo Bosque, demanda Malko. Après ce que vous m'avez dit, vous avez confiance dans un Mexicain ?

Roy Bean esquissa un sourire triste.

– Ce n'est pas n'importe quel Mexicain ! J'ai pu juger pendant des années de son efficacité et de son intégrité. Il avait comme nom de code « *the Owl* » (2), vous verrez pourquoi. Il ne s'est jamais démonté. Même quand il a

---

(1) Les Mexicains font chier !
(2) Le Hibou.

été obligé de venir ici, il ne s'est pas effondré. Pourtant, nous avons été obligés de l'extraire, en prenant de considérables risques légaux. Il y a eu échange de coups de feu entre des membres de la police fédérale mexicaine acquis aux Narcos et nos agents. Quatre morts... Le cartel de Tijuana a mis sa tête à prix pour un million de dollars. En précisant bien qu'il se contenterait de la tête. Il suffit de téléphoner à un certain numéro de téléphone, à Tijuana, en annonçant : « J'apporte la tête d'Eduardo Bosque. »

– Où vit-il ?

– Quelque part à Alexandria. Sous un faux nom, bien sûr, avec un faux passeport d'un autre pays d'Amérique latine. A part nous, personne ne sait qui il est vraiment. Il a en permanence un *cellulaire* bloqué sur un certain numéro. En cas de problème, il pousse la touche *on*, ce qui déclenche dans une de nos *safe-houses* un signal d'alarme. Dix minutes plus tard, nos hommes sont sur place. C'est une *around the clock watch* (1).

– Il peut encore vous rendre des services ?

– Enormément. Il téléphone beaucoup. Il a gardé des amis au Mexique. Une sorte de franc-maçonnerie qui veut sauver son pays du pouvoir des Narcos. Des policiers, des journalistes, des magistrats. Eux aussi doivent faire très attention. Dès qu'ils ont une information, ils la lui transmettent. Je crois que même la DEA ne possède pas un informateur de la valeur de *the Owl*. Ils se contentent de recruter des flics mexicains pourris en leur offrant trois fois plus que les Narcos. Généralement, ces types touchent des deux côtés...

– Qu'attendez-vous de John Doe ?

– Un témoignage. Capital. Il est le seul à pouvoir certifier devant un tribunal que les Narcos ont été les commanditaires du massacre d'Oklahoma City. Inculpé, risquant la peine de mort, il se mettra à table. Par lui, on peut remonter tout le complot.

---

(1) Une protection vingt-quatre heures sur vingt-quatre.

— Vous ignorez son rôle dans l'affaire.

— C'est vrai. Mais je pense qu'il a fourni l'explosif et convaincu Mac Veigh de conduire le camion, et que LUI sait qui l'a payé pour cela. Avec des éléments de ce poids, le gouvernement mexicain sera obligé de bouger, sous la pression de la Maison-Blanche. Notre opinion publique n'accepterait pas une absence de réaction de cette dernière. Or, la campagne de Clinton pour sa réélection commence dans six mois... Vous voyez que l'enjeu est énorme.

— En effet, reconnut Malko. Cela dépasse même mes frêles épaules.

— *Do not pull my leg !* dit en souriant Roy Bean. Cela fait un moment qu'on vous envoie régulièrement en enfer et que vous revenez toujours... C'est pour ça que j'ai pensé à vous. Je sais que c'est dangereux. Le Mexique est un pays sans loi où on ne peut même pas faire appel à la police. Et le véritable chef des cartels n'est autre que le parti au pouvoir : le PRI...

— C'est peut-être un enfer de trop que vous m'offrez ? avança Malko. On ne sait qu'*après* qu'on a trop tiré sur sa chance.

Roy Bean ne sourit pas.

— Peut-être ! reconnut-il. Dans ce cas, je m'en voudrais beaucoup. Mais je ne peux pas ne pas vous envoyer là-bas. Que Dieu vous garde.

On aurait dit un prédicateur. Il était sincère et grave. Soudain, il s'ébroua et pointa le doigt sur le *Washington Post* qui dépassait de la poche de Malko.

— Je peux emprunter votre journal quelques instants ?

Il fonça sur les pages *calendar* et repéra les programmes de spectacles.

— Je dois emmener ma femme voir *Madison County*, expliqua-t-il. Je ne savais pas l'heure des séances. Merci. Je vous appelle demain matin au *Willard*.

Ils regagnèrent ensemble le parking où ne restaient que deux voitures : la voiture de location de Malko et une modeste Chevrolet blanche. Tandis qu'il laisssait tourner son moteur pour accélérer la clim, Malko se demanda s'il reverrait Liezen et Alexandra. Il avait à peine eu le temps de se remettre de ses émotions d'Istanbul (1), avec la sensation amère que sa précédente mission n'avait fait que reculer le cours du destin en ex-Yougoslavie. Mais c'était la vie. Le travail de chef de mission était une toile de Pénélope qu'il fallait tisser et retisser sans cesse. Jusqu'à l'accroc final.

Personne ne courait plus vite qu'une balle de 357 Magnum, comme le lui avait rappelé un jour une barbouze lucide.

---

(1) Voir SAS n° 119, *Le Cartel de Sébastopol*.

CHAPITRE III

— Maria-Luisa, ma femme, ils l'ont tuée à coups de pied, dans un terrain vague de la Colonia Libertad, à Tijuana. Comme un chien. Ils ont tapé si fort que, lorsque les policiers l'ont retrouvée, elle avait la bouche pleine d'excréments... Ils avaient sauté à pieds joints sur son ventre. Avant, ils l'avaient forcée à aller à la banque retirer tout notre argent, en la menaçant de tuer nos deux enfants qu'ils avaient kidnappés avec elle. Elle l'a fait pour les sauver. Mais ils les ont tués quand même. Tous les deux, Luis, sept ans, Dolorès, cinq ans. Vous connaissez Tijuana, *señor* ?

— Un peu, dit Malko.

— Vous voyez le canal qui traverse la ville d'est en ouest ? Ils les ont jetés tous les deux du pont qui prolonge l'Avenida Lazaro Cardenas. C'était la saison sèche et il n'y avait pas d'eau dans le canal. De toute façon, ils étaient trop petits, ils n'auraient pas pu nager... Ensuite, ces salauds sont allés faire la fête jusqu'à l'aube au *Rodeo de Medianoche*. Avec mon argent.

Il se tut. Malko réalisa soudain qu'à cause du brouhaha des centaines de clients conversant à tue-tête, Eduardo Bosque était obligé de hurler pour égrener sa litanie d'horreurs. Le samedi soir, *Old Ebbit Grill*, à deux pas de la Maison-Blanche, dans la 15ᵉ Rue, était bourré comme un œuf. C'était un des rares endroits sympa encore ouverts le samedi dans le centre de Washington déserté dès cinq heures du soir par les Blancs retirés en Virginie ou dans le Maryland. S'y retrouvait une foule disparate et gaie, étudiants et *lawyers* mélangés, ainsi que beaucoup de femmes seules à la recherche d'un compagnon. On n'aurait pas pu rajouter une épingle dans l'immense salle rectangulaire et une bonne centaine de clients patientaient le long du bar, buvant ferme en bavardant avec leurs voisins.

Malko avait rendez-vous à l'*Oyster Bar*, une seconde salle. L'endroit était également assiégé par une meute assoiffée et affamée. Mais on pouvait dîner au bar sans attendre deux heures.

Il n'avait pas eu de mal à reconnaître Eduardo Bosque, juché sur un tabouret, coincé entre une demi-douzaine de jeunes gens commentant le match de foot diffusé sur l'écran de télé suspendu au fond du bar et autant de filles qui se partageaient des assiettes d'huîtres si énormes qu'elles semblaient importées de Tchernobyl. Avec ses énormes lunettes rondes à monture d'écaille, le Mexicain ressemblait *vraiment* à un hibou. A peu près seul de son espèce, il portait une veste rayée d'été. Voyant Malko dans la glace du bar, il s'était retourné. Par l'entrebâillement de sa veste, Malko avait aperçu l'ombre noire d'une crosse de pistolet et un petit portable accroché à sa ceinture, juste à côté.

– *Good evening, señor Linge*, avait-il dit, avec un sourire. Je ne suis pas là depuis longtemps. Qu'est-ce que vous buvez ?

En réalité, il était arrivé depuis une heure, entrant et ressortant plusieurs fois, examinant les gens, essayant de repérer de possibles suspects. Chaque fois qu'il avait rendez-vous dans un endroit public, il procédait de même.

– Une vodka, avait demandé Malko.

Eduardo Bosque avait appelé le barman et fait renouveler en même temps son verre de *Defender*. Peu à peu, les deux hommes étaient parvenus à créer un petit espace de calme relatif entre les groupes qui les entouraient, et même à obtenir un tabouret chacun, luxe inouï. Malko, en raison du décalage horaire, mourait de faim. Ils avaient commandé des *blue point* et des *prime ribs*, et échangé d'abord quelques propos sans importance.

Eduardo Bosque parlait un bon anglais avec un accent à couper au couteau. Malko avait surpris plusieurs fois son regard dans la grande glace, qui détaillait les nouveaux arrivants. Dès son arrivée, il avait remarqué également que ses mains tremblaient. Au troisième *Defender*, elles ne tremblaient presque plus et il avait pu attaquer ses *blue point* d'une main ferme. Malko était encore sous le choc de son récit. Apparemment, le Mexicain se le repassait nuit et jour, comme un film d'horreur. Le tic qui soulevait le coin gauche de sa bouche ne s'était pas arrêté, lui.

– Qui sont les gens qui ont massacré votre famille ?

Le Mexicain n'eut pas le temps de répondre. La blonde assise à côté de Malko s'était retournée, la main tendue.

– Hi ! Je m'appelle Jennifer. Je voudrais votre avis. Ma copine pense qu'il faut interdire l'avortement, moi pas... Et vous ?

Ça tombait vraiment bien... Mais Jennifer avait de ravissants yeux verts au regard assuré et de longues jambes bronzées découvertes par un short moulant.

– Je serais plutôt de votre avis, dit Malko. Nous pourrions en reparler tout à l'heure, je vois mon steak qui arrive, OK ?

– *Sure !* acquiesça Jennifer ravie. Vous n'êtes pas américain ?

– On ne peut rien vous cacher, sourit Malko. Je suis autrichien. Vous savez, le pays de la valse...

– Oh, comme c'est romantique !

Elle se retourna pour reprendre une discussion animée avec sa copine. Les deux assiettes étaient là, mais Eduardo Bosque ne toucha pas à la sienne et se pencha vers Malko.

– C'est Ramon Arrellano qui a donné l'ordre de massacrer ma famille, quand je lui ai échappé. C'est l'*enfor-*

cer (1) du cartel de Tijuana, le plus féroce des quatre frères Arrellano. Mais il ne se mouille jamais directement. Celui qui a commis ces crimes atroces se nomme Manuelo El Mazel. On l'appelle « El Coyote ». C'est l'exécuteur en chef du cartel. Il vient de Sinaloa, lui aussi, c'est un tueur cruel et froid. Que Dieu le maudisse. Il était avec des *malos chicos*, des petits voyous recrutés de l'autre côté de la frontière, dans le Barrio Logan de San Diego. Ils sont tellement fiers de travailler pour le cartel...

– Vous n'avez pas envie de vous venger ?

Eduardo Bosque resta le couteau en l'air. Le ton des conversations avait un peu baissé et ils pouvaient parler presque normalement.

– Mais je me venge, *señor* Linge ! Je fais tout ce que je peux pour détruire ces criminels. Chaque coup qu'on leur porte me fait oublier mon chagrin. Car ils le savent, je n'abandonnerai jamais la lutte. Jusqu'à mon dernier souffle. Je pense que, là où ils sont, Maria-Luisa, Luis et Dolorès se sentent un peu mieux. Mais si vous me ramenez la tête de « El Coyote », je serai votre ami pour la vie.

Sa voix se brisa et ils se remirent à manger. Il faisait une chaleur de bête en dépit de la climatisation. Eduardo Bosque buvait comme un poisson et le barman avait fini par laisser la bouteille de *Defender* à côté de lui. Le Mexicain mangeait à toute vitesse. Il repoussa son assiette et dit à voix basse :

– Je ne veux pas rester trop longtemps. On ne sait jamais. J'espère que la DEA ne connaît pas votre présence à Washington...

– La DEA ? Mais pourquoi ?

Il parlait de l'agence anti-drogue US comme d'un adversaire. Il répondit avec un sourire triste :

– J'ai découvert que le cartel de Tijuana possédait un système d'écoute sophistiqué, aidé par une batterie d'ordinateurs. Ils écoutent *toutes* les conversations des agents

(1) Le chef de la police.

de la DEA le long de la frontière. Même celles sur téléphone cellulaire. Leurs ordinateurs sont activés par des mots clés. C'est pour cela qu'ils ont toujours une longueur d'avance. Et la DEA n'a pas les crédits pour crypter ses conversations.

Il se pencha et agrippa le bras de Malko.

– Quand vous serez là-bas, n'approchez *jamais* les gens de la DEA, ni les policiers fédéraux, ni la *Procuradoria Generale de la República* (1). Les Narcos y sont chez eux. Ne parlez qu'aux gens que je vais vous désigner.

– Je vous écoute, dit Malko. Où est John Doe ?

– A la prison de Mexicali. Pour détention d'arme. Je vais vous donner le nom d'une avocate sûre. Il suffira de payer la caution – mille dollars – pour qu'il soit libéré. Ensuite, c'est à vous de jouer. Grâce à mon amie Guadalupe Spinoza, vous connaîtrez l'heure exacte de sa sortie.

– Comment avez-vous su qu'il était là-bas ?

Eduardo Bosque eut un faible sourire.

– Mr Roy Bean m'avait demandé de le retrouver. Je savais qu'il pouvait se trouver dans une des villes frontières. J'ai donné des coups de téléphone. J'ai appris qu'un *gringo* était au trou à Mexicali. Il n'y en a pas beaucoup dans ce cas. Après, j'ai eu plus de détails. Le motif, et un autre détail intéressant. Ce *gringo* avait reçu plusieurs fois la visite en prison d'une Mexicaine, Exaltación Garcia, une très belle femme liée au cartel de Tijuana. Elle traverse souvent la frontière avec de la cocaïne... Elle est aussi la maîtresse occasionnelle d'un des hommes les plus puissants du Mexique, Gustavo Ortuzar, ancien ministre, industriel et businessman, qui vit à Tijuana. C'est le soutien politique le plus important des frères Arrellano.

– Où se trouve-t-elle ?

– A Mexicali, je pense. Ou à Tijuana.

– C'est tout ?

– Non. Je vous ai indiqué aussi le nom d'un ami *sûr*,

---

(1) Procureur général de la République.

Armando Guzman. Il dirige la police fédérale de Baja California. Son bureau se trouve à Tijuana, mais il a compétence sur Mexicali. Cependant, ne faites appel à lui qu'en dernier ressort. Je pense que vous n'en aurez pas besoin. Si vous voulez le joindre, appelez le numéro que je vous ai inscrit. Dites que vous êtes journaliste étranger et que vous faites une enquête sur les Narcos. Qu'un ami mexicain, Rodrigo Lopez, vous a donné son nom.

– Qui est-ce ?
– Un journaliste d'*El Diario*. Un copain des Narcos. Cela ne les inquiétera pas.
– Ils le surveillent ?

Il eut un sourire las.

– Bien sûr. Sa secrétaire, ses subordonnés, son chauffeur... Ils sont *tous* sur le *pay-roll* du cartel Arrellano.
– Je pense que mon séjour au Mexique n'excédera pas quelques heures, remarqua Malko. Donc...

Eduardo Bosque le coupa, lui tendant une enveloppe cachetée.

– *¿ Quien sabe ?* Voilà toutes les informations dont vous pouvez avoir besoin. Je vais vous laisser, je n'aime pas me coucher tard.
– Je peux vous téléphoner ? interrogea Malko.
– Non. Je ne donne mon numéro à personne. Imaginez que vous vous fassiez prendre par les Narcos. Ils vous tortureraient à mort pour avoir ce numéro. Passez par Mr Roy Bean.

Il se glissa au milieu des clients et disparut. Malko se demanda comment Eduardo Bosque pouvait encore trouver le sommeil ! Il avait vidé le tiers de la bouteille de *Defender*... Visiblement, il ne vivait plus que pour sa vengeance, tapi dans un trou comme un rat aux abois, soutenu par sa haine.

Malko n'était pas seul depuis trente secondes que la blonde Jennifer l'apostropha.

– Votre copain est parti ? Venez prendre un verre avec nous...

Il se retourna. Vu l'éclat de ses yeux, des verres, elle en avait pas mal bu.

– Que voulez-vous boire ? demanda-t-il.
– Un « Original Margarita ».

C'était d'actualité... Malko commanda le « Margarita » au barman, en précisant bien le mélange, tequila et Cointreau.

*
**

Jennifer s'ébroua dans l'air frais de la nuit, sur le trottoir en face de *Old Ebbit Grill*, avant d'éclater d'un rire aigu.

– Je ne peux pas conduire comme ça ! Ça vous ennuie de me raccompagner ? J'habite Georgetown. Je reviendrai chercher ma voiture demain...

Elle s'appuyait sur Malko de tout son poids, les yeux trop brillants, la démarche incertaine. Les trois derniers « Original Margarita » avaient eu raison de sa résistance. Malko savait tout d'elle : elle travaillait dans une grande *law-firm*, s'y ennuyait à mourir et cherchait un job dans le tourisme, pour voyager. Elle avait rompu avec un fiancé banquier, sa famille vivait à Philadelphie et sa *room-mate* se trouvait à New York avec son *boy friend*...

Malko l'emmena jusqu'à sa voiture garée dans G Street, pas certain qu'elle tienne debout jusque-là.

– C'est dans Olive, parallèle à M Street, dit-elle. Numéro 34.

Le centre était presque désert. Il ne trouva un peu de circulation que dans la seconde partie de M Street, avec ses boutiques de fringues et ses restaurants *ethnics*. Jennifer somnolait sur son épaule. Il se gara en face de chez elle, une petite *brown-house*. Ils sortirent ensemble et elle s'accrocha à son bras.

– Venez prendre un verre. C'est vachement sympa de m'avoir raccompagnée.

Au point où elle en était, un verre de plus risquait de la faire basculer dans le coma.

Elle eut du mal à mettre la clé dans la serrure. A peine dans son deux-pièces, elle eut un hoquet et lança à Malko :

– Installez-vous, j'arrive !

Le temps qu'il gagne un sofa, elle était déjà dans la salle de bains. La pièce était encombrée de magazines de voyage. Au mur, un grand poster représentant un Concorde d'Air France au décollage avec, épinglée dessus, une coupure de presse récente relatant comment un supersonique d'Air France venait de battre le record du monde du tour du globe en trente-six heures vingt et une, avec, à bord, une poignée de milliardaires américains. Il attendit un bon quart d'heure, entendit des bruits d'eau, puis Jennifer réapparut. Remaquillée, nettement plus fraîche, drapée dans un paréo noué au-dessus des seins qui ne laissait pas ignorer grand-chose de son corps, elle se laissa tomber à côté de Malko et soupira :

– *My God, I was really feeling terrible* (1)... Qu'est-ce que vous avez dû penser de moi ?

– Que vous aviez abusé de la tequila, dit simplement Malko. Ce n'est pas grave. Je crois qu'il vaut mieux ne pas continuer. Je vous laisse récupérer.

– *No way !* trancha Jennifer. On ne va pas boire, *I promise*.

D'un mouvement coulé, elle noua ses bras autour de la nuque de Malko, écrasa sa bouche contre la sienne et glissa une langue encore imbibée de tequila et de Cointreau à la rencontre de la sienne. A travers la soie légère du paréo, Malko sentait la tiédeur de son corps et ses seins pointus qui se pressaient contre sa veste d'alpaga. Dessous, elle ne portait absolument rien.

Jennifer s'écarta, amusée et provocante.

– *I have never make love with an Austrian... If I want*

(1) Mon Dieu, je me sentais vraiment mal.

a job in the travel business, I have to be familiar with foreign stuff... (1)

Déjà ses mains s'activaient sur la chemise de Malko. Elle arriva très vite à ses fins. Le paréo en profita pour glisser, découvrant ses seins aigus. Quand Malko posa ses lèvres sur l'un puis l'autre, Jennifer soupira d'aise.

– *Oh my God ! It's so good.*

Conscient de remplir une sorte de mission culturelle, Malko déploya tout son talent. Lorsqu'il atteignit le ventre de Jennifer, celle-ci se cabra d'abord, tenta mollement de le repousser, puis s'abandonna avec des soupirs qui augmentèrent jusqu'à se muer en un cri aigu. Ses cuisses tentèrent de se refermer, son ventre monta à la rencontre de la bouche qui lui dispensait tant de plaisir, puis elle retomba et dit d'une voix suppliante :

– *Oh, please, fuck me ! Now.* (2)

Malko s'enfonça avec lenteur dans le sexe lubrifié de la jeune femme, lui arrachant une longue plainte ravie. Lorsqu'il fut entièrement en elle, il écarta ses cuisses, relevant ses jambes pour la pénétrer plus profondément. Puis, il lui fit l'amour doucement, l'envahissant par des mouvements circulaires, puis la martelant avec régularité. Sa bouche rivée à la sienne, ses bras noués autour de son torse, ses jambes verrouillées à ses reins, Jennifer tressautait sous les coups de boutoir qui la clouaient au sofa.

Malko fut assez patient pour attendre son deuxième orgasme avant de se répandre en elle. Les ongles de la jeune femme s'enfoncèrent dans son dos et elle exhala un soupir étranglé.

– *Oh, my God ! You are so strong...*

Elle ne voulait plus le laisser partir. Visiblement, la première partie du programme l'avait beaucoup émue... Lorsqu'elle eut retrouvé son souffle, elle soupira.

---

(1) Je n'ai jamais fait l'amour avec un Autrichien. Si je veux travailler dans le tourisme, je dois m'habituer aux trucs étrangers.
(2) Je t'en prie. Maintenant ! baise-moi.

– *It's wonderful ! I am so fed up with the horny-well-hung studs who fuck you like in the gym'.* (Elle l'embrassa.) *You really know how to talk to a woman.* (1)
– *Thank you*, dit Malko.

Il avait bien mérité de l'Europe.

Jennifer se redrapa dans son paréo, et les yeux bordés de reconnaissance, l'accompagna à la porte pour un dernier baiser.

– *Take care !* (2)

Dans la rue, il réalisa qu'il ne savait ni son nom, ni son téléphone. Et qu'il ne la reverrait sûrement jamais. Son dernier souhait – courant dans le langage américain – était vraiment d'actualité. Après cette courte récréation, il allait plonger dans l'enfer.

*
**

En cravate, Roy Bean était encore plus solennel. Lui et Malko occupaient une petite table au *Café Roma*, au rez-de-chaussée du *Willard*. Le directeur adjoint de la direction des Opérations avait été ponctuel. Pendant qu'il écoutait en silence le compte rendu de Malko, il s'était fait servir un *long drink* à base de Gaston de Lagrange VSOP et de tonic.

– Parfait, conclut-il. Je vous ai trouvé un vol pour Los Angeles sur American. De là, vous irez jusqu'à El Centro. Il n'y a pas d'aéroport à Calexico. El Centro n'est qu'à une demi-heure de la frontière. Dès que vous serez à Mexicali, vous vous installez au *Holiday Inn*, Crown Plaza. Voilà le numéro où joindre notre équipe de « babysitters ». Ils attendront de l'autre côté de la frontière, à

---

(1) C'est merveilleux. J'en ai tellement marre des étalons bien montés qui baisent comme si c'était de la culture physique. Vous savez vraiment parler aux femmes.
(2) Faites attention.

Calexico, le code est *Basher*. Vous êtes « Basher 1 » et ils sont « Basher 2 ».

— Une fois que je connaîtrai le jour et l'heure de sortie de John Doe, que fait-on ?

— Je vous l'ai dit. Vous faites venir notre équipe. Il faut compter une demi-heure. Dès qu'il sort de la prison, vous l'embarquez. Nos gars sont des professionnels, cela ne devrait pas poser de problème.

— Comment vais-je le reconnaître ?

— L'avocate sera avec vous.

— Et ensuite ?

— Il y a deux méthodes possibles. Ou bien, vous le mettez dans le coffre et vous passez la frontière officiellement. Tout petit risque... Le mieux est de procéder clandestinement. A Mexicali, la frontière longe la lisière nord de la ville. D'abord un mur, puis, à l'est, un canal qui coule dans une tranchée. L'endroit est souvent utilisé par les « mules » transportant de la cocaïne. On peut en faire autant dans l'autre sens. C'est le plus sûr. Dès qu'il sera en territoire américain, on lui lira ses droits et on l'emmènera à El Centro, où un avion de la *Company* sera en *stand-by*. Comme on ne sait jamais ce qui peut se passer, ajouta l'Américain, je vous donne un petit viatique.

Il posa sur la table une serviette qu'il poussa vers Malko. Celui-ci entrevit la crosse d'un gros automatique. Avec quatre chargeurs fixés par des bandes adhésives.

— Taurus 9 mm, annonça d'une voix froidement clinique le *deputy-director* de la division des Opérations. Intraçable. A la frontière, *don't panic*. Les Mexicains ne fouillent *jamais* les voitures des *gringos*, dans ce sens. Mais, au cas où, ayez un billet de cent pesos prêt. Vous souriez et vous dites que vous êtes pressé. *No problem, amigo*, conclut-il avec un faux accent mexicain.

— Que Dieu vous entende ! répliqua Malko.

— Au pire, on vous sortira de là. Avec des dollars, on ne reste jamais en prison longtemps au Mexique, affirma Roy Bean.

Il acheva son Gaston de Lagrange *long-drink* et se leva.
– *Take care !*

Décidément, c'était une habitude... Malko, la serviette contenant le Taurus sous le bras, regagna sa chambre. Une chaleur poisseuse pesait sur le centre-ville en proie à d'abominables embouteillages depuis que Pennsylvania Avenue était interdite à la circulation dans sa portion longeant la Maison-Blanche, justement à la suite de l'attentat d'Oklahoma City. Des plots de ciment renforcés par des voitures de police la barraient.

Malko examina le pistolet : tout neuf, sans numéro de série, des cartouches « tueuses de flic » avec un pouvoir de pénétration très puissant. Une arme de tueur. Ce qu'il n'était justement pas. Un voyant rouge clignotait sur son téléphone : la messagerie automatique. Il composa le 6.

C'était la voix d'Eduardo Bosque. « J'ai eu une information, annonçait le Mexicain. Les Arrellano savent que John Doe est recherché pour l'attentat d'Oklahoma. Source DEA. Ils ont une "taupe" à San Diego. »

Malko raccrocha. Cela risquait de ne pas être aussi simple que Roy Bean le prévoyait. Selon leurs conventions, il ne pouvait pas le joindre, toutes les communications données à Langley étant enregistrées. Il chercha à imaginer ce que les Narcos pouvaient tenter : le plus simple était de liquider John Doe qui représentait un risque certain pour eux à sa sortie de prison. Petit élément imprévu qui ajoutait un peu de piment à une mission se présentant sous de si bons auspices.

CHAPITRE IV

Malko mit son clignotant et gagna la droite du boulevard Lopez Mateos, pour tourner dans la Calle Sur, une rue étroite descendant vers le centre moderne de Mexicali. A gauche, elle était bordée de petites maisons basses collées les unes aux autres, qui abritaient toutes des bureaux d'avocats dont les plaques de cuivre couvraient les murs comme des ex-voto. A droite, il repéra une grande cage grillagée, un peu comme une volière, devant l'entrée de la prison. Un panneau y détaillait les heures et les jours de visite. Derrière, on apercevait le haut d'un mirador surplombant le mur d'enceinte. A côté, se trouvaient le palais de justice et le siège de la police municipale. Des voitures de police noir et blanc stationnaient un peu partout, souvent en piteux état.

Il trouva une place un peu plus bas, dans un parking dominant un terrain vague bordé de plusieurs *changarros* (1). Dès qu'il sortit de la Buick, il fut happé par un vent violent, chaud et sec, dont les rafales soulevaient des flots de poussière jaunâtre. Il soufflait jour et nuit, balayant les rues sans joie qui se coupaient à angle droit, de cette ville plate, poussiéreuse, les habituelles arcades pouilleuses, les éventaires sur les trottoirs, les bus qui semblaient tous sortir après plusieurs tonneaux d'un ravin.

(1) Petits commerces volants.

La veille, il avait passé la frontière pratiquement sans s'en apercevoir. Durant les cinq heures du vol Washington-Los Angeles, il avait amèrement regretté le confort de l'Espace 180 d'Air France, arrivant en Californie moulu. Les premières américaines, c'était encore l'Age de pierre du transport aérien. Personne du côté américain et, à l'entrée de Mexicali, un policier mexicain indifférent qui faisait signe à toutes les voitures de passer sans même les regarder... Le *Holiday Inn* Crown Plaza se dressait au milieu de la nouvelle ville, moderne et laide, au coin de l'Avenida de Los Heros et de la Calle Romulo O'Farril. Il était presque désert. Qui pouvait venir à Mexicali, ville frontière construite jadis par les immigrants chinois, qui s'étalait le long de la frontière comme un gigantesque marché de voitures d'occasion, avec un restaurant chinois presque à chaque coin de rue ? Tout autour, le désert, et ce vent perpétuel qui vous vidait le cerveau.

Un million d'habitants, peut-être plus, personne n'en savait rien. D'innombrables usines de *maquilladora*, c'est-à-dire de transformation de produits bruts importés des Etats-Unis et réimportés ensuite sans douane, assuraient un peu moins de misère qu'ailleurs au Mexique...

Malko remonta à pied la Calle Sur, sur le trottoir de gauche. Plusieurs avocats guettaient le client sur le seuil de leur bureau, avec des mines gourmandes, comme des putes.

Il s'arrêta devant le numéro 100. Un panneau annonçait : *Despacho Juridico – Avogado Spinoza*. Il poussa une porte en verre dépoli et entra directement dans un petit bureau où un climatiseur bruyant sortait du mur comme un bubon. Une secrétaire à lunettes lui adressa un sourire commercial éclatant.

– *Buenos días, señor. Que puede...*
– Je veux voir l'*avogado* Spinoza.
– *Como no ! Momentito*.

Elle disparut derrière une porte capitonnée dont le rembourrage s'échappait par de multiples blessures. Puis elle réapparut et lui tint la porte ouverte.

– *Con permiso, señor*.

Malko pénétra dans un bureau aux murs ornés de diplômes qui attestaient que Guadalupe Spinoza avait poursuivi de brillantes études dans différentes facultés américaines et mexicaines. Elle vint à sa rencontre. Une frange carrée, des lunettes carrées, aux verres presque aussi épais que ceux d'Eduardo Bosque, rendaient sa grosse bouche rouge plus détonnante dans cet ensemble austère. Elle était vêtue d'un corsage noir opaque et d'un jean, noir également, extrêmement moulant. A mi-chemin entre la *career-woman* et la pute.

– Que voulez-vous, *señor* ? demanda-t-elle.

Malko lui tendit le mot d'Eduardo Bosque qu'elle lut rapidement. Ensuite, elle sortit un briquet Zippo gainé de crocodile noir de son sac et le brûla avec soin.

– Je suis au courant, dit-elle en revenant derrière son bureau.

Ensuite, elle prit son téléphone et appela quelqu'un au palais de justice. La conversation en espagnol dura assez longtemps. Elle raccrocha avec un sourire.

– Je pense que cela ne pose pas de problème, annonça-t-elle. Le juge qui s'occupe de l'affaire sera là cet après-midi. Je le connais.

– Combien cela va-t-il coûter ?

Elle calcula rapidement.

– Mille dollars pour la caution, mille pour le juge, cinq cents pour moi. Mais vous risquez de ne jamais revoir la caution, même si cet homme est déclaré par la suite non coupable.

– Aucune importance, affirma Malko en sortant de son attaché-case des liasses de billets de cent dollars.

Il en compta trois mille pour mieux motiver Guadalupe Spinoza. Celle-ci les enferma dans un vieux coffre mural et lui serra la main.

— Je vous appelle à l'*Holiday Inn*, annonça-t-elle. A *las siete en la tarde*. Je pense qu'il pourra sortir demain.

Il se retrouva dans le vent violent. En face de la sortie de la prison, deux cireurs de chaussures juchés sur des sièges très hauts, comme des arbitres de tennis, et abrités sous un parasol en loques, attendaient le client. Quelques familles patientaient devant la cage grillagée. Malko regagna sa voiture et prit le boulevard Adolfo Lopez vers le nord et le centre de la vieille ville, beaucoup plus animé. Prenant à droite dans la Calle Mexico, il tomba sur l'Avenida Francisco Madero, en sens unique vers l'est. Il la suivit sur plusieurs kilomètres. Les maisons se faisaient de plus en plus rares. Enfin, il tourna à gauche, vers le nord, et déboucha dans l'Avenida Cristobal Colon, qui marquait la frontière entre les deux pays. A droite des maisons, à gauche un remblai de terre haut de cinq mètres. Tous les vingt mètres, une plaque de métal sur un poteau télégraphique mentionnait : *United States of America. No trepassing*. Un côté de l'avenue était au Mexique, l'autre aux Etats-Unis.

Il escalada sans mal le remblai. De là, la vue plongeait sur un canal rectiligne et anémique, butait sur un autre remblai et enfin se perdait sur des champs plats comme la main : les Etats-Unis.

C'est par là qu'il devrait faire passer John Doe. Il n'y avait plus qu'à le récupérer.

Le hall du *Holiday Inn* était toujours aussi désert. Le vent dissuadant de toute promenade, il remonta dans sa chambre. A l'horizon s'étendaient des montagnes bleues et, à perte de vue, le désert. Ici, l'été, il faisait cinquante-cinq degrés à l'ombre !

Il patienta devant la télé jusqu'à six heures. Quand le téléphone sonna, il reconnut tout de suite la voix de Guadalupe Spinoza.

— Nous pouvons nous voir à sept heures, proposa-t-elle.
— Oui. Où ?

— Au motel *Colonial*, juste à côté de votre hôtel, boulevard Lopez Mateos et Calle Calafia.

Un peu surpris, Malko demanda :

— Comment nous retrouvons-nous ?

— Allez-y à pied. J'ai une Ford Escort rouge. Elle sera garée devant la chambre. Je vous guetterai. *Hasta luego*.

Visiblement, elle ne tenait pas à prolonger la conversation.

Il avait largement le temps. Il sortit le Taurus de sa valise et le glissa dans sa ceinture : c'était rare qu'un avocat donne rendez-vous dans un motel. Pourtant, Guadalupe Spinoza ne semblait pas vouloir faire des folies de son corps. Donc, il y avait une autre raison...

Le soir tombait très vite et le désert prenait d'admirables teintes mauves... Ici, à Mexicali, à quarante kilomètres de Yuma, on se sentait sur une autre planète. Pas de touristes, pas d'étrangers. Le Mexique profond.

A sept heures moins dix, il descendit.

*
**

L'Escort rouge se trouvait en face de la chambre 112, au rez-de-chaussée du *Colonial*. Malko eut à peine le temps de se diriger vers la porte-fenêtre que Guadalupe Spinoza l'entrouvrit. Il se glissa à l'intérieur et elle referma aussitôt. Il eut le temps de remarquer que l'entrebâilleur de l'autre porte était mis. L'avocate alluma une cigarette avec son Zippo gainé de *vrai* croco sorti d'un sac en faux croco.

On ne peut pas tout avoir !

Puis elle tendit à Malko une enveloppe kraft. Elle semblait nerveuse.

— Je vous rends votre argent, *señor*, je n'en ai pas besoin. *Hay una bronca*. (1)

(1) Il y a une merde.

Malko sentit un picotement désagréable au creux de son estomac.

– Vous ne pouvez pas le faire sortir ?
– Il est déjà sorti.

Guadalupe Spinoza s'assit sur le lit, jambes croisées, ôta ses lunettes, dévoilant de grands yeux noirs à l'expression floue mais belle, et tira une bouffée de sa *Lucky Strike* « light ». Elle souffla la fumée devant elle avant de dire d'un ton chargé d'un peu de reproche :

– Vous auriez dû me dire, *señor*, que cet homme était un protégé du cartel de Tijuana. J'aurais été plus prudente...

L'adrénaline se rua dans les artères de Malko comme un torrent.

– Il a été libéré ?
– On l'a fait libérer, corrigea l'avocate. Il y a quatre jours. Un de mes confrères, l'*avogado* Francisco Juarez, a reçu une très belle femme, une Mexicaine, Exaltación Garcia, qui lui a dit être mandatée par les frères Arrellano pour faire libérer John Doe. Elle lui a promis mille dollars, à se partager entre le juge et lui, plus le paiement de la caution. L'affaire a été réglée le lendemain. La plainte contre lui a été classée. On est toujours content de faire plaisir à la famille Arrellano, à Mexicali.

Malko accusa le coup. Ou c'était une coïncidence troublante, ou l'information d'Eduardo Bosque était exacte : les amis mexicains de John Doe savaient maintenant qu'il était recherché par le FBI pour l'affaire d'Oklahoma City. Et, apparemment, ils avaient voulu le mettre à l'abri. Dépité, il demanda :

– Sait-on ce qu'il est devenu ?
– Cette femme est venue le chercher à sa sortie de prison. Ils sont partis en voiture. Une BMW grise.
– Vous pensez qu'il est encore en ville ?

Guadalupe Spinoza secoua la tête.

– Peu probable. Mexicali, c'est tout petit. Il a dû partir pour Tijuana...

— Où habitait-il à Tijuana ?

— Je ne sais pas, avoua-t-elle. Il faudrait que je demande au juge ou aux policiers. Mais c'est ennuyeux...

— Il n'y a aucun autre moyen ?

— Demander à son avocat, mais je ne peux pas le faire moi-même. Il se trouve au numéro 88, Calle Sur.

— Et cette Exaltación Garcia ?

— Personne ne sait rien d'elle. Elle n'est pas de Mexicali. Mais John Doe, quand il a été arrêté, sortait d'un restaurant d'ici, *El Sarape*. Il y est peut-être connu.

— On pourrait y dîner ? suggéra Malko. Mon espagnol n'est pas fameux pour faire une enquête.

Guadalupe Spinoza marqua une imperceptible hésitation avant de dire :

— D'accord, mais c'est vraiment parce que vous êtes un ami d'Eduardo. Ici, si on veut rester vivant, on ne touche pas aux affaires du clan Arrellano... Je vais me changer. On se retrouve en face du restaurant, dans une heure. Calle Bravo, juste avant l'Avenida Reforma. Vous verrez l'enseigne lumineuse. *Adiós*.

Il sortit le premier, alla prendre sa voiture au parking et fonça vers le centre. Il trouva la poste sur l'Avenida Francisco Madero, pas loin de la frontière. Parmi la foule habituelle des mendiants, des miséreux couchés sur le trottoir et des gens attendant pour téléphoner, il fit la queue comme tout le monde, obtint une cabine et composa le numéro donné par Roy Bean. On décrocha en un dixième de seconde.

— Ici, Basher 1, dit Malko, l'opération est provisoirement annulée. Je vous recontacterai.

— Quand ?

— Impossible de le dire maintenant. Quelques jours. L'intéressé n'est plus là.

— Bien, je transmets, répondit « Basher 2 », du même ton.

Malko ressortit des *Teléfonos del Nordeste*, en proie à des sentiments mitigés. Comme toujours, les choses ne se passaient pas comme prévu... Normalement, il aurait dû simplement repasser la frontière. Sa mission ne consistait pas à retrouver John Doe quelque part au Mexique. Mais sa conscience professionnelle le poussait à continuer ses investigations. Tant qu'il y avait un fil à tirer...

Pour tuer le temps, il traîna en ville. Le centre pourrissait tout doucement : saletés, tas d'immondices, gens étalés sur les trottoirs, bus puants et avenues au macadam défoncé... Partout, des voitures d'occasion. On se serait cru dans une banlieue pauvre. Seules les enseignes tarabiscotées des restaurants chinois rompaient cette déprimante monotonie.

Il était presque neuf heures quand il s'engagea dans la Calle Bravo. On ne pouvait pas rater l'enseigne de néon d'*El Sarape*. L'Escort rouge était garée devant. Guadalupe Spinoza en émergea et vint à sa rencontre. Elle avait troqué son jean noir contre une jupe et des bas noirs, et ôté ses grosses lunettes. Un pull noir moulait sa poitrine pleine. Les Mexicaines semblaient toutes bien pourvues de ce côté.

Une demi-douzaine de *mariachis*, sanglés dans des tenues noires rehaussées de broderies d'argent, traînaient devant *El Sarape*, bavardant avec le tenancier d'un bar en plein air. La salle était déserte, elle évoquait plus un patronage qu'un restaurant de luxe avec ses tables recouvertes de toile cirée bariolée et ses bancs de bois. Une estrade vide et de la musique en conserve. Guadalupe Spinoza et Malko se retrouvèrent devant un amoncellement de *tacos*, de *guacamole* (1) et de haricots rouges... Plus deux « Original Margarita » – Cointreau, tequila et citron vert – à assommer un bison. L'avocate avait exigé qu'on les prépare devant eux.

– Sinon, ils remplacent le Cointreau par autre chose, expliqua-t-elle, et on a mal à la tête. Pourtant, c'est le meilleur endroit de Mexicali.

(1) Purée d'avocats.

Qu'est-ce que devaient être les autres...

Peu à peu, la salle se remplit, de Mexicains uniquement, souvent en famille. Un *mariachi* fit son apparition, puis un autre et un autre... Ils se réunirent enfin sur l'estrade et l'endroit s'anima un peu. Mais le temps d'attaquer *Cielito Lindo*, ils disparurent ensuite comme ils étaient venus, sans doute épuisés par l'effort.

– En semaine, il n'y a pas beaucoup de monde, commenta Guadalupe.

– Pourriez-vous essayer de vous renseigner sur John Doe ? demanda Malko. Peut-être auprès des musiciens ?

– Allons-y ensemble, suggéra-t-elle.

Ils retrouvèrent les *mariachis* dehors et l'avocate aborda un moustachu qui ressemblait à Pancho Villa. Elle expliqua que Malko recherchait un copain *gringo* qui venait souvent là. Lorsqu'elle le décrivit, l'homme éclata de rire.

– *Ah, El Toro ! Si, como no ! Está muy bonito con las mujeres...* (1)

– Il dit qu'il plaît beaucoup aux femmes, traduisit l'avocate.

– Pourquoi ? demanda Malko, intrigué.

Le *mariachi*, avec un clin d'œil égrillard, eut un geste expressif, le poing fermé, l'avant-bras replié. Sans se troubler, Guadalupe commenta pour Malko :

– Il est monté comme un taureau...

– Comment le savent-ils ?

Il ne comprit pas toute la conversation parce qu'ils parlaient trop vite. Elle se retourna avec un sourire troublé.

– Il a rencontré une fille, ici. Elle a prétendu qu'il était le meilleur coup du Mexique. Ils faisaient l'amour dans le parking voisin et on entendait la fille jusque de l'autre côté de la frontière. Alors, ils les ont accompagnés à la trompette...

---

(1) Le Taureau ? Bien sûr ! Il est très bon avec les femmes.

Maintenant, tous les *mariachis* étaient autour d'eux, hilares. Certains guignaient Malko, la mine curieuse, se demandaient sans doute s'il avait les mêmes caractéristiques que son copain *gringo*.

– Et cette fille ?

– Ils disent qu'elle était très belle. De longs cheveux noirs jusqu'aux reins, des seins pointus, une robe boutonnée devant. Une Mexicaine.

Cela correspondait à Exaltación Garcia.

– Ils ne savent pas où il habite ?

Il y eut un court brouhaha puis un des musiciens lança :

– A l'hôtel *Cecil, creo que sí*.

« Pancho Villa » lui jeta un regard courroucé et corrigea aussitôt :

– On ne sait pas vraiment. Mais on ne l'a pas vu depuis longtemps. Et la fille non plus.

Il donna le signal du départ et ils rentrèrent tous à l'intérieur. Malko aperçut alors un moustachu efflanqué, en polo vert, qui les observait, l'œil mauvais. Il disparut dans l'ombre du bar.

– On n'apprendra rien de plus, dit nerveusement Guadalupe.

– Vous connaissez le *Cecil* ?

– C'est dans le centre. Mais il est trop tard maintenant.

– J'irai demain.

Guadalupe Spinoza regarda sa montre.

– Il faut que j'aille me coucher. Je travaille tôt demain.

Malko l'accompagna à sa voiture. Elle lui dit alors à voix basse :

– Vous avez vu l'homme en polo vert qui nous observait ? Il fait partie du cartel. Beaucoup de cocaïne passe par ici. Elle arrive de San Felipe par la route, franchit la frontière ici et remonte par Imperial Valley jusqu'à San Bernardino, aux Etats-Unis. Le cartel a des mouchards partout. La police mexicaine est achetée, mais ils se méfient des *gringos*... *Adiós*. Je suis à mon bureau demain.

Elle démarra et il regagna sa Buick de location.

***

La façade jaune criard du *Cecil* tranchait sur les autres bâtiments voisins, couleur sable. Situé au cœur de Mexicali, dans une petite rue au sol défoncé, pompeusement baptisée Calle Hidalgo et encombrée de vieux bus parqués en épi, l'hôtel n'aurait même pas mérité le quart d'une étoile. Malko s'engagea dans un escalier raide, noir de crasse, qui s'ouvrait à côté d'un barbier occupant le rez-de-chaussée.

Un moustachu ratatiné, de type indien, installé derrière un comptoir noirâtre, lui jeta un regard étonné.

– *Señor ?*

Malko, qui connaissait le Mexique, posa sur le comptoir un billet de cent pesos.

– Je cherche un ami qui habite ici.

– *¿ Como se llama ?*

Le billet avait déjà disparu.

– John Doe.

Le Mexicain se rembrunit.

– *No está aquí ahorita, señor...*

– *Donde está ?*

– *No lo sé.*

Second billet.

– *Arrestado por la policía*, murmura le vieil Indien. *En la cárcel...*

– Il n'y est plus, précisa Malko.

L'employé eut un geste d'impuissance.

– *¿ Y su amiga, la mujer guapa ?*

– *No está aquí, señor.*

Il fallait frapper un grand coup. Malko prit cinq billets de cent pesos. Le vieux n'en revenait pas, ses mains en tremblaient. Après avoir déchiré les billets en deux, Malko posa les cinq moitiés sur le comptoir et brandit les autres.

– Vous devez bien savoir autre chose ?

Le vieux hésita, les sourcils froncés, cherchant désespérément comment récupérer les autres moitiés de billets. Il prit sous son comptoir un registre à la couverture noire et l'ouvrit. Malko comprit que c'était le livre des entrées. Le vieux commença à le feuilleter et posa finalement le doigt sur un nom.

Malko lut : « *John Doe, USA. Documento 4532798 OP 23 de Mayo. Arrivando de Estados Unidos. Hotel Desert Inn. Needles. Texas.*

Malko nota l'adresse tandis que le vieux commençait à recoller les billets. Il n'y avait rien de plus à tenter. Peut-être que par cette adresse, on remonterait plus loin.

Il restait encore une démarche à accomplir.

*
**

L'*avogado* Francisco Juarez semblait sortir de la pire série B hollywoodienne. Mal rasé, la chemise crasseuse, le regard luisant de cupidité, il avait accueilli Malko avec une servilité cauteleuse, lui demandant aussitôt ce qu'il pouvait faire pour lui.

— Je cherche à retrouver un de mes amis, annonça Malko. John Doe. Il m'avait écrit qu'il se trouvait à la prison de Mexicali. Or, j'ai découvert qu'il a été libéré. On m'a dit que vous vous étiez occupé de son cas.

— Ah bon ? Qui donc ?

— Au palais de justice.

— *Sí, sí*, confirma Francisco Juarez. C'est un brave garçon. Il s'était un peu énervé. J'ai pu le faire libérer il y a quelques jours et il est reparti aux Etats-Unis.

— Vous savez où il se trouve ?

L'autre écarta les bras avec un sourire faussement ingénu.

— *Señor*, les gens sont ingrats. L'avocat, quand on en a fini avec lui, on n'y pense plus.

Il s'était levé et raccompagnait déjà Malko.

Celui-ci n'eut qu'à parcourir vingt mètres pour arriver

au bureau de Guadalupe Spinoza. Il lui fit part de ses modestes découvertes et elle lui annonça :

– J'ai appris une chose bizarre. La voiture de John Doe, une Camaro, est toujours à la fourrière.

– Qu'est-ce que cela signifie ?

– Je ne sais pas, avoua-t-elle. Peut-être est-il parti très vite. Ou peut-être n'en a-t-il plus besoin.

– Vous voulez dire qu'il serait mort ?

– Peut-être. Il connaît des gens dangereux.

– Je vais quitter Mexicali, annonça Malko, laissez-moi vous emmener déjeuner.

Ils prirent sa voiture pour remonter vers le boulevard Lopez Mateos. Malko s'arrêta au croisement, le feu étant au rouge. Aussitôt, un jeune homme déguisé en clown, son énorme bouche rouge tranchant sur le blanc de son visage, surgit devant son capot et commença à jongler avec trois balles de tennis, avec des mimiques.

– Il veut de l'argent, expliqua Guadalupe Spinoza. Il y en a partout ici. C'est la forme locale de mendicité.

Le feu passa au vert. Le clown ne s'écartait pas, empêchant Malko de démarrer. Celui-ci donna un léger coup de klaxon. Sans plus de résultat.

L'exclamation de l'avocate propulsa son pouls à cent cinquante.

– *Va ! Arriba !* (1)

Pourtant, le clown se tenait toujours devant son capot.

---

(1) Vas-y ! Avance !

CHAPITRE V

Malko hésita à écraser l'accélérateur.
Le clown jonglait toujours avec ses trois balles de tennis devant le capot de la Buick, comme s'il n'avait pas vu le feu passer au vert. Les voitures déboitaient furieusement dans un concert de klaxons derrière Malko. Celui-ci suivit le regard de Guadalupe Spinoza, fixé sur le trottoir de gauche. Ce qu'il vit lui asséha la gorge. Un homme, à trois mètres de la voiture, un pistolet dans la main droite, tirait furieusement sur la culasse, la fenêtre d'éjection tournée vers le sol, vraisemblablement pour expulser une cartouche coincée. L'étui de cuivre tomba sur le sol au moment où Malko démarrait. L'homme déguisé en clown fit un écart, mais ne put éviter le choc. L'aile avant gauche de la Buick le heurta.

A l'instant où il roulait sur le sol, trois détonations claquèrent, très rapprochées, et la glace arrière gauche de la voiture vola en éclats.

Dans le rétroviseur, Malko aperçut l'homme qui tenait son pistolet à deux mains. Comme la Buick s'éloignait, il enfonça l'arme dans sa ceinture et s'enfuit, traversant en biais l'Avenida Lopez Matéos, en direction du *Centro commercial* Dorian's, si vite qu'il ne vit pas un autobus qui le cueillit de son énorme pare-chocs et le projeta, tête la première, sur l'asphalte.

Malko vit sa tête éclater sous le choc. L'homme resta

allongé sur le dos, son arme à terre près de lui, son sang se répandant comme de l'eau sur la chaussée. Le clown s'était déjà relevé et s'enfuyait lui aussi à toutes jambes. Le feu était repassé au rouge et les automobilistes descendaient de leur voiture pour voir ce qui se passait.

– On a voulu vous tuer, murmura Guadalupe Spinoza, encore sous le choc.

La sirène d'un motard se rapprochait. Malko ouvrit la boîte à gants et prit son Taurus par le canon.

– Vous pouvez mettre cela dans votre sac ?

L'avocate prit l'arme sans mot dire et l'enfouit dans son sac. Il était temps. Les policiers surgissaient de toutes parts.

– Laissez-moi faire, conseilla Guadalupe Spinoza.

Elle descendit et alla au-devant d'un motard casqué.

*
**

Malko regarda sa montre : cinq heures et quart ! Ils étaient restés six heures à la *Comandancia de Policía municipale*. Sans la présence de l'avocate, plus cinq cents dollars distribués sous des prétextes divers, ils y seraient encore... Visiblement, cette tentative de meurtre sur un *gringo* intriguait les policiers. Le meurtrier, identifié, était un petit *malo chico* (1) comme il en traînait des dizaines dans le centre-ville ; son arme, un vieux Llama 9 mm au numéro limé. On n'avait pas retrouvé le clown.

Malko avait juré de rien comprendre à cet attentat, et suggéré qu'il s'agissait d'une erreur. Paisible touriste venu rendre visite à l'amie d'un ami, il ne s'expliquait pas « l'incident ». Comme les policiers ne pouvaient décemment retenir un touriste parce qu'on avait essayé de l'assassiner, ils s'étaient contentés de prendre une longue déposition.

A peine sortis du commissariat, l'avocate emmena

(1) Mauvais garçon.

Malko boulevard Castellon, chez un garagiste de ses amis qui changea la glace pulvérisée par les balles du tueur.

Tandis que le garagiste procédait à la réparation, ils allèrent s'installer dans un bar voisin. L'avocate alluma une *Lucky* et se fit servir un Gaston de Lagrange XO qu'elle avala pratiquement d'un trait. Elle remarqua, encore choquée :

– Ils ont été vite.
– Vous pensez que ce sont les Arrellano ?
– *Claro que sí.*
– Pourquoi ? Je n'ai rien découvert.

Elle eut un sourire résigné.

– Le seul fait de s'intéresser à eux est déjà trop. Tout leur système repose sur deux piliers : la peur et la corruption.

– Donc, John Doe n'est pas mort ? Ils craignent que je le retrouve.

– Peut-être, admit-elle. Ou il est retourné aux Etats-Unis.

– Je ne crois pas. C'est dangereux pour lui.

Guadalupe Spinoza eut un geste fataliste.

– Alors, il ne peut être que dans deux endroits : Tijuana ou l'enfer. Ce qui revient à peu près au même.

– Comme je ne veux pas aller en enfer, je vais essayer Tijuana, conclut Malko. Vous voulez m'accompagner ?

Elle secoua la tête, soudain grave.

– Non. J'ai deux enfants et je suis veuve. Mon mari, magistrat, a été assassiné par les Narcos. Il refusait d'en remettre un en liberté. Je ne peux pas courir ce risque.

Malko serait donc obligé de se contenter des deux « contacts » donnés par Eduardo Bosque.

La réparation terminée, il paya et ils repartirent. Dans la voiture, l'avocate lui rendit son Taurus.

– Déposez-moi à mon bureau, demanda-t-elle. Et quittez la ville au plus vite. La police va vous surveiller. Pour leur compte ou celui des Arrellano.

La route s'allongeait sous un soleil de plomb, rectiligne jusqu'à l'horizon montagneux chevauchant la frontière. De chaque côté, le désert s'étendait à perte de vue. Soudain, le cœur de Malko se mit à battre plus vite. Une voiture venait d'apparaître dans son rétroviseur. Sur le toit, elle portait la bande tricolore des véhicules de police. Il leva le pied, revenant à la vitesse limite de cinquante kilomètres à l'heure.

L'autre véhicule se rapprocha sans chercher à le dépasser. A bord, il distingua deux policiers en uniforme. Dans n'importe quel pays du monde, cela n'aurait rien eu d'inquiétant.

Mais, au Mexique, les policiers n'étaient le plus souvent que des vautours en uniforme bleu.

Eduardo Bosque lui avait raconté que, six mois plus tôt, en plein Tijuana, des policiers fédéraux honnêtes avaient voulu coincer Ramon Arrellano qui circulait dans une Suburban volée. Mais le Narco était défendu par une vingtaine de policiers municipaux. Ceux-ci avaient abattu les quatre policiers fédéraux, tandis que Ramon Arrellano s'enfuyait.

Un quart d'heure s'écoula. Malko attaquait les premiers contreforts de la montagne : un paysage caillouteux, lunaire, sans âme qui vive, ni habitation, beau et sinistre à la fois. La voiture de police était toujours là, collée à lui. Cela commençait à devenir angoissant.

Pourquoi le suivait-on ?

Il se posait des questions, se demandait si une seconde voiture n'attendait pas derrière un des innombrables virages. Le parfait guet-apens. Il n'avait pas doublé un seul véhicule depuis son départ de Mexicali...

Sans ralentir, il attrapa le Taurus dans la boîte à gants, et, lâchant le volant quelques secondes, fit monter une balle dans le canon. Piètre défense contre plusieurs hommes armés de fusils à pompe, mais c'était mieux que rien.

Trois kilomètres plus loin, il aperçut un écriteau, avec une flèche : « Tijuana Autopista. »

L'*autopista* ressemblait furieusement à une route ordinaire, à part son revêtement, d'une qualité exceptionnelle pour le Mexique...

Il jeta un nouveau coup d'œil dans le rétroviseur et crut rêver : la voiture de police avait disparu. Elle avait dû tourner dans une piste dissimulée entre deux amas de rochers.

Dix minutes plus tard, Malko fut certain qu'elle l'avait lâché. Ou les policiers voulaient s'assurer qu'il quittait bien la ville, ou savoir où il allait. Or, cette route ne menait qu'à Tijuana.

Il accéléra, ayant hâte quand même de quitter cette région désolée avant la nuit.

*
**

Le petit convoi venant de la Calle Buenaventura tourna à vive allure dans la Calle Jerez, une voie élégante de la *Fraccione* (1) Chapultepec, juste en bordure du golf de Tijuana, qui occupait une trentaine d'hectares entre le boulevard Agua Caliente et les rues calmes du quartier résidentiel. En tête venait une grosse Chevrolet Suburban marron aux glaces teintées, suivie d'une Jeep Cherokee dont le panneau arrière était rabattu, permettant de voir les hommes armés qui s'entassaient à l'intérieur, face à la route. Une voiture bleu et blanc cabossée de la *Policía municipale* fermait la marche. Les trois véhicules stoppèrent en face d'un portail noir coupant de hauts murs peints en vert. La portière avant droite de la Suburban s'ouvrit et un des passagers alla pianoter un code digital installé sur un des vantaux. Le portail s'ouvrit silencieusement, tandis que deux caméras de télévision installées sur les piliers qui l'encadraient pivotaient en direction des arri-

(1) Lotissement.

vants. Tous ceux-ci se ressemblaient, des bêtes en blouson et jean, avec des pistolets dans la ceinture, ou de courts Ingram. Ils se disposèrent en arc de cercle, face aux policiers restés dans leur voiture. Tous ces hommes étaient membres de la *Policía Judiciale Federale*, l'équivalent mexicain du FBI...

La Suburban franchit alors le portail et remonta une allée entourée d'un gazon digne de la Grande-Bretagne, pour s'arrêter sous le porche d'une énorme maison verte de style colonial, à deux étages.

Plusieurs voitures étaient garées là : une BMW, une Mercedes 600 en plaque BC (1), une Cadillac Eldorado en plaque US, une auto de Mexico City.

Toutes les portières de la Suburban s'ouvrirent en même temps, crachant quatre hommes armés de AK 47. L'un d'eux ouvrit respectueusement la portière arrière droite, d'où émergea un homme aux cheveux très longs sur la nuque et rejetés en arrière, aux épaules larges. Son visage plat révélait son métissage indien, ses yeux vifs étaient pleins de gaieté, et sa moustache finement ciselée nettement plus longue que sa bouche. Il portait un élégant blouson de daim et un pantalon de gabardine, des Santiags noires impeccablement cirées, et tenait un attaché-case à la main. Il souleva le marteau de la porte qui s'ouvrit aussitôt sur une soubrette.

Le hall au sol de marbre était éclairé par un lustre de Murano. Deux somptueuses commodes Boulle installées par l'architecte d'intérieur Claude Dalle se faisaient face, de part et d'autre d'une double porte qui donnait sur un immense living regorgeant de tableaux modernes et d'œuvres d'art. Les portes-fenêtres s'ouvraient sur le golf.

Un homme de haute taille, les cheveux courts, le visage énergique, les yeux bleus sous des paupières tombantes, vêtu d'une chemise brodée et d'un pantalon blanc, était installé dans un canapé de cuir blanc, en train de savou-

(1) Baja California.

rer un *long drink*, soda et Gaston de Lagrange VSOP. Il posa son verre à côté de la bouteille et se leva.

– *Como está*, Benjamin ? s'enquit-il d'un ton chaleureux.

Gustavo Ortuzar avait beau être un des hommes les plus riches du Mexique – propriétaire entre autres de l'hippodrome Agua Caliente de Tijuana, d'un énorme centre commercial Viva Tijuana sur la frontière ; constructeur de camions et importateur exclusif de Mercedes ; président d'une des plus importantes compagnies financières du pays, la Banamex, et d'une compagnie aérienne, Transportes Aeros Ejecutivos – il était d'une affabilité exquise.

Les bonnes manières l'avaient grandement servi dans sa carrière politique. Plusieurs fois ministre, il était dans les meilleurs termes avec le nouveau président du Mexique, Ernesto Zedillo. Sa fortune incalculable l'avait évidemment aidé à jouer un rôle politique de premier plan. Comme il avait coutume de dire : « *Un politico pobre es un pobre politico.* » (1)

C'était loin d'être son cas...

Il avait beau être infiniment plus riche que son visiteur, Benjamin Arrellano, il lui manifestait toujours une courtoisie ostensible, à laquelle le Narco était très sensible.

– *Todo está muy bien, profesor*, répondit ce dernier.

Les deux hommes s'étreignirent, se donnant plusieurs fois l'*abrazo* en signe d'amitié solide.

Ils avaient bien quinze centimètres de différence. Durant sa jeunesse, Benjamin Arrellano avait manqué de protéines. S'il avait pu se modeler un corps d'athlète grâce à la gymnastique, rien n'avait pu le faire grandir. Il en avait fait longtemps un complexe. Jusque dans les années 80, les Arrellano n'étaient que des petits voyous minables. En 1986, ils avaient hérité de l'empire d'un « parrain » de la drogue, Miguel Angel Felix Gallardo, en prison depuis cette date.

(1) Un homme politique pauvre est un mauvais homme politique.

Grâce à une organisation féroce et bien huilée, ils faisaient désormais entrer tous les ans des dizaines de tonnes de cocaïne aux Etats-Unis.

– J'ai quelque chose pour vous, *profesor*, annonça Benjamin Arrellano en posant sur une table basse un attaché-case de cuir noir tout neuf.

Gustavo Ortuzar inclina la tête avec un sourire.

– *Muchas gracias*, Benjamin.

Sans même ouvrir l'attaché-case, il connaissait son contenu : deux millions de dollars en billets de cent. Son *retainer* (1) mensuel, afin que les affaires du cartel de Tijuana se déroulent sans heurts. Certes, les Arrellano achetaient directement de multiples protections, policières et judiciaires ; mais en sus, une protection politique au plus haut niveau leur demeurait indispensable. Or, Gustavo Ortuzar était l'un des hommes politiques les plus puissants du pays. Depuis toujours, il avait ses entrées à Mexico City et des amitiés vieilles de quarante ans avec les principaux dirigeants du PRI, surtout ceux de l'aile dure et conservatrice, les « Dinosaures » qui voulaient passer les insurgés zapatistes du Chiapas au Napalm, et faisaient assassiner les paysans réclamant leurs terres par des tueurs à gages. Ceux-là collaboraient depuis toujours avec les cartels mexicains de la drogue, qui, en retour, finançaient leurs campagnes électorales. Et, parfois, liquidaient des membres de l'opposition, afin que le système se perpétue.

Ne sachant que faire de son argent, Gustavo Ortuzar avait construit un golf en pleine ville, ainsi que deux énormes tours de trente-deux étages, bien étranges dans cette ville toute plate, composée pour moitié de bidonvilles.

Un maître d'hôtel dont les gants blancs tranchaient sur le teint basané apparut avec un seau en cristal contenant une bouteille de Taittinger « Comtes de Champagne »,

---

(1) Forfait.

blanc de blancs 1988 et en fit sauter le bouchon. Il remplit cérémonieusement deux coupes.

– *Salud !* fit Gustavo en levant la sienne.

Benjamin Arrellano trempa ses lèvres dans le liquide pétillant avec le respect d'un dévot recevant la communion.

Cela le changeait de la rudesse de la tequila. Secrètement, il admirait l'aisance du milliardaire qui commandait son caviar en Iran, son champagne en France et envoyait chercher son décorateur d'intérieur, Claude Dalle, à Paris, dans un Concorde d'Air France. Lui-même utilisait beaucoup Concorde. L'idée de traverser l'Atlantique en un peu plus de trois heures le grisait. Pour ses cinquante ans, il avait loué à Air France un Concorde afin d'emmener une poignée d'amis dîner à Paris chez *Maxim's*.

Gustavo reposa sa coupe et demanda :

– Y a-t-il des nouvelles sur les sujets qui nous préoccupent ?

En dehors du business, il n'avait pas grand-chose à dire à Benjamin, le plus fréquentable des frères Arrellano, mais quand même un voyou mal dégrossi et brutal. Quant à eux, à part une vague admiration, ils n'éprouvaient aucun sentiment pour leur protecteur, sinon une certaine jalousie. Car s'ils n'étaient pas vraiment traqués, grâce à leurs appuis politiques, les Arrellano ne bénéficiaient pas du même niveau de vie que Gustavo Ortuzar, et étaient condamnés à une semi-clandestinité, sous des faux noms, dans des maisons louées par des tiers, pendant que Gustavo Ortuzar se pavanait dans les cérémonies officielles au côté du gouverneur de Baja California, faisait décorer les deux mille mètres carrés de sa maison par l'architecte d'intérieur Claude Dalle. Des boiseries dorées à la feuille d'or aux meubles de style, en passant par d'authentiques antiquités du XIXe siècle. Et quand sa photo paraissait dans les journaux de la capitale, ce n'était pas avec une promesse de récompense dessous...

Benjamin Arrellano frotta ses mains l'une contre l'autre, gêné.

– D'abord une mauvaise nouvelle, *profesor*, avoua-t-il. Vous connaissez le *señor* Alvaro Obregon ?

– *Como no !* fit le Mexicain. Il habite juste à côté. Il lui est arrivé quelque chose ? Je l'ai encore vu hier.

– A lui rien, précisa Benjamin. Mais à son fils. Hier soir. C'était le dernier délai qu'on lui avait accordé...

José Obregon faisait partie des « blousons dorés » de Tijuana. Par défi et pour se faire de l'argent de poche, il passait de la cocaïne pour le cartel. Cette fois-là, il avait gardé l'argent...

– Je vois, fit pensivement Gustavo Ortuzar. C'est dommage, il jouait bien au golf. Mais il... (Il faillit dire : « Il n'avait pas de plomb dans la tête », mais se reprit à temps, et conclut :) il n'était pas assez mûr.

Il aurait tout le temps de mûrir sous l'herbe du cimetière municipal, en compagnie de cinq de ses camarades qui avaient subi le même sort au cours des quinze derniers jours... Tous pour les mêmes raisons. Certains que les Arrellano n'oseraient pas s'attaquer aux fils des puissants de Tijuana, ils s'étaient lourdement trompés... Les Arrellano étaient sans pitié avec tous ceux qui mettaient leurs affaires en péril. Comme des fauves défendant leur terrain de chasse. Ils se seraient attaqués au pape, sans état d'âme.

– Je parlerai à son père, promit Gustavo Ortuzar. Il faudra envoyer de très belles fleurs pour exprimer vos regrets.

– *Como no !*

Les Arrellano possédaient plusieurs boutiques de fleurs, cela ne leur coûterait pas cher... Pour oublier cette fâcheuse nouvelle, Gustavo Ortuzar remplit à nouveau lui-même les coupes de Taittinger « Comtes de Champagne », blanc de blancs 1988. Puis, il interrogea du regard son interlocuteur.

– *Nada mas ?*

– *Sí, profesor*. Nous avons récupéré *el gringo*...

Le visage de Gustavo Ortuzar s'éclaira.
- *Muy bien*. Où est-il ?
- Avec nous. Que faut-il en faire ?

Le milliardaire fronça les sourcils devant une question aussi incongrue. John Doe représentait le premier risque sérieux qu'il ait pris depuis longtemps. Les circonstances avaient fait que l'Américain avait pu deviner ses liens avec les Arrellano. Tant qu'il était tranquillement au Mexique, cela n'avait guère d'importance. Mais les Arrellano, grâce aux écoutes de la DEA, venaient d'apprendre que le FBI le recherchait. Or, John Doe *savait* qui était derrière l'opération Oklahoma City. S'il tombait aux mains de la police américaine, cela pouvait devenir gênant. Pour sauver sa peau, il ferait n'importe quoi. Les *pistoleros* personnels de Gustavo Ortuzar étaient équipés d'AK 47 vendues par John Doe. L'explosif qui avait servi à faire sauter le building d'Oklahoma City, tuant cent soixante-sept personnes, venait d'une compagnie minière d'Ensenada appartenant à Gustavo Ortuzar.

Si la piste mexicaine apparaissait, même le ministre de la Justice – un vieil ami – ne pourrait pas le protéger. Et même s'il y parvenait, un autre risque menaçait : les Arrellano savaient qu'en cas de pépin, il était capable de se mettre à table, mettant en péril leur empire... Ils seraient peut-être tentés de le liquider avant.

- Cela me paraît évident, fit Gustavo Ortuzar qui aimait bien parler par périphrase.
- *Claro que sí !* approuva Benjamin Arrellano. Mais j'ai eu une idée. Il pourrait rendre un dernier service...

Il expliqua son idée au politicien qui la trouva excellente.

- *Muy bien !* approuva Gustavo Ortuzar en se levant.

Il avait assez sacrifié aux affaires. En traversant le living, il cueillit au passage sur un magnifique bureau Mazarin, placé là par son décorateur préféré, le superbe catalogue Roméo qui présentait les plus récentes créations de Claude Dalle – meubles de style, laques, agencements modernes – et le tendit à Benjamin Arrellano.

– Emportez-le, cela vous donnera des idées. C'est lui qui a décoré toute ma maison.

Benjamin Arrellano le remercia chaleureusement de cette marque de complicité mondaine. Son hôte le raccompagna ensuite jusqu'à la *Suburban*.

A peine le véhicule eut-il démarré que Gustavo Ortuzar prit l'attaché-case aux dollars et se précipita dans l'escalier menant à sa chambre. Exaltación Garcia était allongée sur le lit, moulée par une longue robe d'hôtesse fendue jusqu'en haut des cuisses. Appuyée sur un coude, réchauffant entre ses doigts un verre ballon de Gaston de Lagrange XO, elle regardait avidement une « télénovella » dégoulinante de bons sentiments. La vie ne lui ayant pas réservé trop de bonnes surprises, elle s'évadait de cette façon. Elle ne se retourna même pas en entendant Gustavo Ortuzar entrer. Pourtant, avoir été choisie par le milliardaire comme maîtresse occasionnelle la flattait. En dehors des cadeaux dont il la comblait, quelle revanche pour la petite zonarde de Sinaloa !

Gustavo posa l'attaché-case et s'allongea doucement derrière Exaltación, sans un mot, connaissant son goût pour la télé. Mais ce n'était pas pour son cerveau qu'il l'aimait... Lorsqu'elle avait commencé à fréquenter ses fêtes, en compagnie du clan Arrellano, il avait tout de suite flashé devant son allure à la fois pleine de fierté et violemment sexuelle. Un petit détail l'avait attiré comme un aimant : ses longues pointes de seins qui perçaient invariablement sous tous ses vêtements. A cause d'elle, il avait été imprudent, acceptant d'inviter chez lui John Doe, l'amant attitré d'Exaltación. Ce dont il se moquait totalement. A ses yeux, la jeune femme n'était qu'un objet de plaisir à utiliser avec modération, entre une partie de golf et une belle *fiesta*.

Retenant son souffle, il posa une main sur la hanche gainée de soie verte. Exaltación ne broncha pas, engluée

au petit écran. Il remonta alors jusqu'à la poitrine, saisissant entre deux doigts à travers la soie une pointe dure et longue comme un crayon. C'était pour lui une sensation si forte qu'il ne put s'empêcher de soupirer d'aise. Exaltación tourna la tête un bref instant :
– Tu ne peux pas attendre un peu ? C'est presque fini.
– Je voulais te montrer quelque chose.
– Quoi ?
– Ça.
Il sauta du lit, prit la mallette, l'ouvrit et en vida le contenu sur la courtepointe. Les liasses de billets se répandirent devant la jeune femme qui poussa une exclamation admirative, les prenant à son tour à pleines mains et les faisant retomber en pluie...
– *Hay mucho dinero aquí !* remarqua-t-elle, rêveuse.
– Sers-toi, fit Gustavo, grand seigneur.
Pensant l'avoir amadouée, il se remit contre elle, glissant cette fois une main entre les cuisses serrées, tentant de remonter le plus haut possible, Exaltación se tortilla :
– Attends, laisse-moi regarder la fin...
Gustavo Ortuzar se moquait bien de la fin du feuilleton... D'un geste décidé, il abaissa le slip sur les cuisses charnues. Il aurait bien aimé une petite fellation, mais c'était incompatible avec la télé. Son érection était cependant suffisante pour qu'il se passe de hors-d'œuvre. Comme il la laissait regarder la télé, Exaltación se fit plus câline, se souleva pour qu'il puisse remonter la longue robe jusqu'à ses hanches. Ensuite, il la caressa avec assez d'habileté pour qu'elle commence à gémir et à s'ouvrir, les yeux rivés aux baisers brûlants échangés par les héros sur l'écran.

Elle était déjà très excitée quand il se plaça de façon à s'enfoncer en elle d'un coup, l'attirant par les hanches pour mieux l'embrocher.
– Ah, ah !
La puissance de son cri habituel expédia une giclée d'adrénaline dans les artères du politicien.

Emboîtés comme des petites cuillères, ils commencèrent à bouger avec lenteur, dans un concert de cris sauvages et de gémissements.

Exaltación avait l'impression d'être pénétrée jusqu'à l'estomac. Ses cris se firent plus rapprochés. La fin de la « télénovella » correspondit à son hurlement final, marquant le sommet de son orgasme. Gustavo, profitant ensuite de sa langueur, se redressa à genoux, la retourna sur le ventre, écarta violemment ses fesses et, encore bien raide, se laissa tomber sur elle, s'enfonçant dans ses reins. La croupe ronde ne résista qu'une seconde.

– *Cabrón !* lança Exaltación d'une voix mourante, les doigts crispés sur une liasse de billets de cent dollars.

Elle sentit le membre gonflé exploser en elle tandis que Gustavo poussait un grognement sauvage. Il resta fiché au plus profond, son ventre pressé aux courbes des fesses qu'il avait forcées. Son regard, à travers la fenêtre ouverte, errait sur le golf et les deux tours jumelles qu'il avait fait construire. Tant que les Américains consommeraient de la cocaïne, la vie était belle.

*
**

Brutalement, le désert faisait place à une banlieue pauvre et laide : l'entrée nord-est de Tijuana. Toutes les collines abritant des *colonias* sordides portaient des noms poétiques : Libertad, Mexico Lindo (1), Buena Vista. Serrées entre l'aéroport et le canal coupant la ville en deux, elles avaient rarement l'eau courante, la voirie était inexistante et les rats, des animaux comestibles. Grâce à une politique urbaine bien conçue, les pauvres de Tijuana étaient cantonnés au nord, et les riches essaimaient sur la colline du sud, autour du golf et de l'hippodrome.

Malko ne reconnaissait plus la petite ville frontière qu'il avait connue des années plus tôt. Tijuana grignotait les

(1) Beau Mexique.

collines nues de tous les côtés, comme une lèpre multicolore. La tour du *Grand Hotel* se voyait de loin, détonnant dans cet univers de maisons basses. Le hall de l'hôtel, immense, était désert. On lui donna une clé pour l'ascenseur, et le passe magnétique d'une chambre de luxe, au trentième étage, avec vue imprenable sur le golf. Les « bonnes » chambres ne donnaient pas sur les *colonias* minables du nord.

Brutalement, il se demanda ce qu'il venait faire à Tijuana. Il ne savait même pas si l'homme qu'il recherchait s'y trouvait... Suivant les recommandations d'Eduardo Bosque, il composa d'abord le numéro d'Enrique Chavez, l'ami journaliste de l'homme de Washington. Pas de réponse. Au cours de l'heure suivante, il réessaya plusieurs fois sans plus de succès et se résolut à appeler Armando Guzman, le policier fédéral ami d'Eduardo Bosque. Une voix féminine lui répondit. Dieu merci, elle parlait anglais. Malko exposa sa demande. On le pria d'attendre, puis la même voix lui annonça que le *señor* Armando Guzman le recevrait le lendemain, à la *once de la mañana*.

Il sortit le Taurus et le glissa dans sa ceinture. Tijuana, pour lui, était la ville la plus dangereuse du monde.

CHAPITRE VI

— La fumée lui entrait dans la tête !

Ramon Arrellano en était encore plié de rire, d'évoquer le meurtre récent de Juan Jesus Ocampo, cardinal de Tijuana, abattu dans l'aéroport de Guadalajara de quatorze balles de 9 mm, tirées de si près qu'effectivement on aurait pu croire que sa calotte crânienne fumait... Modestement, l'auteur du meurtre, Manuelo « El Coyote » baissa les yeux.

John Doe avala d'un trait son troisième verre de *Defender*. L'alcool faisait fondre progressivement la boule d'angoisse qui lui bloquait la gorge. Depuis son retour, à Tijuana, six jours plus tôt, il n'avait pas mis les pieds en ville. La maison occupée par les Arrellano se trouvait sur les *colinas* de Agua Caliente et surplombait le golf, protégée par de hauts murs, louée au nom d'un ami. Une douzaine de *pistoleros* y résidaient en permanence. John Doe, installé dans une chambre du haut, partageait son temps entre le sommeil, la lecture des magazines, la piscine et les trop brèves apparitions d'Exaltación qui ne vivait pas là. Il avait pris son petit déjeuner avec les *pistoleros*.

Exaltación était apparue au déjeuner, pimpante dans une de ses éternelles robes longues, le regard charbonneux, plus bandante que jamais. John Doe l'avait prise à part.

– J'en ai assez d'être ici. Je n'ai même pas de voiture.
Elle avait souri.
– Ce soir tu verras *El Jefe*.
– Ramon ?
– Non, Benjamin.

Cela l'avait un peu rassuré. Benjamin était le cerveau du cartel, assurait les contacts avec les Colombiens et les autres cartels, les politiques, les policiers. S'il devait être exécuté, ce serait par Ramon.

En fin de journée, des musiciens étaient venus installer une estrade. Exaltación lui avait annoncé :

– C'est l'anniversaire de Pepita, la *novia* de Benjamin ; on va faire la fiesta.

Effectivement, depuis deux heures, la fête battait son plein, emmenée par deux orchestres de *mariachis* et un de *cumbra*, avec un chanteur à la voix mélodieuse. Ramon et Javier Arrellano étaient déjà là, en compagnie de « El Coyote ». Le quatrième frère, Francisco-Xavier était retenu quant à lui pour quelques années à la prison fédérale de Mexico City, à la suite d'une regrettable imprudence : il avait abattu un couple devant quarante témoins.

Un buffet pantagruélique avait été dressé dans le jardin. A la demande expresse de Benjamin, on était allé chercher à San Ysidro, de l'autre côté de la frontière, plusieurs caisses de Taittinger « Comtes de Champagne », rosé 1986 et « Comtes de Champagne », blanc de blancs 1988, afin d'être au même niveau de luxe que le *profesor* Gustavo Ortuzar.

Une nuée de barmen préparaient à la chaîne des dizaines d'« Original Margarita », mélangeant allégrement Cointreau, tequila et citron vert. D'autres préparaient des *longs drinks* plus européens, à base de tonic et de Gaston de Lagrange VSOP. Pas question chez les Arrellano de se contenter des mixtures servies dans les bars mal famés de Revolución.

La *chica* de Benjamin, Pepita, froufroutante dans une robe d'organza, rehaussée d'un chignon où était plantée une véritable corbeille de fleurs, entraîna Ramon sur la piste et commença à se déhancher au rythme d'une *cumbra*. Son fiancé vint se coller à elle, se frottant contre l'organza rose avec allégresse, le nez dans le décolleté pigeonnant.

Une cinquantaine d'amis et d'obligés, avec leurs épouses ou maîtresses, profitaient amplement du buffet. Trois barmen étaient affectés spécialement au ravitaillement des *pistoleros* et des agents fédéraux chargés de la protection de la fête, à l'intérieur et à l'extérieur. Des « sonnettes », munies de téléphones cellulaires, avaient été postées sur les voies d'accès afin d'éviter toute surprise, hautement improbable au demeurant.

Exaltación vint s'enrouler autour de John Doe, un énorme « Original Margarita » au poing, les extraordinaires pointes de ses seins crevant le tissu de sa robe légère.

Elle trempa une langue gourmande dans son « Original Margarita » et la glissa entre les lèvres de John Doe, comme pour lui faire partager la saveur du Cointreau et de la tequila.

Le balancement de ses hanches contre lui indiquait nettement qu'elle avait aussi envie de lui faire partager autre chose...

– Tu ne m'en veux plus ? minauda-t-elle. C'est vrai, je les ai prévenus, mais si j'étais revenue sans toi de Mexicali, j'aurais eu des ennuis.

Il l'embrassa dans le cou. Chez les Arrellano, les ennuis se mesuraient en poids de plomb.

– Je te pardonne, affirma-t-il. Mais pourquoi veulent-ils *tellement* que je fasse ce truc ? Ils disposent de centaines de « mules » pour mille dollars.

– Les « mules » n'ont pas de passeport américain, fit simplement Exaltación. Et puis, tu n'es pas content de rester avec moi ?

Elle entraîna John Doe sur la piste. Avec elle, la *cumbra* était carrément obscène. Collée à son partenaire, elle faisait tourner ses hanches et son ventre, jusqu'à sentir son érection le long de sa cuisse. John Doe glissa une main dans le dos de sa robe, saisit un sein et elle gémit, se mordant les doigts. Maintenant, c'était lui qui se frottait à elle...

– Viens, marmonna-t-il. Il y a des chambres en haut.
– Attends ! souffla-t-elle. *El Jefe* ne sera pas content si tu n'es pas là quand il arrive.

Elle s'écarta un peu pour faire baisser la pression ; pourtant, elle aussi mourait d'envie de faire l'amour...

Benjamin Arrellano débarqua une demi-heure plus tard. *Abrazo* pour tout le monde. Il termina par John Doe, intimidé. On ne voyait pas souvent le grand chef du cartel de Tijuana. Il possédait des planques à Tijuana, à Ensenada, à Mexicali et même près de San Diego, changeait tout le temps de domicile, disposait de faux papiers, d'innombrables voitures à des noms d'emprunt. Il n'existait qu'une seule photo des frères Arrellano, vieille d'une dizaine d'années, quand ils n'étaient encore qu'une bande de petits voyous de l'Etat de Sinaloa...

Benjamin Arrellano attrapa sur un plateau une coupe de Taittinger « Comtes de Champagne », rosé 1986 et entraîna John Doe vers le fond du jardin, au moment où les *mariachis* arrivaient.

– Tu es content d'être sorti de la *cárcel*, El Toro ? demanda-t-il affectueusement.
– *Como no !* s'exclama John Doe.

Il s'efforçait de parler espagnol. La question suivante lui fit l'effet d'un coup de poing.

– Pourquoi as-tu voulu t'enfuir ? Tu avais le mal du pays ?

Les yeux noirs ne souriaient pas. John Doe eut l'impression d'avoir du plomb dans le ventre. Il avala sa salive difficilement.

– Non.
– Tu en avais assez d'Exaltación, cette voleuse de santé ? demanda ironiquement Benjamin.

John Doe eut le courage d'affronter le regard de serpent, noir et fixe.

– J'avais peur. C'est dangereux de passer la frontière *cargado*.

– Pas pour toi, trancha Benjamin. Tu es un *gringo* et tu auras une voiture avec une vraie plaque de Californie. C'est important pour nous. Et tu seras récompensé *muy bien*.

Fouillant dans sa poche, il en tira un rouleau de billets de cent dollars qu'il fourra dans la main de John Doe.

– Tiens ! Voilà un acompte. Tu vas pouvoir offrir des robes à Exaltación.

John Doe empocha les billets. La tequila le rendait légèrement euphorique. Pourtant, le travail de « mule » était en général réservé à des malheureux recrutés pour quelques centaines de dollars, des morts de faim sans vrai contact avec l'Organisation. S'ils se faisaient prendre, ils ne pouvaient rien dire... Dans son cas, c'était différent.

– Et s'il y a un problème ? demanda-t-il.

– Tu auras les meilleurs *avogados* ! Tu es capable de te taire, non ? *Tú es un hombre bueno, un macho !*

Benjamin Arrellano lui planta brusquement l'index dans le ventre, comme un couteau, puis éclata de rire.

– Il n'y aura pas de problème, parce qu'ils n'arrêtent *jamais* les *gringos*. Il suffit de passer un dimanche soir. On te mettra un peu de *junk* de Revolución à l'arrière et on te donnera même peut-être une fiancée...

L'Avenida Revolución abritait toutes les boutiques pour touristes du vieux Tijuana, les copies de grandes marques, les horreurs en cuir repoussé, les céramiques, les T-shirts. C'était exact : le dimanche soir, des milliers de voitures regagnaient les Etats-Unis. Avec une plaque de Californie et un passeport US, il y avait une chance sur dix mille d'être arrêté par un *border officer*.

– *Está muy bien*, approuva John Doe, un peu grisé de cette marque de confiance. Quand dois-je passer ?

– Dimanche prochain. C'est le meilleur jour, à cause

de tous les touristes *gringos* qui rentrent chez eux. Tu auras cinquante mille dollars, fit Benjamin. A l'arrivée. A San Ysidro.

John Doe planait. Il fallait que les frères Arrellano lui fassent vraiment confiance. Exaltación passait parfois de la coke, mais jamais pareille quantité. Il s'éloigna à la recherche d'Exaltación.

Resté seul, Benjamin Arrellano alla s'installer sur sa terrasse, un peu à l'écart, dans un grand fauteuil d'osier, et se plongea dans le catalogue de Roméo, offert par Gustavo Ortuzar. Ebloui, il resta longtemps en arrêt devant la reproduction en couleurs d'un lit à baldaquin « à la turque » en hêtre sculpté, avec un somptueux baldaquin en lourd tissu broché. Aucune fille ne refuserait de l'y suivre...

Un *pistolero* vint se pencher à son oreille. On le demandait de Mexicali. Il alla prendre l'appel sur son cellulaire. D'abord contrarié, il sourit à nouveau. Il allait faire d'une pierre deux coups... Il partit à la recherche de son frère Ramon qui dansait avec sa *novia*. Celui-ci parvint à se décoller de l'organza rose, déjà bien échauffé, et le rejoignit.

– Le *gringo* blond a échappé à Joaquim, annonça Benjamin. Il est parti pour Tijuana. Tu vas t'en occuper.

Ramon Arrellano eut un sourire cruel.

– *Está muy fácil*...

– *Espera* ! J'ai peut-être une meilleure idée. Ces enfoirés de *gringos*, il faut les décourager pour de bon.

*
**

L'immeuble de la *Policía Judiciale Federale*, dans la Calle General Rodriguez, ressemblait, avec ses façades de verre verdâtre, à un aquarium, coincé entre un parking et un building commercial. Théoriquement, c'était le siège de la lutte contre le trafic de drogue. Au rez-de-chaussée, une secrétaire accueillit Malko et le fit monter au quatrième et dernier étage. Une autre l'accueillit à l'ascenseur, pour le mener à un grand bureau délicieusement climatisé occupant tout l'angle nord-ouest du bâtiment. Un homme de petite taille, en cravate et veston, contourna son bureau pour venir à sa rencontre avec un sourire bienveillant.

– *Señor licenciado, buenos días !* (1)

Tout était rond chez Armando Guzman : la tête, avec des cheveux aile-de-corbeau très plats, les lunettes, le corps. On aurait dit une sculpture de Botero ! Il installa Malko dans un siège en cuir, prit place en face de lui, tira sur le pli de son pantalon et demanda, en anglais cette fois :

– Que puis-je faire pour vous ?

– Je suis journaliste et j'enquête sur la lutte antidrogue, expliqua Malko. On m'a dit que vous pourriez me donner des informations...

– *Claro que sí !* confirma Armando Guzman. Nous obtenons maintenant d'importants résultats. Tenez !

Il alla chercher sur son bureau un document à en-tête de la *Procuradoria Generale de la República* : la liste des saisies de drogue du mois précédent. Cela n'allait pas loin. Il se lança dans un panégyrique de la DEA et de la collaboration américano-mexicaine...

– Et le cartel de Tijuana ? interrogea Malko.

Le policier ne se troubla pas.

– Il est pratiquement démantelé ! Nous avons promis une prime d'un million de dollars pour la capture des frères Arrellano. Pour chacun d'eux ! C'est une somme énorme, *señor*. Je pense en fait qu'ils ont quitté le pays. Mais leur arrestation n'est qu'une question de temps...

Cela donnait jusqu'au Jugement dernier... Un ange brandissant des menottes traversa la pièce.

La conversation continua sur ce ton pendant près d'une heure. Malko en avait la migraine. Sans qu'un mot eût été échangé, il sentait qu'il ne devait pas parler de choses

(1) Monsieur le journaliste, bonjour.

sérieuses. C'est Armando Guzman qui lui vint en aide, en regardant ostensiblement sa montre.

– Je n'ai pas beaucoup de temps, dit-il. Puis-je vous inviter à déjeuner, *señor licenciado* ?

– Certainement, avec plaisir, dit Malko.

– Allons donc au *Lucerna*, ce n'est pas loin d'ici...

Malko laissa sa voiture dans le parking et monta dans la Chevrolet blindée du *director de la coordinación de Seguridad Pública*. Au rond-point suivant, le *Lucerna* était un hôtel de quatre étages avec des balcons en fer forgé, un petit *lobby*, mais derrière, un ravissant patio avec une piscine et une mini-rivière se terminant par une superbe fontaine. Armando Guzman choisit une table à côté de cette dernière.

Ce n'est qu'après avoir commandé au garçon les éternels *tacos* que son attitude changea.

– Bravo ! dit-il, vous avez été prudent, Eduardo Bosque m'avait prévenu de votre visite. J'avais tellement peur que vous parliez de lui ! Ce qui nous aurait condamnés à mort...

– Comment ça ? demanda Malko, suffoqué.

– Mon bureau est piégé par les Narcos, avoua en toute simplicité Armando Guzman. Un ami m'a prévenu. Ils savent tout ce que je fais, connaissent tous ceux que je reçois. Ils savent déjà que vous m'avez vu... Mais ce que nous avons dit ne peut pas les inquiéter. C'est pour cela que nous venons déjeuner ici. Cet hôtel est fréquenté par tous les policiers fédéraux et les chefs de la *Policía del Estado*. Tous ou presque émargent chez les Narcos. Grâce au bruit de la fontaine, on ne peut pas entendre ce que nous disons...

– Mais vous êtes pourtant le chef de la police fédérale de Baja California, s'étonna Malko.

Armando Guzman but une gorgée de sa *Tecate*.

– Oui, reconnut-il, mais je ne peux faire confiance à personne. Je vais vous raconter deux histoires. Lorsque j'ai pris mes fonctions, le premier jour, j'ai trouvé sur mon bureau une grosse boîte en carton fermée par du Scotch, de la taille d'une boîte à chaussures. Je l'ai ouverte. Elle contenait des liasses de billets de cent dollars. Il y en avait pour au moins cent mille dollars.

– Qu'avez-vous fait ?

– J'ai demandé à ma secrétaire, puis à mes adjoints, puis aux gens du rez-de-chaussée, *qui* avait apporté cette boîte. Personne n'avait rien vu. Or, pour parvenir à mon bureau, il faut franchir trois barrages et deux portes verrouillées, dont l'une, la mienne, par un code digital... Ce qui signifie que, dans mon entourage immédiat, il y a des informateurs du cartel. J'ai demandé qu'on transporte cet argent dans le coffre de la *Gobernora*. Le lendemain, quand je suis arrivé, il y avait une autre boîte, au même endroit, beaucoup plus grande. Je l'ai ouverte. Elle contenait encore beaucoup d'argent. Sur le dessus, il y avait un mot : *Sí o no ?* J'ai mis la seconde boîte avec la première. J'étais fixé. La guerre était déclarée.

– Qu'avez-vous fait ?

Armando Guzman eut un sourire triste.

– Rien. Mon travail officiel... Arrêter quelques petits trafiquants qui n'appartiennent pas au cartel. Ainsi, je reste vivant. Mon prédécesseur a été assassiné. Le maire aussi, et le cardinal, simplement parce qu'il avait fait un mauvais prêche. La moitié de mes hommes sont sur le *pay-roll* du cartel. Ceux qui ne sont pas achetés ont peur. Il y a un mois, j'ai eu une information par la DEA. L'adresse où se trouvait un des frères Arrellano, Ramon. J'ai réuni des agents fédéraux. Un seul savait pourquoi. Lorsque nous sommes arrivés, Ramon Arrellano venait de s'envoler... J'ai convoqué cet agent fédéral dans mon bureau. Au bout de cinq minutes, il m'a dit : « C'est vrai, je les ai prévenus. » Tu aurais touché un million de dollars... lui ai-je fait remarquer. Vous savez ce qu'il m'a répondu ? « Qui veut toucher un million de dollars et mourir sans avoir le temps de le dépenser ? » Est-ce que je peux vraiment lui donner tort ? Je n'aurais pas pu le protéger et toute sa famille aurait été massacrée avec lui.

— Il n'y a donc rien à faire ? demanda Malko en s'attaquant à sa viande couverte d'une couche épaisse de *guacamole*.

Armando Guzman hocha la tête.

— Il n'y *avait* rien à faire. Peut-être maintenant, si. Je suis en train de réunir un dossier accablant sur le PRI. Sans protection politique, les Narcos ne pourraient rien faire. Il y a des fonctionnaires honnêtes au Mexique, mais ils ne sont *jamais* nommés aux postes stratégiques. Tout le système repose sur une dizaine de « dinosaures » corrompus. Nous en avons un ici, à Tijuana : Gustavo Ortuzar. Il a fait tuer le cardinal Ocampo, il protège les frères Arrellano. Peu à peu, j'ai accumulé des preuves. Il y a tout : les comptes en banque, les relevés, les écoutes téléphoniques, les planques secrètes, les noms des officiers fédéraux qui travaillent avec les Narcos. La moitié du PRI est corrompue...

— Mais pourquoi tout part-il d'ici ? s'étonna Malko. Tijuana est une petite ville.

— Mais parce que l'argent se fait *ici*, répliqua Armando Guzman. Le Mexique ne cultive pas de coca. La consommation locale est très faible. Les deux grands cartels sont le cartel de Sinaloa et celui de Tijuana, le long des zones frontières. Le kilo de cocaïne de ce côté de la frontière vaut vingt mille dollars. A San Ysidro, à un kilomètre, il en vaut soixante mille. Dans les rues de San Diego ou de Los Angeles, coupé de farine ou d'autre chose, il vaut un million de dollars. Le cartel de Tijuana passe la coca et distribue en Californie. Ses profits sont énormes...

— Les Américains ne font rien ?

L'autre eut un haussement d'épaules découragé.

— Que peuvent-ils faire ? La moitié des *border officers* sont d'origine mexicaine, ils ont des parents ici. On les menace ou on les achète... Maintenant, *señor,* que puis-je faire pour vous ?

– Je cherche un homme, expliqua Malko. Un Américain.

Il expliqua l'affaire John Doe au Mexicain, tandis que ce dernier se goinfrait de haricots rouges...

– S'il représente un danger pour les Arrellano, remarqua le policier, il est déjà mort, enterré quelque part dans le désert. Quant à la fille dont vous parlez, je pense savoir qui c'est : elle gravite dans le cercle des Arrellano. Une aventurière, très belle, et aussi une des maîtresses de Gustavo Ortuzar, l'homme du PRI. Elle vient de *Los Mochis,* et cherche l'homme riche qui l'arrachera à Tijuana. En attendant, elle fait des petits boulots.

– Où peut-on la trouver ?
– Je ne sais pas. Vous ne l'avez jamais vue ?
– Non.
– Que comptez-vous faire ?
– Je ne sais pas encore, avoua Malko.
– Soyez extrêmement prudent, conseilla le Mexicain. Ils ont déjà essayé de vous tuer. Ils recommenceront. Moi, je ne peux pas vous protéger. Personne d'ailleurs ne peut vous protéger... Cela déplaît sûrement aux Arrellano que vous soyez à Tijuana.

Malko regretta d'avoir laissé le Taurus dans la voiture.

– Je vais essayer de me renseigner sur ce John Doe, promit le policier. Mais surtout ne revenez pas me voir. *Je* vous contacterai, moi, à l'hôtel.

Un homme en civil s'approcha d'eux, salua Malko, et murmura quelques mots à l'oreille d'Armando Guzman avant de s'éloigner. Le policier se pencha vers Malko.

– C'est un de mes adjoints. Un de ceux en qui j'ai confiance. Il vient de me dire que probablement, le clan Arrellano sera ce soir au *Rodeo de Medianoche.* Un de leurs amis a téléphoné pour s'assurer que l'orchestre de Sinaloa du rez-de-chaussée jouait bien aujourd'hui.

– Qu'est-ce que le *Rodeo de Medianoche* ?
– Un classique de Tijuana. Une grande discothèque,

un orchestre de Sinaloa et tous les soirs, à minuit, un vrai rodéo. C'est très très gai.

Il signa l'addition et se leva avec un sourire d'excuse.
– J'ai une réunion. Je vous dépose à votre voiture.

Dans le parking écrasé de chaleur, Malko trouva une cabine et appela à nouveau le numéro de téléphone du deuxième ami d'Eduardo Bosque, le journaliste de la revue *Proceso* nommé Enrique Chavez. Cette fois cela répondit. Malko donna son nom et, sans prononcer celui de Bosque, évoqua un ami à Washington.
– Venez me voir ! dit aussitôt Enrique Chavez ; 48, avenue Merida. Le long du golf. Un immeuble rouge de six étages.

*
**

– Vous avez vu Eduardo ? demanda avidement Enrique Chavez. Comment va-t-il ?
– Assez bien, dit Malko en prenant place en face du journaliste.

Avec ses cheveux gris ondulés, son visage très hispanique, il ressemblait à un vieux danseur de tango. Une brune pulpeuse serrée dans une robe stretch, les cheveux aile-de-corbeau séparés par une raie au milieu, les traits assez vulgaires éclairés par une sensualité de bon aloi, fit son entrée.
– Julia ! Il a vu Eduardo à Washington !

Malko dut tout raconter par le menu.
– Je n'ai jamais entendu parler de ce John Doe, fit le journaliste, mais tant de gens naviguent autour des Arrellano. Je vais essayer de me renseigner.
– Il paraît qu'ils vont au *Rodeo de Medianoche* ce soir, avança Malko.

L'homme et la femme échangèrent un regard intéressé.
– Vous voulez qu'on y fasse un tour ?

*
**

Enrique Chavez descendait le Paseo de los Niños Heros, grande avenue parallèle au canal, en direction de l'ouest. La frontière se trouvait de l'autre côté, à moins d'un kilomètre à vol d'oiseau.

Le journaliste entra dans le parking, qui ressemblait à un hangar d'aviation par sa taille... Une longue queue s'allongeait devant l'entrée. Enrique Chavez se retourna vers Malko.

– Vous êtes armé, *señor* ?
– Oui.
– Il vaut mieux laisser votre arme dans la voiture.

Il coinça le Taurus sous la banquette. La queue avançait très vite. Des jeunes, filles et garçons, déjà éméchés, beaucoup portant des feutres noirs, plus Mexicains que nature. À l'entrée, deux policiers en uniforme fouillaient hommes et femmes... Dès la porte franchie, Malko fut assailli par un vacarme assourdissant. Sur une estrade, un orchestre d'une douzaine de musiciens s'égosillait, chantant à gorge déployée.

La salle était plongée dans l'obscurité, bordée de petits boxes occupés par des couples.

Sur la piste, une douzaine de couples se démenaient, gesticulant comme s'ils étaient sur une plaque chauffante. Cela tenait du rock, de la *cumbra*, des *mariachis*. Des garçons faisaient sans cesse la navette, des bières à la main. Le bruit était effroyable. Enrique Chavez hurla à l'oreille de Malko :

– Vous voyez le type à la chemise rouge ?

On ne pouvait pas ne pas le voir. Dressé sur ses santiags, il se déhanchait comiquement en face d'une très belle fille brune, qui, elle, portait un feutre noir vissé sur sa tête, sous lequel on ne voyait qu'une grande bouche rouge. Moulée dans un chemisier en daim et un jean noir hyper serré, elle bougeait à peine, mais avec tant de sensualité qu'on avait envie de se jeter sur elle...

Le type en rouge chantait avec l'orchestre, jetait son

chapeau en l'air, tournait autour de sa cavalière en claquant des mains. Le plancher en bois tremblait sous les sauts des danseurs et l'orchestre enchaînait chanson sur chanson. Malko hurla à son tour.

– Qui est-ce ?
– Ramon Arrellano, le plus dangereux des quatre frères. Ses gardes du corps sont dans le box, là.

Malko aperçut, tassés dans un box devant des bières, cinq moustachus en blouson qui eux ne dansaient pas. La fille cessa de danser et se dirigea vers le box. Ramon Arrellano la rejoignit, effleurant Malko au passage d'un regard curieux. Au *Rodeo de Medianoche*, on voyait peu de *gringos*.

Malko sentit son pouls s'accélérer. Assis dans son box, Ramon Arrellano continuait à le fixer.

CHAPITRE VII

Enrique Chavez sembla soudain mal à l'aise. Il cria à l'oreille de Malko :
– Venez. Je crois qu'il m'a reconnu.

Ainsi, c'était *lui* que Ramon Arrellano fixait avec insistance... Ils sortirent de la salle pour emprunter un escalier en colimaçon qui débouchait dans une sorte d'arène incroyable où le vacarme était encore plus fort. Au creux d'une fosse rectangulaire, des centaines de jeunes se démenaient comme des malades au son d'une musique rock crachée par de monstrueux haut-parleurs. Au bord de la fosse s'alignaient des boxes où s'entassaient garçons et filles. Tous en « uniforme » : chemise de cow-boy, blue-jean et briquet Zippo, dans un étui en cuir attaché à la ceinture. Tous les symboles de l'*American way of life*... Ceux qui n'avaient pas pu trouver de place buvaient debout... Chavez se pencha à l'oreille de Malko et hurla :
– Tous les jeunes de Tijuana viennent ici.

C'était dément. L'air sentait la marijuana et la sueur. Des grappes de jeunes se promenaient, hagards, un pack de six boîtes de bière à la main, c'était l'unité de valeur. Beaucoup portaient des chapeaux, hommes et femmes. Ça flirtait sec. Dans un des boxes, Malko aperçut une fille outrageusement maquillée, le décolleté provocant, le regard allumé, occupée à masturber à travers leur pantalon ses deux voisins hilares. L'un – pas plus de vingt-cinq ans – arborait une énorme gourmette en or, une Rolex et une chevalière avec un brillant. Enrique Chavez tira la manche de Malko.

– Ce sont les *Juniors*, les passeurs de drogue des quartiers chics. Ils viennent dépenser leur argent ici.

Les gens dansaient sans s'arrêter ; le tempo lancinant vidait le cerveau. La musique vira à la *cumbra* et ce fut du délire. Les filles vous allumaient d'un regard brûlant, se pressant au passage contre des inconnus. Hébétés, nombre de jeunes fumaient des joints, assis sur des bancs.

Chavez regarda sa montre.

– Allons au rodéo. Il va être minuit.

Malko le suivit dans la foule, jusqu'à une autre salle, un peu plus petite, et étonnante. Des gradins, comme dans une plaza de toros, ceinturaient une arène rectangulaire au sol de terre battue, et des boxes contenant cinq taureaux. Les gradins étaient déjà bourrés. De la fosse, un faux *vaquero* haranguait la foule avec un haut-parleur, et présentait les « matadors », déguisés plus ou moins en cow-boys. A chaque nom, la foule hurlait, jetait des boîtes de bière vides en signe d'enthousiasme...

En ouverture du spectacle, on disposa cinq boîtes de bière sur le sol. Et le meneur de jeu alla choisir dans la salle cinq filles, que des glapissements hystériques saluèrent.

– Qu'est-ce qu'ils font ? demanda Malko.
– Un concours.

Effectivement, les cinq filles alignées se ruèrent sur les bouteilles à terre. C'était à qui viderait la sienne le plus vite... La gagnante, une grande en jean et chemisier, ouvrit ce dernier, révélant un soutien-gorge noir bien rempli, en signe de victoire. Ça chauffait de plus en plus.

Soudain Malko aperçut plusieurs nouveaux arrivants se frayant un chemin le long des travées bondées, dans leur direction. En tête, un athlète de un mètre quatre-vingt-dix, tout de noir vêtu, un feutre noir enfoncé jusqu'aux sourcils. Un Colt 45 brillant comme de l'argenterie dépassait d'un holster. Il portait des lunettes noires et dans la main gauche, l'inévitable pack de bière.

Derrière lui venaient six personnes. Ramon Arrellano, avec la fille au chapeau noir, un autre Mexicain trapu, les cheveux sur les épaules, avec une fille très maquillée, et un *gringo* athlétique, tenant par la main une fille superbe moulée dans une longue robe vert électrique, boutonnée devant. Ses cheveux noirs cascadaient jusqu'à ses reins. Lorsqu'elle passa devant Malko, celui-ci remarqua les pointes de ses seins, extraordinairement longues, moulées par le tissu. Mais son compagnon retint davantage son attention. Il correspondait parfaitement au signalement de John Doe, l'homme recherché par le FBI et la CIA pour l'attentat d'Oklahoma City.

*
**

Le groupe prit place dans une enceinte délimitée par une cordelière de velours mauve, aux bancs recouverts de coussins de même couleur. Visiblement, une loge réservée aux VIP... Malko se tourna vers Enrique Chavez.

– Ce sont les Arrellano ?
– Ramon et Benjamin. Le grand, c'est Manuelo El Mazel, dit « El Coyote ».
– Vous connaissez le *gringo* qui se trouve avec eux ?
– Non.
– Et la fille ?
– Je l'ai vue déjà avec la bande. Mais je ne sais pas qui elle est. Probablement une pute...

Les hurlements et la musique redoublaient. Un des « matadors » jaillit dans l'arène, secoué comme un prunier par son taureau. Cela dura trente secondes, avant que l'animal ne le désarçonne. Debout, la fille à la robe verte hurlait en jetant des boîtes de bière vides. Elle avait une silhouette magnifique. Le dénommé « El Coyote » était debout également, surveillant les travées. Malko ne le quittait pas des yeux.

C'était l'homme qui avait massacré la famille d'Eduardo Bosque.

Profitant d'une relative accalmie, Malko demanda :
– Que se passerait-il si la police arrivait ?

Enrique Chavez eut un sourire ironique.
– Elle n'arrivera pas. Elle est déjà là ! J'ai repéré plusieurs agents fédéraux dans la foule. Ils protègent les Arrellano. Jamais les policiers municipaux ne se risqueraient à les arrêter. Dehors, ils doivent encore avoir une douzaine de *pistoleros*... Ils viennent souvent ici, ils s'amusent beaucoup.

Malko avait reporté son attention sur John Doe. Ainsi, l'Américain était vivant. Et si les Arrellano l'avaient fait sortir de prison sans le tuer, c'est qu'ils ignoraient que le FBI s'intéressait à lui, ce qui était en contradiction avec l'information donnée par Eduardo Bosque. Quelque chose lui échappait, mais sa mission restait la même : ramener John Doe aux Etats-Unis.

A cela près que cela devenait beaucoup, beaucoup plus délicat. Un peu comme d'aller chercher une pièce d'or au fond d'un chaudron d'huile brûlante... Sans se brûler.

– C'est l'Américain qui m'intéresse, dit Malko à Chavez tandis qu'on encordait le second taureau... Je voudrais savoir où il habite. Nous pourrions les suivre lorsqu'ils partiront...

Il vit la peur dans les yeux du Mexicain.
– *Señor*, ils vont nous tuer, fit-il. Vous ne les connaissez pas.

Le second *vaqueiro* n'avait duré que vingt secondes. Tout le monde se remit à boire de la bière. L'atmosphère était étouffante. Soudain, Malko repéra un conciliabule entre « El Coyote » et Ramon Arrellano. Ensuite, « El Coyote » décrocha de sa ceinture un téléphone cellulaire et parla un certain temps. A son tour, Benjamin Arrellano se retourna et les dévisagea.

Enrique Chavez semblait s'être ratatiné.

– Allons-nous-en ! souffla-t-il à Malko. Ils n'aiment pas notre présence.

Il était déjà debout, poussant sa femme devant lui. Malko fut bien obligé de suivre. Alentour, c'était toujours la folie. En bas, l'orchestre de Sinaloa se déchaînait ; et à l'entrée, les deux policiers continuaient à fouiller les nouveaux arrivants. Dehors, le journaliste s'ébroua.

– Excusez-moi, *señor*, peut-être que je me suis affolé pour rien. Mais ces gens sont tellement dangereux. Regardez, leurs voitures sont là.

Il désignait trois énormes 4 x 4 aux vitres noires : une Silverado, une Jeep Cherokee et une Chevrolet Suburban. Une douzaine d'hommes bavardaient autour : l'armée privée des Arrellano.

Enrique Chavez alla chercher sa voiture. Un quart d'heure plus tard, il déposait Malko devant le *Grand Hotel*.

– Appelez-moi demain, proposa-t-il. Je vais essayer de me renseigner sur cet Américain.

Malko monta les marches menant au *lobby*, mais redescendit aussitôt vers le parking souterrain où se trouvait sa Buick de location. Il ressortit de l'hôtel au volant.

Lorsqu'il arriva en face du *Rodeo de Medianoche*, les trois 4 x 4 étaient toujours là. Il se gara en épi de façon à pouvoir démarrer facilement, éteignit ses phares, coinça le Taurus, une balle dans le canon, entre les deux sièges, et se mit à observer la sortie. Il se sentait bien seul à Tijuana, et commençait à toucher du doigt à quel point il se trouvait dans un autre univers. Ici, la DEA, le FBI et la CIA n'étaient que des initiales... La police mexicaine, inexistante et corrompue, ne pouvait lui être d'aucun secours. C'était *Narcos-City*.

Et pourtant, la frontière n'était qu'à un kilomètre.

Comment récupérer John Doe ? Cela relevait de l'impossible, si ce dernier était sous la protection des Arrellano. Pourtant, il ne voulait pas choisir la solution de facilité : repasser tranquillement la frontière et s'en aller.

Une heure s'écoula. Brusquement, il y eut un remue-ménage, des gens couraient dans tous les sens, les moteurs grondaient, les phares s'allumèrent. Les sept personnes du clan qui se trouvaient dans la boîte sortirent toutes ensemble et se répartirent dans les trois véhicules. John Doe avec la brune, dans le dernier. Ils démarrèrent si vite que Malko dut donner de violents coups de klaxon pour se dégager. Les trois véhicules filaient déjà sur le Paseo de los Niños Heroes, vers l'est. Ils tournèrent à droite deux carrefours plus loin... puis à gauche. Malko reconnut le boulevard Agua Caliente où se trouvait le *Grand Hotel*. Ils passèrent devant sans ralentir, pour remonter le long du golf, vers la *Colonia Hipódromo*, le quartier chic. Malko, furieux, dut lever le pied : il était le seul véhicule derrière eux.

Le petit convoi disparut au détour d'un virage. Les rues étroites, sinueuses, escaladaient les collines bordées de maisons élégantes, parfois grandioses. A bonne distance, Malko suivait.

Tout à coup, il ne vit plus personne ! Pourtant, il y avait une ligne droite assez longue. Du coin de l'œil, il découvrit alors un grand portail noir en train de se refermer. Il ralentit. La propriété occupait tout le bloc, de hauts murs l'entouraient. Il tourna encore un peu pour bien se repérer, nota le nom de la rue et le numéro : c'était mieux que rien...

Il n'avait plus qu'à regagner l'hôtel.

*
**

Huit heures : des gens étaient déjà en train de jouer au golf, trente étages plus bas. Malko avait réfléchi. Avant toute chose, il allait faire un saut de l'autre côté de la frontière pour téléphoner en toute sécurité à Roy Bean.

Ainsi, les Arrellano, s'ils le surveillaient, penseraient qu'il quittait Tijuana pour de bon.

Il composa le numéro d'Enrique Chavez pour le prévenir. Pas de réponse. Le journaliste devait travailler tôt. Il décida de lui laisser un mot.

Le Taurus glissé dans sa ceinture, à la hauteur de la colonne vertébrale, il se sentit plus tranquille. A la lumière du jour, la soirée de la veille lui semblait irréelle...

L'Avenida Agua Caliente était en sens unique. Il sortit du parking et tourna à droite. Il n'avait pas fait vingt mètres qu'il réalisa qu'une voiture de police le suivait... Son pouls monta en flèche. Après ce qu'il avait vu la veille...

Il vérifia sa vitesse. Irréprochable. Au moment où il commençait à monter le long du golf, la voiture de police accéléra, alluma son gyrophare et il entendit son haut-parleur cracher un ordre inintelligible.

Sagement, il stoppa le long du trottoir. La voiture de police s'arrêta derrière lui. Un policier en uniforme s'approcha, souriant, et lui tendit la main.

– *Buenos días, señor !*
– *Buenos días*, répondit Malko, poli et sur ses gardes.
– Vous ne vous êtes pas arrêté au stop, continua le policier sur un ton badin...

Malko affirma le contraire. La conversation se déroula quelques instants sur le même ton léger, amical. Il se dit qu'il avait tout simplement affaire au racket des pays pauvres. Ici, le *gringo* était un coffre-fort à pattes...

Tout en parlant, le policier tournait à présent autour de la Buick, bonhomme. Malko se demandait ce qu'il cherchait lorsque le Mexicain pointa le doigt sur une tache qui s'élargissait sous le coffre.

– *Hay un problema aquí, señor*, remarqua-t-il doucement.

Malko regarda dans la direction indiquée. Un liquide sombre s'écoulait goutte à goutte à travers le plancher du coffre. Trop foncé pour être de l'essence ; plutôt de l'huile.

Il se dit qu'une balle tirée par son agresseur, à Mexicali, avait peut-être percé un bidon d'huile de rechange.

Il prit la clé et ouvrit le coffre sous l'œil intéressé du policier. Il eut l'impression de recevoir un marteau-pilon dans l'estomac : deux corps étaient allongés en travers du coffre, les mains liées derrière le dos. Deux cadavres, plutôt. Egorgés. On avait presque détaché les têtes des corps, probablement à la machette, et c'était le sang s'écoulant des affreuses blessures qui suintait à travers le plancher du coffre.

Enrique Chavez et sa femme avaient encore les yeux ouverts. Chacun portait un ruban jaune noué autour du cou, comme une faveur...

Malko se retourna, blême, et se trouva nez à nez avec le revolver du policier, lequel ne souriait plus du tout. Son collègue bondit de la voiture de patrouille. Brutalement, il courba Malko sur l'aile et le fouilla. Il trouva immédiatement le Taurus... En un clin d'œil, Malko eut les mains menottées dans le dos. Sans douceur on le jeta dans la voiture de police, en dépit de ses protestations.

Le véhicule démarra aussitôt, sirène hurlante, dévalant le boulevard Salinas. Vingt minutes plus tard il s'arrêtait devant un bâtiment jaunâtre devant lequel stationnaient des dizaines de voitures de police en double file. Sur la façade, on pouvait lire *Comandancia de Policía municipale Tijuana*. L'ensemble occupait tout un bloc de l'Avenida Constitución.

On entraîna Malko directement dans une cellule d'une saleté repoussante et on l'y jeta, sans même lui ôter les menottes. La porte claqua avec un bruit sinistre.

*
**

— *Usted está muy mal* (1)...

(1) Vous êtes mal.

– Vous parlez anglais ? demanda Malko exaspéré, ivre de rage.

Après quatre heures dans sa cellule, on venait de l'emmener dans un parloir mal éclairé pour l'installer sur un tabouret, toujours avec les menottes. Un Mexicain à la chemise douteuse, le visage barré d'une grosse moustache, les cheveux clairsemés, la peau huileuse, s'était présenté : *Avogado* Lopez Garcia. Commis d'office.

– *Sí*, affirma l'avocat.
– D'abord, faites-moi enlever ces menottes...

L'autre posa sur lui son regard globuleux.
– Vous avez de l'argent, *señor* ?
– Oui.
– Combien ?
– Je ne sais pas. Trois ou quatre mille dollars.

On ne l'avait même pas fouillé.
– Ici, sur vous ?

Il en bavait d'excitation. La plupart de ses clients ne possédaient que quelques pesos, généralement volés.
– Non, seulement cinq cents.
– *Bueno. Espera, por favor.*

Il frappa à la porte, un gardien lui ouvrit et il s'éclipsa. Malko l'entendit parlementer avec le gardien à voix basse, ensuite il revint se pencher à son oreille, soufflant une haleine fétide.
– Cent dollars, c'est OK.
– Non, cinquante, protesta Malko qui avait voyagé.

Courte discussion.
– Quatre-vingts...

A soixante-dix dollars, immédiatement prélevés dans la liasse de sa poche, le gardien ôta les menottes avec un sourire contrit. Dès qu'il fut sorti, l'avocat proposa d'une voix mielleuse :
– Il vaudrait mieux que vous me confiez cet argent. Sinon, on risque de vous le voler. Ils vont vous fouiller, avant de vous transférer à la prison. Ils le mettront au greffe et vous ne le reverrez jamais.

— Je veux être interrogé, plaida Malko, je suis complètement innocent. Quelqu'un a mis ces cadavres dans le coffre de ma voiture...

L'avocat eut un sourire indulgent.

— *Señor*, je suis *votre* avocat, vous pouvez tout me dire... En plus vous étiez armé.

Malko faillit lui sauter à la gorge.

— C'est un piège, lança-t-il. Tendu par les frères Arrellano.

L'avocat sursauta, se retourna comme si les murs avaient des oreilles, puis se pencha et dit à voix basse :

— *Señor*, il y a des noms qu'il ne faut pas prononcer, sinon, vous risquez de rester en prison très, très longtemps... Vous êtes accusé de port d'arme sans autorisation et de meurtre. C'est *muy grave*. Vous risquez une peine de vingt ans... Peut-être seulement quinze, parce que vous êtes étranger. Je peux vous aider, mais il faut m'écouter.

Malko essaya de maîtriser sa rage.

— Faites prévenir mon consulat. Je suis autrichien.

L'autre secoua la tête avec affliction.

— *Señor* Linge, il n'y a pas de consulat à Tijuana. Votre ambassade se trouve à Mexico City. C'est loin... Et ils n'interviendront pas pour un criminel pris en flagrant délit.

— Que faut-il faire, alors ?

L'avocat alluma une *Lucky Strike* dont la fumée embauma la petite pièce. La meilleure odeur que Malko ait sentie depuis longtemps. Un siècle semblait s'être écoulé depuis le moment où il avait quitté le *Grand Hotel*. Il ne pensait pas que les Narcos réagiraient si vite...

— Le juge est très occupé, dit-il pensivement, il ne compte pas vous voir avant un mois ou deux. D'ici là, je vais négocier pour que vous ayez une cellule pour vous tout seul. La prison se trouve sur l'Avenida Poniente. Je viendrai vous voir souvent. Je pense qu'avec deux mille dollars, le juge vous verra avant la fin du mois.

Malko avait l'impression de faire un cauchemar tout

éveillé. Le sourire bien ignoble de son avocat lui donnait des envies de meurtre. Il essaya de demeurer calme.

— Vous savez bien que je n'ai pas commis ces meurtres, plaida-t-il. Je suis un touriste.

— Vous aviez une arme...

— Le Mexique est dangereux.

— Nous avons une très bonne police, se rengorgea l'avocat dans un grand élan patriotique.

Le mot « corrompu », en l'occurrence, était un peu faible. Malko se rendit compte qu'il était piégé. A qui s'adresser ? Armando Guzman, le policier fédéral, ne pourrait pas intervenir, la CIA encore moins. Sauf à le faire évader. Mais pour cela, il fallait déjà qu'on sache où il se trouvait. Il eut soudain une idée.

— Voulez-vous gagner cinq mille dollars ?

— *Como no ?*

Autant demander à un requin s'il avait faim.

— J'ai une amie à Mexicali, expliqua Malko. Une avocate comme vous. Prévenez-la. Elle s'appelle Guadalupe Spinoza, son bureau se trouve 100, Calle Sur, en face de la prison.

— Vous étiez en prison à Mexicali ? s'enquit poliment, d'une voix égale, l'avocat.

Malko faillit le tuer. Il était évidemment de mèche avec les policiers qui l'avaient arrêté. Mais il fallait jouer le jeu.

— Je vais lui téléphoner, promit l'avocat. Mais les cinq mille dollars...

Malko le regarda bien en face.

— Vous avez ma parole. Ils sont dans le coffre de l'hôtel. Vous les aurez dès que vous m'aurez fait sortir d'ici.

L'autre ouvrit la bouche et la referma.

— Je vais voir ce que je peux faire, promit-il.

Il frappa à la porte et le gardien réapparut. Bref conciliabule. Me Lopez se tourna vers Malko avec un sourire encourageant.

— Pour cent pesos par jour, il vous laissera sans menottes et vous apportera à manger. Et si vous donnez mille pesos à son chef, le responsable du commissariat, il essaiera de vous garder plus longtemps ici. C'est mieux pour la nourriture. Il y a beaucoup de bons restaurants, sur l'Avenida Revolución.

— OK, accepta Malko.

Du coup, le gardien lui apporta une couverture qui semblait se déplacer toute seule tant elle était imprégnée de vermine. C'était le luxe.

Resté seul, Malko s'allongea sur le bat-flanc. On entendait des policiers s'interpeller joyeusement, des discussions animées, parfois des cris... Une chose était certaine : sans un miracle, il n'était pas près de revoir son château de Liezen.

CHAPITRE VIII

Trois jours déjà. Malko effleura son menton couvert d'une barbe naissante. Depuis son arrivée, il avait eu droit à une seule douche, dans un local repoussant de saleté. La cellule ne disposait que d'un lavabo de la taille d'une tasse... Le lit militaire lui broyait les reins. Le premier soir, il avait tué à coups de chaussure un rat gros comme un autobus qui voulait partager sa purée de haricots rouges et ses *tacos*... La nourriture apportée du restaurant *La Costa*, une des « perles » de l'Avenida Revolución, était tout juste mangeable. Des haricots rouges en purée mêlés à une sauce qui arrachait le gosier et les éternels *tacos* au contenu indéfinissable. Evidemment, à côté de la pâtée servie aux détenus ordinaires, qui aurait dégoûté un chien affamé, c'était Byzance. Ignacio, le gardien qui s'occupait de lui, était aux petits soins. Tard dans la soirée, il l'emmenait prendre l'air dans la cour intérieure, lui apportait régulièrement de l'eau minérale achetée dans une épicerie voisine, des journaux. Malko avait découvert que lui aussi émargeait chez les Arrellano.

Penser qu'il était à un kilomètre de la frontière américaine... Il rongeait son frein, s'évadant par de longues rêveries érotiques où il retrouvait Alexandra, au moins en pensée. Les Arrellano s'étaient débarrassés de lui, et pour longtemps ! La CIA interviendrait sûrement, mais quand ?

Le pêne qui claqua dans la serrure lui fit lever la tête.

Il vit d'abord la bonne bouille d'Ignacio, puis les grosses lunettes de Guadalupe Spinoza.

Il l'aurait embrassée !

Ignacio referma la porte et elle l'étreignit chastement, avant de s'asseoir sur le tabouret.

– Je n'ai pas pu venir plus tôt, s'excusa-t-elle.

L'*avogado* Lopez remonta dans l'estime de Malko. Il n'était pas complètement pourri... Guadalupe sortit un paquet de *Lucky Strike* de son sac avec son Zippo gainé croco, en tendit une à Malko et alluma les deux. Lui qui ne fumait pas se sentait des envies de tabac blond. Mais l'expression de la Mexicaine l'alerta.

– Vous avez de mauvaises nouvelles ?

Elle fit la moue.

– Pas vraiment bonnes. J'ai vu le juge chargé de l'affaire. Nous avons des amis communs. Il ne vous interrogera pas avant un bon mois. Et encore, juste un interrogatoire d'identité. Rien sur le fond. Il prétend que l'accusation de meurtre tient. Des témoins jurent vous avoir vu vous disputer avec Enrique Chavez la veille au soir, au *Rodeo de Medianoche*, au sujet de sa femme...

– Des témoins ! sursauta Malko. Mais...

– Des amis des Arrellano, évidemment, corrigea l'avocate. Tout était prévu. On avait même percé un trou dans le coffre de votre voiture afin que le sang s'écoule. Bien entendu, les policiers qui vous ont arrêté étaient dans le coup.

– Pourquoi cette manip ?

– A cause de John Doe. En plus, Enrique Chavez était leur ennemi juré. Ils ont fait d'une pierre deux coups.

– Comment me sortir de là ?

– Impossible pour le moment, répondit Guadalupe Spinoza, la mine contrite. Je vais activer des amis à Mexico City. Mais cela peut prendre des mois. Ici, un seul homme pourrait vous faire sortir en une minute : Gustavo Ortuzar.

– L'ami des Arrellano ? Ou plutôt leur protecteur...

– *Exactamente*... Or, j'ai compris, d'après ce que le

juge m'a laissé entendre, que c'est *lui* qui a la haute main sur le dossier. Ils ont voulu vous neutraliser intelligemment et y ont réussi...

Malko posa la question qui lui brûlait les lèvres.

– Alors, je suis là pour combien de temps, d'après vous ?

Guadalupe Spinoza détourna le regard.

– Je ne sais pas, avoua-t-elle. Dans ce pays, tout est possible. Cela risque de durer longtemps. Vous pourriez même passer en jugement et être condamné. Le Mexique est très jaloux de sa souveraineté.

Malko avait l'impression que le sol se dérobait sous ses pieds. C'était pire que tout ce qu'il avait imaginé. Voyant son désarroi, l'avocate se hâta d'ajouter à voix basse :

– J'ai aussi de bonnes nouvelles...

Le cœur de Malko se mit à battre plus vite.

– Lesquelles ?

Elle se pencha au-dessus de la table.

– Je suis allée à Calexico téléphoner à notre ami commun. Il a prévenu vos amis. Ils vous font dire qu'ils ne vous oublient pas. Déjà, ils m'ont fait parvenir de l'argent sur un compte que je possède à El Centro. Largement de quoi commencer à travailler. J'en ai apporté pour vous. Cinq mille dollars. Cela vous aidera à améliorer vos conditions de vie. On m'a dit que j'aurais tout ce qu'il fallait... des dizaines de milliers de dollars, si besoin.

– Que pouvez-vous faire, concrètement ?

– Pas vous faire sortir, du moins pour le moment. Personne ici n'ira contre la volonté du cartel. Mais vous pouvez avoir des conditions de détention convenables. Il y a quelques cellules ici, pour les *gente muy importante*. Les VIP, si vous voulez. J'ai parlé à votre gardien, Ignacio. Vous serez déménagé tout à l'heure. Vous aurez même un téléphone et un climatiseur. Je lui ai donné cinq cents dollars. Je lui ferai parvenir régulièrement de l'argent. Vous pourrez obtenir ce que vous voulez de l'extérieur.

– Même des femmes ? plaisanta Malko, plutôt amer...

– Bien sûr, fit-elle sans s'étonner, c'est courant ici. Mais pour le téléphone, faites attention, tout sera écouté. Ne demandez pas de numéro aux Etats-Unis. Par contre, vous pouvez me joindre.

Ce n'était pas encore la liberté, mais l'étau se desserrait un peu.

Guadalupe prit dans son sac un rouleau de billets de cent dollars et le glissa dans la main de Malko.

– Désormais, dit-elle, je vous appellerai tous les trois jours. Ensuite...

Elle prit un papier et y nota quelques mots avant de le tendre à Malko : « On va vous faire évader, mais pas avant quelques mois », lut-il. Aussitôt, elle le tint au-dessus de la flamme de son Zippo qui le réduisit en cendre, en quelques fractions de seconde. Puis elle se leva et lui tendit la main.

– *Adiós !*

Le claquement de la porte lui fit mal au cœur. Pris d'un brutal accès de découragement, il s'allongea sur sa couchette. Jamais, au cours de ses nombreuses missions, il ne s'était retrouvé dans une situation pareille ! Sauf une fois, à Bagdad, lorsqu'il attendait d'être fusillé (1). Mais ce n'était pas la même chose. Ici, c'était la mort lente. Et la CIA n'enverrait pas un *squadron* de F 16 détruire les murs de sa prison, comme à Bagdad. Le Mexique était un pays allié des Etats-Unis...

Plongé dans une rêverie morose, il sursauta quand la porte s'ouvrit. Ignacio passa une tête ravie par l'entrebâillement.

– *Con permiso, señor Malko, vamos a su nueva habitación...*

Il l'emmena au fond du couloir. Sa nouvelle cellule

---

(1) Voir SAS n° 14, *Les Pendus de Bagdad*.

ressemblait à une chambre monacale, avec des murs blancs, une table, un lit garni de draps, un coin toilette, et même une télévision ! Une toute petite fenêtre munie de deux énormes barreaux rappelait toutefois sa vraie destination.

Malko eut à peine le temps de s'y installer que le pène tourna à nouveau dans la serrure. Cette fois, la porte s'ouvrit sur une accorte créature portant un plateau !

Les cinq cents dollars donnés à Ignacio faisaient des miracles... La fille posa le plateau sur la table, puis énuméra :

– *Camarones al piquante, filete de buón, arrozo con pimiente, guacamole y cafe mexicano. Vino blanco de las Mercedes, Cointreau y tequila por las margaritas, a la disposición de Usted...*

Déhanchée, elle le contemplait avec un sourire salace, ses seins ronds jaillissant du décolleté carré. Sur ses traits vulgaires, se lisait un panaché de sensualité et de bêtise. Visiblement, le dessert, c'était elle. Sa jupe ultra-courte moulait des fesses cambrées et rondes. Malgré la chaleur, elle portait des bas noirs et des escarpins rouges. On imaginait très bien sa grosse bouche autour d'un sexe d'homme.

Malko faillit craquer. Il n'avait qu'à tendre la main. Elle avança vers lui, remplissant ses narines de son parfum, le regard rivé au sien. Il lui adressa un sourire.

– *Muchissississimas gracias, señorita. Hasta luego !*

Ostensiblement, il s'attaqua à ses crevettes. Miracle : c'était presque bon ! La fille attendit quelques instants avant d'aller tambouriner à la porte. Ignacio ouvrit et jeta un regard étonné à Malko, tandis que la fille se glissait à l'extérieur.

– *No le gusta la pequeña ?* (1) s'enquit-il, inquiet comme une vraie nounou.

(1) La petite ne vous plaît pas ?

— *Sí, sí,* assura Malko, *pero otra vez...* (1)
— *Muy bien, señor.*

Il referma. Malko entendit une courte discussion derrière la porte, puis des bruits étranges. Des petits cris, des soupirs, des halètements. Ignacio n'avait pas voulu laisser perdre le cadeau... Il n'en aimerait Malko que plus.

Celui-ci mangea sans appétit. Il était prisonnier, et pour longtemps.

*
**

La nuit, les bruits étaient plus proches. Les claquements de portières des Cruiser – les voitures de patrouille –, les pas lourds des policiers, les plaisanteries, les cris et les exclamations quand on amenait des suspects. Un coup de feu parfois... Dans cette ville brutale d'un million et demi d'habitants, les nuits étaient agitées.

Etendu sur son lit étroit mais enfin propre, Malko essayait de s'évader, rêvant qu'il se préparait à faire l'amour à Alexandra. Il l'imaginait en guêpière, en train de lui administrer une fellation à lui arracher la sève du corps. Comme la CIA était loin !

L'évocation était si précise que son sexe était tendu à exploser sous son pantalon de toile. Finalement, il aurait dû accepter le cadeau, la « petite » d'Ignacio, deux jours plus tôt... Cette inaction forcée le rendait fou. Il était devenu la vedette de la *Comandancia* et on l'emmenait parfois sous bonne garde visiter les lieux, ou même assister à des interrogatoires. Le bruit s'était répandu comme une traînée de poudre : le *gringo* de la cellule n° 9 avait beaucoup d'argent. Donc il méritait le respect.

Le pêne qui tournait dans la serrure l'arracha à sa rêverie érotique. Il se redressa, surpris. Il ne recevait jamais de visite la nuit. Le battant s'écarta légèrement pour laisser passer quelqu'un, puis se referma.

(1) Si, mais une autre fois.

Malko se leva et alluma. L'ampoule nue éclaira une femme au visage ovale, avec de longs cheveux noirs tombant sur ses reins, une robe au décolleté carré boutonnée sur le devant jusqu'à mi-mollets, des ballerines. Mais il ne voyait que les pointes cylindriques, d'une longueur inusitée, de ses seins sous le jersey.

C'était la compagne de John Doe, aperçue au *Rodeo de Medianoche*. Belle comme un fantasme soudain matérialisé, elle souriait, appuyée à la porte qui s'était refermée. Elle avança d'une démarche dansante et s'arrêta au bord du lit.

– *Buenas noches, señor Linge*.

La voix allait avec le reste. Un zeste de vulgarité, beaucoup de sensualité. Le regard descendit des yeux dorés jusqu'à la bosse du pantalon de toile, et s'y fixa. Pendant quelques secondes, elle demeura strictement immobile, comme un chat qui guette un oiseau, puis ses lèvres se retroussèrent dans un sourire gourmand et son regard chavira. D'un mouvement coulé, elle rejoignit Malko et s'accroupit en face de lui, posant la main, pour conserver son équilibre, sur le sexe tendu.

– *No hay muchas mujeres, aquí* (1)... remarqua-t-elle d'une voix rauque.

Visiblement, elle voulait croire que son irruption avait provoqué l'érection qui la fascinait ; il eût été malséant de la détromper. Ou tout simplement, l'idée de ce beau prisonnier en train de bander seul dans sa cellule l'excitait. Les pointes de ses seins semblèrent s'allonger encore. Ses doigts se resserrèrent autour de la virilité tendue sous le tissu.

– *Tú quieres ?* (2)

Malko n'eut pas à se forcer pour murmurer *sí*. Emporté par son rêve érotique, il ne se demandait même plus pourquoi Exaltación Garcia avait surgi comme un fantôme.

(1) Il n'y a pas beaucoup de femmes, ici...
(2) Tu veux ?

Malgré lui, son ventre se tendait vers elle. Avec délicatesse, Exaltación descendit le slip, libérant la hampe raide comme une barre de fer.

Visiblement, l'idée de faire l'amour avec un homme privé de femme, un *gringo* blond qui plus est, l'excitait au plus haut degré. Sa bouche s'abaissa, avec une lenteur exaspérante, l'enfournant millimètre par millimètre. Malko se cabra, ce qui l'enfonça encore plus dans la cavité chaude où une langue habile se démenait déjà.

Il poussa un grondement rauque, attirant Exaltación par la nuque, à une fraction de seconde de l'explosion. Celle-ci, sentant le danger, recula vivement. Puis se releva.

– *Espera !* lâcha-t-elle.

En un clin d'œil, elle retroussa sa longue robe, découvrant un slip rouge qu'elle fit glisser le long de ses cuisses. Malko s'était relevé aussi. Elle pesa sur son épaule pour qu'il s'allonge sur le dos, puis l'enjamba, s'installant à califourchon sur son ventre. Sa main gauche tenant solidement le membre à la verticale, il ne lui restait plus qu'à se laisser glisser pour s'empaler sur Malko. Ce dernier ne s'attendait pas au hurlement qui s'échappa de la gorge de la jeune femme, lorsqu'elle l'engloutit d'un coup. Comme si ses muqueuses intimes avaient été à vif ! Empalée profondément, elle resta quelques instants bouche ouverte, le regard révulsé, les seins durcis, prenant la mesure de l'envahisseur... Puis son regard redevint normal, elle abaissa la tête et dit d'une voix basse, rauque, chargée de sensualité :

– *Fuck me hard !* (1)

Malko posa ses mains sur ses hanches, la fit remonter et l'abaissa d'un coup, venant en même temps au-devant d'elle... Son excitation était telle qu'il lui semblait avoir doublé de volume. Ce fourreau onctueux lui donnait des sensations inouïes et il sentait qu'il n'allait pas tenir longtemps. Désireux de prolonger cet intermède totalement

---

(1) Baise-moi fort !

inattendu, il délaissa les hanches pour les longues pointes des seins crevant le jersey. Il les fit rouler entre ses doigts, les pressa habilement. Exaltación Garcia fut prise de la danse de Saint-Guy. Eructant des obscénités en anglais et en espagnol, le souffle court, elle se soulevait de plus en plus vite, ou bien se frottait furieusement d'avant en arrière, comme une chatte en chaleur. Soudain, elle s'immobilisa, vissée à fond sur le membre qui la transperçait, et se mit à trembler, tandis que la semence de Malko se mêlait à la sienne...

Ses prunelles s'étaient agrandies, comme si elle avait absorbé de la drogue. Un nouveau cri encore plus puissant que le premier vrilla les oreilles de Malko. Ensuite le silence qui retomba dans la petite cellule sembla irréel. Malko, prêtant l'oreille, nota un silence inhabituel : de l'extérieur, aucun bruit ne leur parvenait... Tout le personnel de la *Comandancia* devait être agglutiné dans le couloir desservant sa cellule... A regret, Exaltación s'arracha au pieu encore fiché en elle et se remit sur pied en titubant.

Elle n'eut qu'à ramasser sa culotte et à la remettre, puis lissa sa longue robe pour être décente. S'asseyant sur une chaise, elle fouilla dans son sac, en sortit un paquet de *Lucky Strike* et un Zippo orné d'un scorpion de turquoises enchâssées dans le métal. Amusé, Malko le lui prit pour allumer sa cigarette. Ce n'était pas la première fois qu'il voyait une jolie femme transformer un Zippo, à l'origine robuste objet utilitaire, en bijou. Exaltación se laissa aller en arrière, avec une grimace de volupté. L'odeur du tabac blond embaumait la cellule, lui donnant des allures de luxe. Exaltación Garcia se pencha en avant et caressa le visage de Malko, avec un sourire repu.

– *Estaba muy bonito... Pero es un secreto, entre tú y yo. Entiende ?* (1)

---

(1) C'était très bien. Mais c'est un secret entre toi et moi. D'accord ?

Malko inclina affirmativement la tête. Il se doutait bien que la jeune femme n'était pas venue le voir dans sa cellule au milieu de la nuit, avec les complicités que cela supposait, uniquement pour une brève étreinte. Il pensait même que si elle ne l'avait pas trouvé dans cet état d'excitation, rien ne se serait passé.

Exaltación tirait sur sa *Lucky*, balayant du regard le mur blanc. Elle fixa enfin Malko et dit en anglais :

— Des gens très importants s'intéressent à votre sort...

— C'est gentil, approuva Malko, sur ses gardes.

— Vous n'avez pas envie de rester ici, n'est-ce pas ?

Il sourit.

— Avec vous, à la rigueur.

La lueur dans les yeux noirs lui montra qu'elle appréciait le compliment, même ironique.

— Vous avez la possibilité de sortir, annonça-t-elle. Très vite.

— Vous connaissez le juge ?

— Le juge ?

Elle éclata de rire, avec un geste signifiant que le juge n'avait qu'à bien se tenir. Puis d'un autre, elle montra le plafond fissuré.

— Non, bien plus haut que le juge. Des gens que vous ne connaissez pas...

— Peu importe, reconnut Malko. Je leur suis d'avance reconnaissant. Que faut-il faire ?

Elle se pencha vers lui.

— On vous offre un *deal*. Vous sortez. Vous retournez à votre hôtel. Dans quelques jours, vous partez en Californie en voiture. Quelqu'un vous rencontrera de l'autre côté de la frontière. Vous lui confierez la voiture qu'on vous aura prêtée. C'est tout.

Malko n'en croyait pas ses oreilles. On lui offrait tout simplement de faire la « mule » ! Il voulut en avoir le cœur net :

— Qu'est-ce qu'il y aura dans la voiture ? demanda-t-il.

Exaltación ne cilla pas.

— Cent kilos de cocaïne.

De quoi l'envoyer dix ans dans un pénitencier fédéral, même avec la protection de la CIA. Le système judiciaire américain était indépendant. Devant son silence, Exaltación précisa :

— Ils n'arrêtent jamais les *gringos*. Il n'y a aucun risque.

Sauf si on signalait la voiture, bien sûr. Malko hésitait, partagé entre deux hypothèses. Ou bien les Arrellano avaient trouvé un moyen astucieux de se débarrasser de lui en l'utilisant. Ou bien cette offre cachait quelque chose de plus vicieux. Avec les Narcos, il fallait se méfier. Après tout, étant donné leur pouvoir, ils pouvaient le maintenir en prison au Mexique quasi indéfiniment.

Devant son hésitation, Exaltación précisa d'une voix beaucoup moins caressante :

— Je ne reviendrai pas une seconde fois. Et vous serez réduit à vous branler un bon bout de temps. C'est dommage, avec une belle queue comme la vôtre. Tandis que dehors...

Ça, c'était la cerise sur le gâteau... Malko regarda les murs blancs et les barreaux.

— J'accepte, dit-il.

— *Muy bien*, approuva Exaltación Garcia. Il y a deux conditions. D'abord, inutile de chercher à vous enfuir. Il y aura *toujours* quelqu'un, jour et nuit. Ensuite, interdiction de vous approcher d'une cabine téléphonique. En dehors de cela, vous pouvez faire ce que vous voulez.

Elle écrasa le mégot de sa *Lucky* sur la table, son regard rivé à celui de Malko.

— Avec nous, précisa-t-elle, il n'y a pas de contrat écrit. Pas même de poignée de main. Mais il vaut mieux respecter sa parole. Vous avez vu ce qui est arrivé à cet imbécile de Chavez...

— C'est qui, nous ? demanda benoîtement Malko.

Elle le foudroya du regard.

— Vous le savez très bien.

— Vous vous appelez Exaltación Garcia, n'est-ce pas ?
— C'est ce *perro* (1) de Chavez qui vous l'a dit ?
— Oui, mentit Malko.
— On a bien fait de le punir, conclut Exaltación, glaciale. Il avait promis de se tenir à l'écart des problèmes. Il n'a pas tenu sa promesse. Quand il a été égorgé, il a gueulé comme un porc ! Sa femme aussi. Elle a saigné plus longtemps que lui.

Son regard sombre brillait d'une joie mauvaise. Malko tentait de l'analyser. Exaltación lui rappelait Mandy Brown-la-Salope, en plus féroce, en plus tropical. De la lave en fusion et un cerveau froid comme un *computer*. Eminemment douée pour la survie. Celle-là ne travaillait vraiment que pour une seule personne : elle-même. Et prenait le plaisir quand il passait ; comme avec lui.

— Je tiens toujours parole, affirma-t-il.
— *Muy bien*, dit-elle. Tu t'entendras bien avec *El Jefe*. Il n'a rien de *personnel* contre toi, tu sais... *Hasta luego*.

Elle alla frapper à la porte, du poing, et elle s'ouvrit aussitôt. Ignacio devait avoir l'oreille collée dessus. Malko eut du mal à se rendormir ; aussi bien à cause du plaisir éprouvé que de son avenir proche. Sa mission prenait une tournure inattendue...

*
**

— *Señor* Malko ?

Ignacio ruisselait de respect, une liasse de papiers à la main. Il les posa sur la table, avec un stylo-bille, et annonça :

— Le juge Gomez a décidé de vous remettre en liberté provisoire. Nous allons vous regretter. Des prisonniers comme vous il n'y en a pas beaucoup... *Un caballero auténtico... Firma aquí*.

Malko parapha quelques papiers à en-tête de la *Procu-*

(1) Chien.

radoria generale de Baja California, sans les lire. Tout cela n'était qu'une sinistre comédie. On lui rendit son passeport, mais pas son pistolet. Le Taurus devait déjà être vendu.

Il respira l'air tiède à grandes goulées. Sur son passage, c'est tout juste si les policiers ne se mettaient pas au garde-à-vous. Ignacio le mena jusqu'à une voiture bleu et blanc garée en double file dans Constitución, et prit sa main droite dans les siennes.

– *Hasta luego, señor Malko ! Vaya con Dios.*

Un peu plus, il lui aurait dit : « revenez vite. »

Il referma poliment la portière sur lui. Tandis que la voiture démarrait, Malko eut encore droit aux sourires de plusieurs policiers. Il comprit soudain la raison de cette attitude : désormais, il faisait partie, aux yeux de la police municipale, du puissant cartel de Tijuana. Il avait donc droit à tous les égards.

Il se laissa aller sur la banquette défoncée, rêvant à une douche comme un chien à un os... Puis il fut pris d'un brutal fou rire : lui, chef de mission à la *Central Intelligence Agency*, faisait désormais partie du cartel de Tijuana !

Voyant son hilarité dans le rétroviseur, le policier au volant se mit à rire aussi, sans savoir pourquoi. Une franche gaieté régnait encore dans la voiture de patrouille lorsqu'il s'arrêta devant le *Grand Hotel*. Malko en sortit, et remarqua une autre voiture avec quatre hommes à bord qui avait stoppé juste derrière.

Personne n'en sortit. Il était sous haute surveillance.

A la réception, on lui donna sa clé comme s'il venait d'arriver. Sa chambre était en ordre, toutes ses affaires étaient là. Sur la table, d'une coupe de fruits dépassait un carton blanc portant l'empreinte d'une bouche de femme, avec, dessous, deux mots : *hasta luego*.

Il souleva le téléphone. Pas de tonalité. La ligne était morte. Il avait simplement changé de cellule. Sans arme, surveillé par les tueurs du cartel de Tijuana, sa toute fraîche liberté laissait à désirer.

Plus il y réfléchissait, plus il était persuadé que l'offre généreuse des frères Arrellano recelait un piège. Mortel.

CHAPITRE IX

Ramon Arrellano dévalait Agua Caliente seul, au volant de sa nouvelle Viper noire, un monstre comparable à une Ferrari qu'il avait payé soixante-treize mille dollars cash à San Diego. La seule de tout le Mexique, bien entendu, et en plaques US, grâce à un prête-nom. La Chevrolet Suburban volée, occupée par ses gardes du corps, avait du mal à le suivre. Au feu rouge de la Calle Rio Balsas, Ramon repéra une jolie fille à la lourde poitrine et donna un coup de klaxon. Elle se retourna et sourit. Ramon lui fit signe de le rejoindre. Elle s'arrêta près de la voiture, consciente de son sex-appeal, dans sa robe légère.

– Tu viens faire un tour ?
– Où ?
– En ville. Ensuite, je te ramène.

Eblouie, la fille grimpa dans la Viper et Ramon démarra en laissant ses pneus sur l'asphalte, sous l'œil goguenard de ses gardes.

– *El Jefe está muy bien !* commenta Pepe, le chef des *pistoleros* de la garde personnelle.

Ils dévalèrent jusqu'à Constitución. Au bout de cinq secondes, Ramon avait déjà confondu le levier de vitesse et la cuisse de sa conquête, qui ne s'en formalisa pas.

– Qu'est-ce que tu fais ? demanda-t-il. Comment t'appelles-tu ?

– Je travaille chez un avocat, mais je m'ennuie... Angelica.

Il éclata de rire.

– Si tu veux, je pourrais te trouver du boulot de temps en temps. C'est bien payé : soixante mille pesos pour deux heures...

Mille dollars pour dix ans de prison, c'était un *deal* honnête. Le cartel aimait bien recruter de jolies filles comme « mules ». C'était à double détente : si elles se faisaient prendre, après quelques années de prison, elles n'avaient d'autre ressource que de faire la pute, pour les associés de Ramon ; cela s'appelait du recyclage.

La Viper et la Suburban passèrent en trombe devant le building de la police municipale, saluant d'un coup de klaxon, pour tourner à gauche dans la Calle Emiliano Zapata. Puis, Ramon entra dans un petit parking où se trouvaient déjà plusieurs voitures.

– Attends-moi là ! fit-il à la fille.

Il sauta de la Viper et rejoignit un de ses hommes qui l'attendait à côté d'une Ford Mustang rouge munie de plaques US, luisante de propreté. Ramon en fit le tour, ouvrit le coffre, vérifia les pneus, puis hocha la tête.

– *Muy bien*. Tu laisses les clés dans le pare-chocs avant.

Il retourna à la Viper où Angelica suffoquait sous le soleil brûlant, et lui tendit la main.

– *Ven aquí !* On va boire un verre.

Cette fille commençait à l'exciter vraiment. Il l'entraîna vers l'entrée du service du bar *Las Pulgas*, désert à cette heure-là. L'établissement lui appartenait.

Surprise par la pénombre, Angelica poussa une exclamation étonnée.

– *No hay gente aquí !*

Ramon n'avait pas envie d'attendre. Il se retourna avec un sourire, la plaqua contre le mur, de façon qu'elle sente bien son érection sous le jean.

– *Tú conmigo*, ça ne suffit pas ?

— *Sí, sí !* admit Angelica, impressionnée.

Il l'entraîna dans un box et se fit servir par le barman éperdu d'obséquiosité deux « Original Margarita » conséquents. Morte de soif, Angelica éclusa le sien en quelques gorgées, puis Ramon lui offrit son verre après y avoir trempé les lèvres, et jeta un coup d'œil discret à sa montre.

— Tu vas connaître mes pensées, fit-il.
— *Ah sí, que...*

Elle ne termina pas sa phrase. Ramon lui avait déjà dardé sa langue au fond du gosier et tâtait ses seins qu'il trouva merveilleusement fermes. Il passa aussitôt aux cuisses et remonta plus haut. Angelica se tortilla, quand elle sentit un index fureteur explorer son intimité... D'autorité, Ramon lui saisit la main et la plaqua sur la bosse de son jean, afin de bien lui montrer où étaient ses priorités.

Le barman, muet de respect, était accroupi derrière son bar et suivait les prouesses de son patron à travers un trou judicieusement placé. La tête lui tournant, un peu affolée, Angelica protesta :

— Je vais être en retard.
— Moi aussi, fit Ramon, en descendant le zip de son jean. *Chupa.* (1)

Il y avait quelque chose dans sa voix qui la soumit. Docilement, elle inclina la tête et la main ferme de Ramon appuyant sur sa nuque aida considérablement sa décision. Une fellation à onze heures du matin, c'était toujours agréable, songea-t-il... Quelques instants plus tard, il explosa dans la bouche d'Angelica avec un grognement de contentement et se releva, encore en érection.

— *Vamos !*

Ce n'était pas l'amour courtois... Dans la Viper, il posa une main possessive sur la cuisse de la jeune femme, et dit avec un sourire enjôleur :

— Donne-moi ton téléphone, je t'appellerai, la prochaine fois, on aura le temps. Et on parlera business...

(1) Suce.

Il la déposa exactement à l'endroit où il l'avait trouvée, vingt minutes plus tôt...

*
**

– Je suis dans le hall, en bas ! annonça Exaltación.

Malko ne l'avait pas revue depuis la prison, deux jours plus tôt. D'ailleurs, il n'avait revu personne...

Lorsque le téléphone avait sonné, il feuilletait une revue de voyages relatant l'historique du transport aérien. De la « cage à poules » où les passagers étaient à l'air libre, casqués de cuir, jusqu'au *nec plus ultra*, les nouveaux aménagements de l'Espace 180 d'Air France, avec ses sièges-lits.

Privé de voiture et sans personne à voir, il avait passé le plus clair de son temps à l'hôtel, cherchant désespérément, sans la trouver, une solution à sa situation.

La visite d'Exaltación annonçait du nouveau.

Il descendit, curieux de savoir ce qu'elle voulait. La jeune femme attendait dans le hall, près de l'escalier menant au parking. Malgré ses lunettes noires, elle était très reconnaissable, en longue robe-sac boutonnée et chaussures plates, comme une *flower-girl* des années soixante.

En fait de fleur, c'était plutôt une plante carnivore. Elle semblait en tout cas avoir complètement oublié l'intermède sexuel de la prison, et jeta un regard froid à Malko.

– *Vamos !* lança-t-elle, ma voiture est dans le parking.

Ils descendirent à pied vers une BMW grise aux glaces teintées...

– Où allons-nous ? demanda Malko.

– Chercher *votre* voiture.

La BMW était encombrée d'affaires en désordre. Exaltación Garcia sortit du parking comme une bombe, coupa Agua Caliente pour rattraper une petite rue donnant dans l'Avenida Salinas.

En dépit de ce départ en trombe, Malko s'aperçut très

vite qu'ils étaient suivis par une conduite intérieure, avec quatre hommes à bord. Parfois même, l'autre véhicule s'arrêtait à leur hauteur...

En passant devant la *Comandancia*, dans Constitución, Malko éprouva un petit pincement au cœur. Exaltación tourna dans la rue Emiliano Zapata, et pénétra dans un petit parking à ciel ouvert, pour s'arrêter à côté d'une Mustang rouge décapotable.

— Voilà, fit-elle, les clés sont sous le pare-chocs avant. Vous franchirez la frontière dimanche, entre cinq et sept heures du soir. C'est le meilleur moment. D'ici là, je vous communiquerai l'adresse à San Diego où vous laisserez la voiture... En attendant, vous faites ce que vous voulez. Mais je ne vous conseille pas de contacter la DEA. Rappelez-vous : ces hommes qui vous suivent ont ordre de vous abattre si vous vous approchez d'une cabine téléphonique...

— Je sais, grinça Malko.

D'un geste gracieux, Exaltación rejeta ses longs cheveux noirs en arrière.

— Bientôt, tout sera terminé pour vous. Vous serez dans votre pays...

— Je ne suis pas américain, objecta Malko. Et si je me fais prendre à la frontière ?

— Vous avez sûrement des amis, fit placidement Exaltación. Mais ne revenez *jamais* à Tijuana.

— Vous n'avez pas peur que, la frontière passée, j'aille directement à la DEA ? interrogea-t-il. Cela coûterait à votre organisation cent kilos de cocaïne.

Exaltación sourit devant tant de naïveté.

— Ce serait idiot. Nous avons le même dispositif de l'autre côté. Dès San Ysidro.

Elle avait réponse à tout. Au moment de sortir de la BMW, Malko demanda brusquement :

— Vous ne voulez pas déjeuner avec moi ?

Visiblement, Exaltación ne s'attendait pas à une telle invitation. Cela ne devait pas non plus avoir été prévu par ses amis du cartel. Elle y réfléchit quelques instants, puis lança :

– Si vous voulez ! Il y a un restaurant deux blocs plus au sud, dans Revolución, juste le long du Jai-Alai. Je vous y rejoins. Laissez la voiture ici.

Malko partit à pied dans la Calle Emiliano Zapata et déboucha aussitôt dans Revolución. L'énorme stade rose de Jai-Alai (1), qui ressemblait à un palais oriental, était fermé, mais un restaurant en terrasse accueillait les rares touristes.

*
**

Exaltación Garcia avait exigé du garçon qu'il prépare ses « Original Margarita » sous ses yeux, afin d'être certaine du dosage tequila-Cointreau. Au troisième, sa réserve avait considérablement fondu, et son regard s'était animé. Sous prétexte de chaleur, elle avait défait les derniers boutons de sa longue robe, dévoilant ses jambes jusqu'à mi-cuisses.

Malko avait du mal à terminer ses *tacos*, toujours aussi indigestes, même noyés sous des flots de « Margarita », la boisson idéale pour ce climat.

Désespérément, il cherchait une ouverture à son *trip* de fou. Quelle humiliation s'il se faisait prendre à la frontière... Ce ne serait guère pire que de servir de « mule » au cartel de Tijuana... et de revenir les mains vides, ignorant où se trouvait John Doe, ne rapportant aucune preuve de l'implication du cartel dans l'attentat d'Oklahoma City.

La défaite totale. Il en était malade d'avance.

En face de lui, Exaltación poussa un soupir à fendre l'âme. Leurs regards se croisèrent. Ce qu'il lut dans celui de la jeune femme était clair : elle avait envie de faire l'amour.

Malko saisit le message muet au vol.

(1) Pelote basque.

— J'aurais bien aimé vous revoir, dit-il, en dépit de vos mauvaises fréquentations.

La Mexicaine ne se dérida pas.

— Impossible, dit-elle. Déjà, pour la prison, j'ai donné de l'argent au gardien pour qu'il tienne sa langue. Je ne venais pas pour ça, mais je n'ai jamais pu résister, quand j'ai *vraiment* envie.

— Ce n'est pas un mauvais souvenir, remarqua Malko.

Pour la première fois, il sentait une brèche. Par Exaltación, il pourrait peut-être rebondir...

— Où allez-vous à San Diego ? demanda-t-elle. Après...

— Je n'en sais rien, avoua Malko. Pourquoi ?

— J'y vais aussi, dit-elle. Benjamin m'a demandé d'aller à Beverly Hills avec un catalogue de décoration que lui a donné Gustavo. Des trucs superbes créés par un décorateur français, Claude Dalle. Il espère que je vais les trouver là-bas. Nous pourrions nous retrouver, ajouta-t-elle rapidement. Au *Horton Grant Hotel*, dans Island Avenue et Quatrième Avenue. Dimanche soir.

— Vous allez souvent à San Diego ?

— Le plus souvent possible, s'exclama-t-elle. Je voudrais tellement quitter ce trou de Tijuana. Trouver un *vrai* milliardaire, pas un voyou aux poches pleines de cocaïne. Vivre à Beverly Hills...

Une vraie midinette...

— Commençons par le *Horton Grant Hotel*, suggéra Malko.

Elle lui jeta soudain un regard bizarre.

— Ne vous faites pas d'illusion. On va baiser et c'est tout. N'espérez pas me recruter pour votre saloperie de DEA ou une autre connerie.

Il y avait deux personnages chez Exaltación. La « dure » prête à tout pour survivre, et la femelle, cédant à ses pulsions. Sa grossièreté volontaire cachait une peur réelle. Aux yeux des Arrellano, il était l'ennemi.

Il demanda l'addition et ils se séparèrent. Ce rendez-vous était inespéré. Exaltación savait forcément où se terrait John Doe. Aux Etats-Unis, elle serait en position d'infériorité. Malko reprit un peu espoir. Il traîna quelques instants sur le trottoir de Revolución, harcelé par les rabatteurs des boutiques, des bars, des peep-shows. Déprimant. Quand il regagna la Mustang, le cuir en était brûlant.

A sa sortie du parking, il retrouva sa voiture suiveuse. Les quatre *pistoleros* ne le lâchaient pas d'un mètre. C'était fou d'être prisonnier dans une ville, sans même pouvoir se rendre à la police.

Tijuana réservait assez peu de distractions. Il rentra donc au *Grand Hotel* et mit la Mustang au parking. A peine en était-il sorti qu'une silhouette émergea de l'ombre. Un Mexicain jeune, inconnu. D'un bond, il eut rejoint Malko et dit à voix basse :

– *Señor*, ce soir, allez dîner au *Lucerna*. Prenez une table dans le patio.

Il avait disparu avant que Malko puisse lui poser la moindre question. Celui-ci regagna sa chambre. La climatisation marchait si mal qu'il voulut appeler la direction, oubliant que sa ligne était morte ! Fou de rage, il dut descendre pour réclamer qu'on vérifie s'il n'y avait pas une panne.

– Mon téléphone non plus ne marche pas, ajouta-t-il.
– On est en train de le réparer.
– Changez-moi de chambre.

L'employé ne se troubla pas.

– Impossible, *señor*, l'hôtel est complet, jura-t-il avec un sourire désolé.

Il se précipita vers un autre client, laissant Malko édifié... Le système Arrellano fonctionnait mieux que la CIA.

*
**

Le bruissement de la fontaine du patio ne faisait pas oublier à Malko les quatre *pistoleros* installés à la table voisine, qui ne le quittaient pas des yeux.

Toutes les tables du *Lucerna* étaient occupées et le

service plutôt lent lui permettait de faire traîner son repas. Déjà neuf heures et demie et personne ne s'était montré. Etait-ce un piège pour le tester ? Une fantaisie d'Exaltación ? Il décida d'attendre jusqu'à dix heures et demie.

Soudain, il vit apparaître Armando Guzman, plus rond que jamais. Il était accompagné de deux moustachus, style avocat, portant de lourdes serviettes. De loin, il adressa un petit signe amical à Malko, avant de s'asseoir. Une demi-heure s'écoula. Malko en était à son troisième café... Guzman et ses amis avaient seulement pris un verre. Ils se levèrent et disparurent. Malko, découragé, demanda l'addition et regagna la Mustang, garée dans le parking devant le *Lucerna*.

Au moment de démarrer, il sentit sous son pied quelque chose qui bloquait l'accélérateur. Etonné, il se baissa et ses doigts se refermèrent sur un objet oblong et lourd, posé sur le plancher. Le cœur battant la chamade, il se redressa et fit semblant de régler son siège. Les quatre *pistoleros*, à quelques mètres de là, n'avaient pas bronché...

Ce n'est que dans le parking souterrain du *Grand Hotel* qu'il ramena au jour sa trouvaille : un téléphone cellulaire Motorola qu'il dissimula aussitôt sous sa veste...

Dès qu'il eut regagné sa chambre, il l'examina... Un numéro était inscrit sur une bande de Scotch collée sur l'appareil : 5432765.

Il activa le portable, après avoir tiré les rideaux, et composa le numéro. Pas de réponse. Il essaya à plusieurs reprises, sans plus de succès. Ce n'est qu'une heure plus tard que l'on répondit enfin. La voix étouffée d'Armando Guzman...

– Je ne pensais pas que vous étiez surveillé d'aussi près, fit d'entrée le policier fédéral. J'espérais pouvoir vous parler au *Lucerna*.

– Vous savez ce qui m'est arrivé ? demanda Malko.

– Bien sûr. Mais je ne pouvais pas intervenir. C'eût été signer votre arrêt de mort, et probablement le mien.

Je voulais vous dire deux choses. D'abord, j'ai réuni, enfin, tous les éléments de mon dossier. J'ai même retrouvé le pistolet qui a tué Luis Donaldo Colosio. Celui fourni par John Doe. J'ai rendez-vous à Mexico avec le président Zedillo lui-même. Mon enquête est accablante. Y compris pour son ministre de la Justice. Il a déjà été acheté par les cartels... Comme en Colombie.

— Ce n'est pas imprudent de parler sur ces téléphones ? demanda Malko.

— Non, affirma le Mexicain. Ils sont codés au départ comme à l'arrivée. C'est un cadeau de nos amis.

— Je pars dimanche pour la Californie, enchaîna Malko. Il y a peu de chances pour que je revienne à Tijuana...

— C'est la seconde chose que je voulais vous dire, fit Armando Guzman. Les Arrellano ont conçu un plan diabolique pour vous éliminer. Le transport de cocaïne n'est qu'un prétexte. La Mustang que l'on vous fait conduire est piégée. Avec une charge d'explosifs télécommandée. Vous n'avez aucune chance de survivre à ce voyage.

CHAPITRE X

Malko mit quelques secondes à réaliser. Armando Guzman répéta :

– Ils veulent vous tuer. Pas vous faire passer de la drogue.

– Mais comment savez-vous tout cela ?

– J'ai une « taupe » chez les Arrellano.

Malko ne pouvait pas en croire ses oreilles.

– Que savez-vous exactement de leur plan ? demanda-t-il.

– Vous allez franchir la frontière, comme ils vous l'ont dit. Vous serez suivi par un autre véhicule. Dès l'entrée de San Ysidro, vous serez obligé de vous arrêter et ils récupéreront la cocaïne. C'est quand vous repartirez qu'ils déclencheront l'explosion.

– Et si je saute de la voiture ?

– Ils vous abattront.

– Et si le *border officer* m'arrête ?

– Ils déclencheront l'explosion. Même si cela doit tuer plusieurs personnes. Ils s'en moquent.

– Mais pourquoi un plan aussi compliqué ? objecta Malko. Ils peuvent me liquider ici sans le moindre problème.

Armando Guzman soupira.

– Les Arrellano sont des gens tordus. C'est plus drôle de vous tuer de cette façon. C'est un défi à la DEA. Chez nous, c'est ce que l'on appelle la *bravada*, les risques inutiles. Et aussi un avertissement.

– Que puis-je faire ?

– Vous, pas grand-chose. Essayez de vous enfuir *avant*. Je vais essayer de vous faire parvenir une arme. Je ne peux rien faire *officiellement*. Pour protéger mon enquête, je les ai endormis... Quand vous m'avez vu au *Lucerna*, je venais d'accepter le versement mensuel de cent mille dollars pour ne plus m'occuper des affaires du cartel. Gardez ce téléphone, apprenez ce numéro par cœur, ajouta Guzman après un silence.

– Je ne peux pas m'en servir pour demander de l'aide ?

– Non, il y a un système de brouillage *built-in*. Votre interlocuteur n'entendrait que des sons incompréhensibles. Si vous parvenez à vous enfuir, appelez-moi, j'essaierai alors de vous trouver une planque. Si je ne réponds pas, n'insistez pas. *Adiós*.

Malko désactiva l'appareil. Il était partagé entre la fureur et le découragement. Le plan des Narcos était diabolique. On l'appâtait en lui offrant une solution en apparence honorable, et c'était pour mieux le tuer...

Sa conviction fut vite faite. Il ne fallait pas perdre une seconde. Il glissa le téléphone cellulaire dans la poche de sa veste et sortit de la chambre. Un des *pistoleros* était assis en face des ascenseurs, sur un pliant. Il adressa un sourire à Malko, qui ralentit le pas.

– *Buenas noches*.

Il se leva, appuya sur le bouton de l'ascenseur et quand la cabine arriva, s'effaça pour laisser entrer Malko.

– *Con permiso*...

En bas, il y avait un vacarme effroyable, à cause de l'orchestre du bar, sur la gauche. Malko dut se résoudre à aller y prendre un verre. Devant une vodka glacée, il se mit à réfléchir. Exaltación Garcia était-elle au courant du plan des Arrellano ? Ou son offre était-elle sincère ? De la réponse à cette question dépendaient beaucoup de choses. Elle était sa seule alliée potentielle.

Comment ne pas être déchiqueté par la voiture piégée ? Les heures allaient passer très vite, jusqu'à dimanche. On était déjà vendredi.

*
**

Les invités s'étaient groupés autour du bar en plein air installé à côté de la maison de Ramon Arrellano. Rien que des gens du sérail, en affaires avec le cartel. D'abord Gustavo Ortuzar, puis des avocats, des hommes de paille, des *pistoleros*, et bien entendu « El Coyote ».

Tout le monde buvait ferme. Des garçons circulaient avec des bouteilles de Taittinger « Comtes de Champagne », blanc de blancs 1988, ou rosé 1986, de la tequila, du *Defender*, de la bière. Au milieu de ces gens parlant fort, Angelica, vêtue d'une petite robe noire, se sentait un peu perdue. Pourtant, Gustavo Ortuzar s'était tout de suite intéressé à elle, louchant sur ses seins ronds. Ramon Arrellano lui avait caressé les fesses au passage, lui promettant qu'il s'occuperait d'elle plus tard.

Exaltación Garcia débarqua à son tour, éblouissante dans une robe moulante comme un gant, faite de bandes transversales qui semblaient cousues sur elle. Son décolleté ahurissant laissait nus les trois quarts de ses seins. De profil, sa croupe ressortait comme celle d'une déesse callipyge. Gustavo Ortuzar se précipita vers elle et lui baisa la main, lui présentant Angelica. Ramon Arrellano les rejoignit et souffla à Angelica, en montrant la robe d'Exaltación :

– Bientôt, tu pourras te payer des robes comme elle !

Elle rit, intimidée. Il lui flatta la croupe et lui glissa à l'oreille :

– Maintenant, j'ai des choses à faire. Reste avec Exaltación, elle va te présenter à nos amis.

Il s'éloigna à pied vers le fond du parc, gagnant un garage dissimulé par la verdure. La Ford Mustang rouge était sur un pont et trois hommes s'y affairaient.

— C'est bientôt terminé ? demanda Ramon.
— Une demi-heure.

Le mécanicien-chef, Homero Alcaraz, était venu de Colombie. Un spécialiste des voitures piégées qui avait travaillé pour le cartel de Cali. Les deux autres étaient des Mexicains en formation. Homero Alcaraz montra les emplacements réservés aux pains d'explosifs provenant d'une mine d'argent près d'Ensenada.

— On a réussi à en mettre dix kilos... annonça-t-il.
— C'est beaucoup ?

Le Colombien éclata de rire.

— *Hombre !* Si ça pète ici, tu n'as plus de maison. Trois cents grammes suffiraient...
— Donc, ils n'ont aucune chance de s'en sortir ?
— Pas plus que si tu les jettes directement en enfer...
— A quelle distance marche la télécommande ?
— Quinze mètres. Après, c'est plus aléatoire.
— *Muy bien.* On sera tout près.
— Pas trop près, avertit le Colombien, sinon, vous y passez aussi. Voilà le boîtier de commande.

Il lui montra une boîte rectangulaire avec une manette, un bouton rouge et un noir, et plusieurs voyants. Il poussa vers l'avant la manette et un voyant vert s'alluma aussitôt. Tenant le boîtier, il s'éloigna. A une quinzaine de mètres, un voyant orange s'alluma à son tour. Encore quelques mètres et un rouge se mit à clignoter.

— Ici, nous sommes hors de portée, expliqua-t-il. Tu vois, si j'appuie sur le bouton noir de mise à feu, il ne se passera rien.
— N'appuie pas ! fit vivement Ramon.

Tous ces trucs ne lui inspiraient aucune confiance. Il en savait assez. Il tapa sur l'épaule d'Homero.

— *Muy bien, amigo.* Finissez tout cela.

Il remonta à travers le parc retrouver ses invités. Ravi.

*
**

John Doe se morfondait en tête à tête avec des *tacos* et une bouteille de *Defender Success*. Ramon Arrellano lui avait intimé l'ordre de rester dans sa chambre. Il recevait des gens qui ne devaient, à aucun prix, apercevoir le jeune Américain. Lorsque la réception serait terminée, il pourrait sortir.

Discrètement, John Doe avait essayé d'ouvrir la porte. Impossible : il était enfermé.

*
**

Depuis un moment, Exaltación Garcia sentait le regard de Ramon Arrellano posé sur elle avec insistance. Pas vraiment un regard amoureux. Autre chose y couvait, plus inquiétant. Elle avait demandé où se trouvait John Doe et Ramon avait répliqué qu'il avait un truc à faire pour lui. Du coup, elle avait entamé une grande conversation avec Angelica dont la naïveté l'amusait. La jeune avocate stagiaire était grisée de se retrouver là et de l'intérêt que lui portait Ramon Arrellano. Ce dernier lui avait promis de venir la chercher chez elle pour l'emmener dîner dans un des meilleurs restaurants de Tijuana, *La Escoudida*. Non loin d'elles, « El Coyote » et Javier Arrellano, le « ministre des transports » du cartel, mettaient au point une prochaine livraison massive de cocaïne.

Soudain, un *pistolero* vint chuchoter quelque chose à l'oreille de Ramon qui se dirigea vers le perron.

Quelques instants plus tard, la silhouette enveloppée d'Ignacio, le gardien de Malko lors de sa détention, se profila à l'entrée de la terrasse. L'homme, engoncé dans sa tenue bleue, mal à l'aise, n'osait pas s'avancer. C'est Ramon Arrellano qui vint à lui. Exaltación ne respirait plus.

Quelque chose lui disait que cette visite la concernait. C'était totalement inhabituel qu'un subalterne comme celui-là soit convié aux agapes du cartel... Les deux hommes discutaient sur la terrasse. Soudain, Ramon appela la jeune femme.

– Exaltación, *ven aquí*.

Il n'y avait aucune agressivité dans la voix, mais elle eut l'impression de recevoir un coup de poing dans le ventre. Elle acheva d'un trait son Margarita et s'approcha, la tête haute, le regard droit devant elle, balançant légèrement les hanches pour bien montrer qu'elle n'avait pas peur. Pourtant, intérieurement, elle était terrorisée. Elle avait manqué à la règle et dans le cartel, on ne laissait rien passer.

Ramon lui adressa un sourire complice.

– Tu connais notre *amigo* Ignacio.

– *Claro que sí*, réussit-elle à dire avec un sourire un peu forcé.

– Il paraît que tu as donné un sacré concert à la prison, continua du même ton léger Ramon Arrellano.

Pour la première fois de sa vie, Exaltación rougit. Le regard de Ramon était si méchant qu'il n'y avait rien de sexuel dans sa question.

– On peut appeler cela ainsi, concéda-t-elle.

Ramon Arrellano se retourna vers le gardien et lui donna une grande claque dans le dos.

– Je compte sur toi, *amigo*...

– *Con mucho gusto, señor Ramon*, fit l'homme, pétrifié de respect, avant de s'éclipser.

Exaltación allait rejoindre les invités quand la voix coupante comme une machette de Ramon Arrellano l'arrêta :

– Exaltación !

Elle lui fit face, les seins bandés, sûre de son charme. Il secoua légèrement les épaules, comme pour se débarrasser d'un fardeau invisible.

– *Está muy mal* (1), dit-il comme à un enfant qu'on gronde. Le *gringo* fait partie de nos ennemis.

(1) C'est très mal.

— *Lo sé* (1)...

La voix de la jeune femme était imperceptible. Elle avait l'impression qu'on lui écrasait la poitrine à deux mains. Ramon continua de la même voix calme :

— Je devrais te mettre *una baleza en la cabeza* (2).

Exaltación ne répondit pas. A quoi bon ? Elle avait été prise d'une pulsion soudaine dans cette cellule, qu'elle ne regrettait pas. Les yeux d'or de son fugitif amant l'avaient fait disjoncter. Et tant pis pour les conséquences...

— J'aurais dû te le dire, reconnut-elle, mais je n'ai rien fait de mal.

Il hocha la tête.

— Je te crois. Cela fait longtemps que tu travailles avec nous. Mais tu as trop tendance à aimer les *gringos*.

Elle eut envie de lui dire que, sans elle, jamais John Doe n'aurait collaboré avec eux aussi efficacement. Ramon devait le savoir aussi, car il laissa tomber :

— Je vais quand même te punir. Pour que tu ne recommences plus *jamais*.

Il avait appuyé sur le dernier mot, *nunca*, et elle en eut froid dans le dos. D'un sifflement léger, il attira l'attention d'« El Coyote » qui déplaça sa longue silhouette, nonchalant, en fredonnant *La Bamba*. Il avait toujours eu l'âme musicale.

— Je lui ai parlé, dit Ramon. Elle regrette. Mais elle mérite une petite leçon.

Il souriait. Exaltación se raidit, prête à encaisser les coups de pied et de poing d'« El Coyote ». Son surnom n'était pas gratuit : il adorait massacrer les femmes sans défense. Mais le géant ne bougea pas.

— Je dis aux autres de partir ? demanda-t-il.

— Pas du tout ! On va les emmener sous l'avocatier. La soirée commence à s'endormir.

Exaltación poussa une exclamation étranglée et fit mine

(1) Je le sais.
(2) Je devrais te mettre une balle dans la tête.

de s'enfuir. Ramon avait déjà un petit pistolet noir à la main, un Glock 9 mm tout carré. Il ne souriait plus.

— C'est ça ou une balle dans ton ventre de pute ! dit-il rageusement.

Exaltación Garcia sentit ses jambes se dérober sous elle. La poigne d'« El Coyote » l'entraîna. Elle l'entendit à peine lâcher dans un ricanement :

— Toi qui aimes gueuler, tu vas t'en donner à cœur joie.

*
**

Exaltación Garcia semblait prise de la danse de Saint-Guy. Elle sautait sur place, hurlait, se débattait, le visage couvert de sueur, les vêtements en désordre, le regard fou...

— *Ten piedad* (1), supplia-t-elle. *Ten piedad*, Ramon.

Ramon Arrellano, confortablement installé dans un fauteuil d'osier, un verre de Taittinger « Comtes de Champagne », rosé 1986 à la main, n'essaya même pas de croiser son regard. Les autres invités s'étaient regroupés autour de lui, certains assis, d'autres debout. Les *pistoleros* avaient apporté des chaises de la terrasse, comme pour un spectacle.

Angelica, fascinée, ne sentait même plus Gustavo Ortuzar se frotter sournoisement contre elle par-derrière, trop fascinée par ce qu'elle voyait.

Exaltación Gacia était debout sur la pointe de ses pieds nus, les chevilles entravées. Ses deux bras, levés au-dessus de sa tête, étaient attachés à la hauteur des poignets. La corde qui les enserrait était fixée à une des branches basses d'un avocatier. Les pieds nus de la jeune femme reposaient sur un monticule de terre meuble d'une trentaine de centimètres de hauteur : la fourmilière d'une colo-

(1) Pitié.

nie de *fire-ants* (1) qui vivaient là depuis longtemps, et que tous les jardiniers évitaient soigneusement... Les *fire-ants* étaient pires que les *killer-bees*. Lorsqu'elles étaient dérangées, elles montaient à l'assaut de leur ennemi, utilisant l'arme que la nature leur avait donnée : leur aiguillon imprégné d'une substance qui brûlait comme du feu...

La jeune femme avait l'impression que des douzaines d'aiguilles en fusion s'enfonçaient dans la peau délicate de ses jambes. D'abord, la plante des pieds, puis les chevilles, qui avaient presque doublé de volume, et maintenant, les mollets...

Exaltación étant immobilisée, les féroces insectes s'en donnaient à cœur joie et des colonnes entières montaient à l'assaut de ses jambes, l'avant-garde atteignant déjà ses genoux.

Exaltación poussa un hurlement aigu : une des fourmis noires venait de s'aventurer sur sa cuisse gauche et de la piquer. Une brûlure atroce, vite suivie par une autre, puis par une autre encore... La chair tendre des cuisses d'Exaltación semblait leur plaire beaucoup. En dépit des efforts désespérés de la jeune femme, les monstres minuscules continuaient leur progression vers le centre de son corps. Tous les spectateurs se posaient la même question : Ramon allait-il arrêter le supplice avant que les fourmis n'atteignent le sexe, ou la punition continuerait-elle ?

Ramon Arrellano se retourna vers Gustavo Ortuzar. Ce dernier, livide, ne pensait même plus à peloter Angelica. Il avait envie de vomir. Cependant, il craignait de s'interposer, sachant parfaitement que Ramon n'avait pas choisi sa vengeance par hasard. Exaltación était la maîtresse du milliardaire et le message était clair : en dépit de ses millions de dollars, Gustavo ne pouvait pas arracher la jeune femme à son supplice. A Tijuana, c'étaient les Arrellano qui commandaient.

— *Espera un momentito*, lança « El Coyote ».

(1) Fourmis de feu.

Il fit un pas en avant et, prenant bien soin de ne pas marcher sur la fourmilière, prit rapidement le pouls d'Exaltación. C'est lui qui avait inventé cette torture, pour les interrogatoires des traîtres supposés ; c'était plus efficace que n'importe quoi. Si on n'appliquait pas immédiatement après les piqûres un puissant antihistaminique, les douleurs se prolongeaient plusieurs jours, à vous rendre fou. Les gens s'arrachaient la peau avec leurs ongles. D'autres mouraient d'une réaction allergique immédiate.

« El Coyote » s'écarta, rassuré. Exaltación Garcia n'était pas allergique.

– *Está bien*, lança-t-il.

Maintenant les fourmis avaient attaqué les deux cuisses, et disparaissaient sous la robe.

Les hurlements de douleur d'Exaltación se succédaient, monotones, atroces, comme les cris d'une femme en train d'accoucher, avec des pointes aiguës qui la laissaient pantelante et aphone.

Ses jambes étaient hérissées de bubons rouges, et de nouvelles fourmis montaient toujours à l'assaut. Férocement. Elle se secouait, essayant de les détacher de sa peau, mais avec leurs petites pattes griffues, elles tenaient bon...

Le cri fit sursauter l'assistance pourtant blasée. Tous comprirent. Une première fourmi avait atteint le sexe de la jeune femme. Les yeux d'« El Coyote » brillaient. C'était la première fois qu'il infligeait ce traitement à une femme, mais cela lui donnait des idées.

Angelica sentit ses jambes se dérober sous elle. Elle commençait à réaliser son imprudence, un peu tard...

Exaltación pouvait décoller ses pieds du sol en pliant les genoux, mais il y avait déjà tellement de fourmis sur ses jambes que cela ne servait plus à rien. D'ailleurs, au bout de quelques secondes, vaincue par la fatigue, elle dut reposer ses pieds sur la fourmilière. Un nouveau cri, encore plus aigu, atroce, retentit. Un insecte venait probablement de s'infiltrer en elle. Ramon Arrellano avait le regard fixe.

Soudain, Exaltación eut un bref sursaut puis cessa de bouger, immobile au bout de sa corde comme un pendu. Evanouie. Ou victime d'un choc allergique.

En un éclair, « El Coyote » sortit sa machette de son étui et trancha la corde. La jeune femme tomba lourdement à terre et il la tira rapidement loin de la fourmilière.

— Appelle le Dr Cortez, lança Ramon en se levant, donnant ainsi le signal du départ.

Gustavo Ortuzar, blême, vint vers lui.

— Qu'est-ce qu'elle avait fait ? C'est horrible.

Ramon sourit, allongeant encore sa fine moustache.

— Ce qu'elle avait fait était horrible. *Buenas noches*, professeur. Dans deux jours, elle sera remise. On va bien la soigner...

Avec le tranchant de la machette, « El Coyote » était en train de débarrasser les jambes de la jeune femme des fourmis qui s'y accrochaient encore. L'une d'elles réussit à le piquer. Il poussa un juron effroyable, se releva d'un bond et appela un des *pistoleros*.

— Continue, enlève-les toutes. Elle doit en avoir dans le con...

L'autre, ravi, releva la robe d'Exaltación inanimée, et commença son exploration. Il trouva trois fourmis entre les grandes lèvres du sexe, qui avaient doublé de volume. Avec la pointe de son couteau, il les ôta. Il en profita pour introduire plusieurs doigts dans le vagin, mais les fourmis ne s'étaient pas aventurées jusque-là...

On défit les liens d'Exaltación Garcia et deux *pistoleros* la portèrent sur un divan où la trouva un peu plus tard le Dr Cortez, le praticien du cartel. En voyant les piqûres, il comprit immédiatement et se contenta de demander d'une voix neutre :

— Elle a marché sur une fourmilière ?

— *Exactamente*, confirma « El Coyote ».

Le médecin fit immédiatement à la jeune femme une piqûre de tonicardiaque et une d'antihistaminique. Puis il se tourna vers « El Coyote ».

— Il faudrait l'emmener à l'hôpital, mais je suppose...
— Elle n'aime pas l'hôpital ! On va la soigner nous-mêmes.

Le médecin prit le pouls d'Exaltación : il remontait. Il souleva une paupière. Elle était encore inconsciente.

— Je dois la surveiller, dit-il. Au cas où elle ferait un accident cardiaque.

— *No problema !* affirma « El Coyote ». On va vous emmener dans une maison tranquille, Avenida Las Palmas. Il faut nous la remettre sur pied pour dimanche.

Le médecin fit la moue.

— Ce sera dur. Elle est très secouée.

« El Coyote » posa son énorme main sur l'épaule du médecin et partit d'un rire puissant d'homme en bonne santé.

— Il faut faire un miracle, docteur. Pour dimanche. Nous ne sommes que vendredi, après tout.

CHAPITRE XI

Malko se réveilla en sursaut, couvert de sueur, après un cauchemar horrible où il se voyait mourir.

Instinctivement, il allongea la main vers le téléphone. Toujours pas de tonalité. Complètement réveillé, il alla à la fenêtre contempler le golf désert. Puis il regarda sa montre : trois heures dix du matin. Le samedi était déjà entamé. Il lui restait environ quarante heures à vivre, le passage de la frontière devant avoir lieu le lendemain après-midi. Il pensa soudain à une chance infime : s'il pouvait découvrir l'explosif dissimulé dans la Mustang, ou simplement désamorcer le système de mise à feu, il serait sauvé.

Hélas, il n'avait aucun outil et se voyait mal en emprunter à l'hôtel. Décidé à tout tenter, il s'habilla rapidement et ouvrit silencieusement sa porte. Il s'arrêta aussitôt à l'angle du renfoncement où se trouvait sa chambre : le *pistolero* était en faction en face des ascenseurs.

Il referma la porte, déçu et furieux. S'il attendait le jour pour prendre la Mustang à une heure normale, ceux qui le surveillaient interviendraient très vite en ne le voyant pas ressortir du parking du *Grand Hotel*. Il faudrait donc qu'il désactive la charge explosive en deux ou trois minutes, sans aucun outil. Autant dire qu'il devait renoncer à cette solution.

Il retourna s'étendre, se demandant si Armando Guzman avait pu transmettre un SOS. C'était sa dernière chance.

Que faire sans arme, en face d'une organisation qui contrôlait la ville et la police ? Chaque fois qu'il tentait quelque chose, il se heurtait à un mur. Par moments, il se demandait s'il ne serait pas plus digne d'aller au-devant de la mort que d'attendre l'heure choisie par les Arrellano. Puis, un sursaut de son instinct de conservation balayait la tentation.

Pourquoi Armando Guzman ne lui avait-il pas encore procuré une arme ? En dépit de l'heure tardive, il composa son numéro. Pas de réponse.

Il repensa à Exaltación Garcia. Il y avait une chance minuscule qu'elle ne soit pas au courant du projet des Arrellano. Mais que pouvait-elle faire ? Elle ne risquerait sûrement pas sa vie pour sauver un homme avec qui elle avait fait l'amour une seule fois, et encore, par pure pulsion sexuelle. Elle aussi faisait partie du cartel de Tijuana.

Abandonnant ses plans tirés sur la comète, Malko conclut que s'il avait une infime chance de s'en sortir, ce serait au dernier moment, lorsqu'il serait au volant de la voiture piégée.

Il ne pouvait plus compter que sur les impondérables.

*
**

John Doe avait la bouche pâteuse. De la bouteille de *Defender*, il ne restait que le quart.

Réveillé par le soleil, il se leva et alla immédiatement à sa porte : il l'ouvrit cette fois sans difficulté. Ragaillardi, il prit une douche, s'habilla et descendit.

Quelques *pistoleros* traînaient au rez-de-chaussée, entourant Ramon Arrellano qui prenait son breakfast sur la terrasse. Celui-ci accueillit chaleureusement John Doe.

— Pardon pour hier soir, dit-il. Il y avait des gens peu sûrs.

— Exaltación n'est pas venue ? remarqua l'Américain.

Ramon Arrellano s'excusa d'un sourire.

— Elle devait accompagner quelqu'un de *muy importante*. Elle sera là demain et passera la frontière avec toi. Vous pourrez faire la fête à San Diego, après.

Rassuré, John Doe se servit une grande tasse de café. Finalement, la vie n'était pas trop dure.

Son breakfast terminé, Ramon Arrellano monta dans sa Viper noire et dévala la grande allée du parc menant au portail.

*
**

Exaltación Garcia ouvrit lentement les yeux. En dépit de tous les médicaments que le Dr Cortez lui avait fait ingurgiter, elle avait l'impression que les fourmis étaient demeurées *sous* sa peau. Certes, les cloques avaient un peu dégonflé, mais elle se grattait encore tout le temps avec rage.

Quant à son sexe, elle n'osait même pas le regarder. L'idée des fourmis se promenant dessus et piquant sa chair fragile la faisait vomir. Allongée, elle fumait cigarette sur cigarette, et avait déjà épuisé un paquet de *Lucky*.

Elle aurait tellement aimé brûler ces horribles fourmis une à une à la flamme de son Zippo ! Elle s'imaginait les regardant brûler, se tordre dans les flammes. C'était idiot : ce n'étaient que des insectes. Le coupable, c'était Ramon et cette ordure d'« El Coyote ». Celui-là, elle aurait voulu le démembrer vivant, l'entendre hurler jusqu'à ce qu'elle lui arrache la langue. Elle préférait ne pas trop penser à ses tortionnaires, de peur de faire une bêtise : elle était encore dans le circuit. Pour vingt-quatre heures, calcula-t-elle.

La porte de la chambre s'ouvrit. C'était Ramon, la

moustache fine impeccablement cirée, le regard plein de gaieté.
– Tu vas mieux ?

Comme si elle avait attrapé la grippe !

– Ça va, répondit Exaltación, en contenant sa fureur et sa haine.

Le cadet des Arrellano s'assit sur le bord du lit.

– Tu ne m'en veux pas, n'est-ce pas ? J'aurais pu te tuer.

Elle eut envie de lui dire que c'était pire, mais elle le connaissait assez pour savoir qu'il était capable de la tuer sur-le-champ, histoire de lui prouver le contraire. Elle se contenta de hocher la tête en tirant avec lenteur sur sa *Lucky*, pour garder ses nerfs.

Voyant son absence de réaction, Ramon eut un sourire approbateur.

– Tu es pardonnée, annonça-t-il. Ou plutôt, tu le seras quand tu auras accompli ce que je vais te demander. On n'en parlera plus jamais. *¿ Entiende ?* Voilà...

Elle l'écouta, dissimulant tant bien que mal l'horreur qui l'envahissait. Elle avait vraiment affaire à un monstre.

*
**

La journée du samedi s'étirait interminablement. Malko était descendu déjeuner au restaurant mexicain du *Grand Hotel*, séparé du golf par une simple vitre.

Deux *pistoleros* étaient à la table voisine. Seule distraction : les œillades énamourées d'une Mexicaine bien en chair, aux formes encore appétissantes et au regard charbonneux, qui s'ennuyait visiblement. Son repas terminé, elle s'était fait apporter une bouteille Gaston de Lagrange VSOP et du soda afin de se confectionner elle-même un *long drink* qu'elle buvait en examinant les voisins, et plus particulièrement Malko...

Ce matin Malko avait acheté des journaux dans la tour jumelle de celle de l'hôtel, puis, pour se dégourdir les jambes, il avait marché jusqu'à l'entrée du golf, et plus loin, sur Agua Caliente. A aucun moment la vigilance de ses *pistoleros* ne s'était relâchée. Lorsqu'il était entré dans le golf, l'un d'eux l'avait rattrapé pour lui glisser à l'oreille :

– *Señor*, il vaut mieux ne parler à personne.

Exquise politesse.

Las de contempler des vieillards qui se déplaçaient sur leur petit chariot électrique entre deux trous, il était rentré. Il y avait un film sur HBO et cela lui avait lavé le cerveau pendant une heure et demie.

Il ne comptait même plus les heures qui le séparaient de sa mort programmée.

*
**

John Doe avait passé la journée au bord de la piscine de Ramon Arrellano. Détendu. Certes, il aurait préféré qu'Exaltación soit là, mais ce n'était qu'une question d'heures.

Bien sûr, il était un peu angoissé de traverser la frontière officiellement, puisqu'on le recherchait pour ses affaires de contrebande d'armes. L'affaire d'Oklahoma City, il l'avait chassée de son esprit. Mais il y avait peu de chance qu'on l'intercepte à la frontière, ou même seulement qu'on l'y stoppe.

Le vrombissement de la Viper lui fit lever la tête. Ramon Arrellano revenait en compagnie d'Angelica.

Il chuchota quelques mots à l'oreille de la jeune femme dès qu'ils eurent mis pied à terre. Elle entra dans la maison tandis que Ramon venait s'installer à côté de John Doe.

– Demain, tu seras un homme riche, *amigo*, lança-t-il.

John Doe eut un sourire un peu crispé.

– Où est la voiture ? demanda-t-il.

– On est en train de la préparer. On va la voir.

Quelques instants plus tard, « El Coyote » arriva à son tour dans sa Silverado et les rejoignit.

– *Vamos !* dit Ramon Arrellano.

John Doe passa un pantalon et une chemisette sur son maillot et les suivit vers le garage, au fond du parc. La Ford Mustang rouge avait été garée dehors et luisait de tous ses chromes. John Doe en fit le tour, regarda les plaques californiennes.

– Elles sont OK ? demanda-t-il.

– Impeccables ! affirma « El Coyote ». Plus vraies que nature. Le *Registration sticker* aussi. C'est payé jusqu'en août.

Aux Etats-Unis, on appose une vignette valable un an, correspondant à la taxe payée, sur la plaque d'immatriculation. C'était la première chose que les *highway patrolmen* regardaient.

– Et la marchandise ?

– On a fait du beau boulot, affirma le Mexicain. Tu veux voir ?

– *Como no !*

Ramon mit la clé dans le coffre et le souleva. John Doe se pencha pour regarder l'intérieur. A ce moment, « El Coyote », de toutes ses forces, lui assena une formidable manchette sur la nuque. L'Américain tomba comme une masse dans le coffre.

Avant qu'il ne reprenne connaissance, il était soigneusement ligoté, les pieds et les mains réunis par une corde qui l'étranglait afin de l'empêcher de donner des coups de pied. Avec soin, un des *pistoleros* colla sur sa bouche trois couches de large ruban adhésif marron.

Les Narcos restèrent autour de la voiture, en attendant qu'il se réveille.

Quand John Doe ouvrit les yeux, il vit un cercle de regards attentifs, pas vraiment hostiles, mais totalement indifférents. Il essaya de crier, mais ne réussit qu'à émettre un son presque inaudible. « El Coyote » hocha la tête, satisfait.

— *Muy bien !*

La dernière vision du monde de John Doe fut le sourire du Mexicain, et sa main qui refermait le coffre.

Aussitôt, un des mécanos s'affaira sur la serrure, la forçant afin qu'on ne puisse pas l'ouvrir accidentellement... Ensuite, ils remontèrent vers la maison sans se presser. « El Coyote » se retourna vers Pedro, un des *pistoleros*.

— Tu iras la déposer au parking du *Grand Hotel* demain matin, vers les sept heures.

Ils en avaient mis une autre à la place, afin d'être certains de retrouver la même place, et pour ne pas alerter le *gringo* qui pensait sa voiture bien au chaud.

Ils riaient comme des enfants. Tout cela était un jeu. Depuis longtemps, ils auraient pu lui loger une balle dans la tête, mais c'était plus amusant de cette façon. Ils s'appliquaient comme des garnements qui vont faire une bonne blague ! Il fallait qu'elle soit réussie. Et, en plus, un peu de terreur ne pouvait avoir qu'un effet salutaire sur les ennemis du cartel de Tijuana...

Quelques instants plus tard, la voix de Gustavo Ortuzar se fit entendre dans l'interphone.

— C'est Gustavo, annonça-t-il. Exaltación me suit.

Le portail électrique s'ouvrit et, quelques instants plus tard, la Cadillac Eldorado du politicien milliardaire et la BMW d'Exaltación Garcia s'arrêtèrent au bas du perron.

Ramon vint à leur rencontre. *Abrazo* pour Gustavo Ortuzar, étreinte pour Exaltación. Comme si celle-ci ne sortait pas de son lit après trente-six heures de récupération et des dizaines de piqûres. Ortuzar se pencha à l'oreille de Ramon.

— J'ai de bonnes nouvelles, annonça-t-il. Le convoi de San Felipe sera là lundi matin. J'ai veillé personnellement à l'escorte.

— On va fêter ça ! s'exclama Ramon Arrellano. Pedro, amène le champagne.

Le *convoi*, c'était cinq tonnes de cocaïne débarquées

par un avion colombien du côté de San Felipe, hors de portée des radars américains, et acheminées ensuite par la route. Grâce à la complicité de policiers fédéraux.

Un maître d'hôtel en gants blancs – Ramon avait vu ça au cinéma – apparut, portant sur un plateau une bouteille de Taittinger « Comtes de Champagne », blanc de blancs 1988 et des flûtes. Depuis que Ramon Arrellano en avait goûté chez Gustavo Ortuzar, il avait décidé de ne plus boire que cela. Par goût et pour montrer au milliardaire que les Arrellano savaient vivre, eux aussi.

La soirée continua, les bouteilles succédant aux bouteilles. Exaltación avait rejoint Angelica pour bavarder. La jeune avocate stagiaire tenait un verre ballon de Gaston de Lagrange XO à la main, grisée de découvrir cet univers de luxe.

Euphorique, Ramon Arrellano se dit que la vie était belle. Entre la fraîcheur d'Angelica, sa vengeance soigneusement mitonnée et l'arrivée du chargement de cocaïne, c'était un jour faste.

*
**

Enfermé dans son bureau verrouillé, Armando Guzman relisait les ultimes pièces de son dossier. Les seules qui soient encore en sa possession, le reste étant déjà mis à l'abri. Si le président Zedillo était *vraiment* honnête, dans une semaine, son ministre de la Justice coucherait en prison et une vague d'arrestations sans précédent décapiterait les cartels et leurs soutiens politiques.

Mais les « dinosaures » risquaient de se défendre. C'est pour cela qu'il avait besoin des Etats-Unis, directement concernés par le biais de l'attentat d'Oklahoma City... De Mexico, il se rendrait directement à Washington avec une copie de son rapport. Car il comptait sur la Maison-Blanche pour forcer le président mexicain au courage.

Armando Guzman rêvait à la minute où il passerait les menottes à « El Coyote » et aux frères Arrellano... Son billet d'avion pour Mexico avait été pris sous un faux nom, car sinon, les autres risquaient de faire sauter l'avion. Seuls, le président et son secrétariat étaient au courant.

Le lendemain dimanche, il passerait une ou deux heures à son bureau, comme cela lui arrivait souvent. Ensuite, accompagné de son chauffeur personnel, en qui il avait confiance, il filerait à l'aéroport. Avant, il aurait récupéré son dossier.

Il eut une pensée attristée pour le *gringo* qui avait eu les yeux plus gros que le ventre. Il était condamné et Armando Guzman ne pouvait rien pour le sauver.

CHAPITRE XII

Le dimanche, les golfeurs commençaient plus tôt. De la fenêtre de Malko, au trentième étage du *Grand Hotel* de Tijuana, leurs chariots électriques sillonnant les *green* ressemblaient à des jouets. La baie vitrée était scellée, impossible de tenter quoi que ce soit de ce côté. Il avala une gorgée d'un café âcre, l'esprit ailleurs. Mécaniquement, comme si son cerveau avait voulu lui éviter l'angoisse de la mort, il s'accrochait à de petits détails. Comme toujours, il manquait quelque chose au breakfast. Aujourd'hui, c'était le sucre. La clim hoquetait. Dans le lointain, sur les collines du nord, un incendie se développait. Probablement un dépôt d'ordures.

Il s'ébroua mentalement.

Sauf miracle, il allait mourir. Mais, bizarrement, cette éventualité lui semblait abstraite. Il se sentait dans la peau d'un homme qui a sauté du dixième étage sans parachute et qui se persuade que, pour le moment, tout va bien.

Il avait dormi comme un bébé. C'est-à-dire en se réveillant toutes les heures soit l'estomac tenaillé par l'angoisse, soit en proie à une fureur aveugle et impuissante qu'il essayait de conjurer par un fantasme sexuel assez fort pour détourner ses pensées morbides... Raccroché à la vie par un souvenir brûlant, il n'arrivait pas à croire, pendant quelques minutes, que sa mort était programmée. Qu'il ne lui restait que quelques heures à respirer, à penser, à avoir peur.

Il ne lui restait qu'une liberté : faire tomber le couperet plus tôt.

Il suffisait de descendre dans le hall et de se diriger vers la première cabine téléphonique.

Brutalement, la solution lui parut aveuglante. Il n'allait pas se laisser traîner à l'abattoir comme un animal.

Envahi d'un calme soudain, il passa sa veste, ouvrit la porte de sa chambre et se dirigea vers le palier. Son cerveau s'était remis à fonctionner à toute vitesse. Première possibilité : s'emparer de l'arme du *pistolero* gardant l'ascenseur. Elle fut réduite à néant dès qu'il balaya le couloir d'un regard. Ils étaient deux, des moustachus massifs comme des taureaux de combat, l'œil vif...

Au moment où il débouchait sur le palier, une des cabines arrivait. Il en sortit une femme plutôt mûre, habillée à neuf heures du matin comme pour aller au bal, d'une robe en soie noire très décolletée. C'était sa voisine de restaurant de la veille. Au passage, elle lui décocha une œillade brûlante. Il était déjà dans la cabine. D'un bond, un des deux *pistoleros* l'y rejoignit. Il se cala aussitôt contre la paroi d'en face.

C'est durant les quelques secondes de la descente silencieuse que Malko renonça à mourir tout de suite...

Arrivé dans le *lobby*, il emprunta la galerie menant à la tour voisine pour aller acheter le *San Diego Chronicle* au drugstore. Puis, il reprit l'ascenseur, toujours escorté, et regagna sa chambre, la 3020 en claquant ostensiblement la porte. Il resta immobile derrière le battant, puis rouvrit tout doucement. Le renfoncement où se trouvait sa chambre desservait deux autres numéros : 3021 et 3022. Leurs portes étaient invisibles du palier où veillaient les *pistoleros*.

Il frappa doucement à la 3021. Pas de réponse. Il fit de même à la 3022. La porte s'ouvrit presque tout de suite sur la Mexicaine qu'il venait de croiser. Une lueur gourmande fit briller son regard, et sans que Malko ait eu le temps de dire un mot, elle ouvrit tout grand le battant. Le pouls en folie, il se glissa à l'intérieur, la frôlant à quelques centimètres. Il vit les seins lourds se soulever, le regard chavirer et se dit que s'il l'effleurait, elle allait défaillir.

Hélas, il n'avait pas une seconde à perdre.

– *Señora*, dit-il, mon téléphone est en panne et je dois donner un coup de fil urgent. Puis-je utiliser le vôtre ?

Le regard de la femme s'éteignit d'un coup. Mais, maîtrisant sa déception, elle dit d'une voix étranglée :

– *Como no !*

Elle lui désigna le téléphone posé sur la table de nuit. Comme le fil n'était pas assez long pour atteindre la table, il s'assit sur le lit, et sans perdre une seconde, composa le numéro personnel de Roy Bean.

A la sixième sonnerie, on décrocha. A Washington, il était six heures du matin...

– C'est Malko ! annonça-t-il.

– Jésus-Christ ! Qu'est-ce qui se passe ? Par Bosque, j'ai su que vous aviez des problèmes.

Malko le lui expliqua brièvement, priant pour que son « hôtesse » ne parle pas anglais.

A chaque seconde, il s'attendait à entendre des coups frappés à la porte, qui signifieraient la fin de sa vie, et celle de la Mexicaine... A toute vitesse, il conclut :

– Roy, débrouillez-vous. Envoyez, à partir de San Diego, une équipe de gens *armés*. Dans les quatre heures qui viennent !

Le passage était prévu en fin d'après-midi. Donc, il avait encore un petit délai.

– Vous savez l'hôtel et le numéro de ma chambre. Pas de procédures *légales*, ajouta-t-il. Sinon, vous ne me reverrez jamais.

– OK ! OK ! affirma le chef de la division des Opérations, sérieusement perturbé. Je vais me démerder.

– Que vos gens ne prennent contact avec *personne*,

recommanda Malko. Les Arrellano ont des espions partout. Il faut au moins quatre hommes, avec des armes automatiques, des gilets pare-balles. Ils passent comme des touristes et viennent droit ici, où ils entrent par le parking. Attention, il y a deux gardes sur le palier. Si vous pouviez obtenir un hélico pour le passage de la frontière, ce serait parfait. Mais faites *vite*.

Roy Bean était complètement réveillé.

– *I gonna raise hell !* promit-il. Ne bougez pas de votre chambre. Il va quand même falloir au moins deux heures. Et c'est un minimum.

– Ne perdez pas une seconde, l'adjura Malko avant de raccrocher.

Au fond de lui-même, il savait très bien qu'une telle opération demandait plus de deux heures pour être mise sur pied, même en prenant le maximum de risques politiques. La CIA ne disposait pas, sur le territoire des Etats-Unis, d'agents prêts à intervenir à la minute dans une opération clandestine à hauts risques, de surcroît dans un pays étranger.

Ce serait un miracle si Roy Bean y parvenait.

Il leva les yeux : la locataire de la chambre était debout à côté du lit, le regard humide. Malko se leva et ils se retrouvèrent face à face. Il ne voyait plus que la grosse bouche trop rouge, les seins comprimés dans la dentelle noire et ce regard étrangement fixe, accompagné d'un sourire figé.

– *Todo está bien ?* demanda-t-elle d'une voix un peu rauque.

– *Sí, muy bien*, affirma Malko.

Il n'avait plus qu'une idée : regagner sa chambre, au cas où les hommes de Ramon Arrellano viendraient l'y chercher. Mais la Mexicaine ne l'entendait pas de cette oreille, visiblement. L'irruption de Malko lui paraissait un cadeau des dieux, dont elle n'avait pas l'intention de se priver. Presque sans bouger, elle se retrouva collée à lui, les bras noués autour de sa nuque. Son ventre se plaqua au sien, sa bouche écrasa la sienne, et immédiatement une langue épaisse partit à l'assaut de ses amygdales. Encore une créature de feu !

Gémissant de bonheur, elle commença à onduler contre lui, pressant ses gros seins contre la chemise de voile de Malko. Ses mains farfouillaient partout, traquant sa virilité. Malgré la chaleur, il s'aperçut qu'elle portait des bas avec un porte-jarretelles. Une authentique salope tropicale. Il s'écarta et aussitôt, elle lui vrilla une langue chaude dans l'oreille, s'y démenant comme un insecte pris au piège.

Ils oscillaient près du lit comme deux ivrognes. Malko comprit qu'il ne s'en débarrasserait pas. Il la prit par la main et ouvrit la chambre, un doigt sur ses lèvres pour lui intimer le silence. Ils n'eurent qu'un mètre à faire pour arriver à sa porte. Pendant qu'il glissait dans la fente sa carte magnétique, elle commença à le masser, très localement. Enfin, ils furent dans la chambre de Malko. Sa conquête ne perdit pas de temps. Elle semblait avoir autant de mains qu'une déesse hindoue. Une tornade tropicale parfumée et muette.

Entre cette furie et la mort qui rôdait, le désir de Malko flamba. La Mexicaine s'en rendit compte et émit un soupir ravi, en le poussant sur le lit. Ses mains aux longs ongles rouges s'activaient comme des fourmis diligentes sur son pantalon. Dès qu'elle eut fait jaillir son sexe tendu, elle le goba d'un seul élan, lui administrant une fellation sauvage, comme si sa vie en dépendait. Puis, elle s'arrêta, retroussa sa robe, découvrant une grande culotte de dentelle noire, des cuisses blanches tranchant sur les bas noirs. L'invite était claire. Comme un soudard, Malko s'enfonça en elle. Furieusement.

Malgré la brutalité de l'assaut, la Mexicaine se cambra avec un cri de plaisir. Inondée de bonheur...

Comme pour oublier son angoisse, Malko se déchaîna. Les yeux fermés, il imagina qu'il faisait l'amour à Alexandra, que son sexe ne pénétrait pas cette Mexicaine un peu blette, mais la femme qu'il adorait baiser depuis toujours.

Tandis qu'il la martelait à grands coups de reins, la Mexicaine se mit à parler. Un vrai moulin à prières ! Accompagnant chaque pénétration de soupirs, de halètements et d'obscénités, elle exhortait Malko à la baiser le plus longtemps possible ! Il ne comprit pas tout, mais saisit l'essentiel : avec son mari, elle n'arrivait jamais à jouir, car il appartenait à la race méprisable des éjaculateurs précoces...

Excité par cette brûlante cavale, Malko vivait le drame inverse : il n'arrivait plus à conclure, pour le plus grand plaisir de sa partenaire.

Comme il fallait quand même en finir, il se retira, la retourna et s'empara brutalement de ses reins.

Docile comme une poupée de son, la Mexicaine ne lui opposa aucune résistance, se contentant d'un cri bref quand il la transperça sans douceur. Il sentit enfin monter sa sève au moment où la Mexicaine achevait son sixième orgasme. Il eut à peine le temps d'un bref éblouissement qu'il entendit frapper à la porte.

*
**

Malko bondit du lit comme si un scorpion l'avait piqué et se rajusta hâtivement. Ensuite, il força sa partenaire encore pantelante à se lever et la poussa dans la salle de bains, où il l'assit sur le siège des waters, en mettant à nouveau un doigt devant sa bouche. Elle devait être habituée aux amours extra-conjugales, car elle ne broncha pas. On frappait de nouveau. Malko tira la chaîne des W-C et sortit dans le petit couloir, ouvrant la porte en se rajustant ostensiblement.

« El Coyote » se tenait sur le seuil, impassible.
– *Vamos*, fit-il simplement.
Malko eut l'impression de recevoir une douche glacée.
– *Ahora ?*

– *Ahorita*, confirma le Mexicain, une lueur amusée dans ses petits yeux noirs.

Il adorait sentir la peur chez les gens qui allaient mourir. Comme un automate, Malko prit sa veste et son attaché-case. A quoi bon perdre la face ?

Sur le palier, il rejoignit les *pistoleros* qui prirent l'ascenseur avec eux.

Cette fois, c'était le *vrai* départ. Un aller sans retour. Il se dit que les condamnés à mort qui arpentaient les couloirs de la prison pour aller à l'exécution devaient ressentir le même mélange de peur viscérale – tout être vivant a peur de ne plus exister – de résignation et d'amertume.

L'ascenseur s'arrêta au *lobby*. Les *pistoleros* filèrent vers l'entrée de Agua Caliente. « El Coyote » s'arrêta et fit signe à Malko d'en faire autant. Sans le quitter des yeux, il composa un numéro sur son portable. Apparemment, il n'obtenait pas de réponse. Au bout de plusieurs essais infructueux, il désactiva l'appareil et revint vers Malko :

– Tu nous suis, fit-il. On ne va pas tout de suite à la frontière.

Malko descendit au sous-sol, escorté du Mexicain. La Silverado était garée derrière la Mustang rouge. Malko se mit au volant, laissant passer le gros 4 x 4 devant. Ce dernier remonta Agua Caliente. La Mustang était coincée entre la Silverado et la voiture des *pistoleros*. Cinq minutes plus tard, le petit convoi pénétrait dans la propriété de Ramon Arrellano.

« El Coyote » sauta du 4 x 4 et vint trouver Malko encore au volant.

– Il y a un petit retard, *amigo*, fit-il en souriant. Tu peux boire et manger ce que tu veux sur la terrasse. On partira plus tard.

*
**

Ramon Arrellano dormait nu, allongé sur le ventre, abruti de tequila. Sans même réaliser qu'il n'y avait pas de clim. La veille au soir, il avait raccompagné Angelica chez elle dans sa Viper, sans son escorte habituelle, et y était resté. Après avoir profité de sa nouvelle conquête de toutes les façons, il s'était écroulé... Angelica, réveillée depuis longtemps, n'osait pas bouger.

Elle consulta sa montre : près de deux heures ! Elle mourait de faim. Doucement, elle ébouriffa les épais cheveux noirs de son amant qui sursauta et ouvrit les yeux.

– Il est deux heures, *querido* ! fit Angelica.

Ramon s'ébroua et sauta sur son portable. Il avait été horriblement imprudent de partir seul. La nuit, ça allait encore, mais il n'avait pas envie de se promener seul en plein jour.

– *Jefe ?*

– *Sí, Manuelo !*

– *Hay un problema ?* demanda la voix pleine d'inquiétude d'« El Coyote ».

– *No ! Todo está bien.* Mais il faut que tu viennes me chercher.

Il expliqua où il se trouvait, concluant :

– Le *gringo* a sauté ?

– Non, pas encore, avoua « El Coyote ». J'ai eu un tuyau ce matin. On dirait que la DEA s'active aujourd'hui du côté de San Ysidro. Je crois qu'il faudrait changer nos plans. Agir de ce côté de la frontière. Sinon, notre équipe risque de se faire repérer. Seulement, il ne faut pas perdre de temps, sinon, après, il y aura trop de monde.

– *Está bien*, fit Ramon, contrarié que le problème ne soit pas encore réglé. Viens me chercher, on va en discuter. Tu dois avoir raison.

Il se fiait entièrement à « El Coyote » pour les détails opérationnels et appréciait le fait que son second n'ait pas pris d'initiative sans le consulter. Il commença à s'habiller rapidement.

*
**

Armando Guzman acheva de bourrer sa serviette noire, en y glissant le pistolet qui avait servi à tuer le candidat à la présidence du Mexique, Luis Donaldo Colosio. L'arme qui établissait un lien concret entre les Narcos et les Etats-Unis. Dans une mince chemise noire, il avait rangé le dossier « Oklahoma City » : l'histoire complète des explosifs « volés » à Ensenada par John Doe et du système de mise à feu, « fourni » par l'armée mexicaine, grâce à un capitaine du génie corrompu, y était retracée en détail.

Ses mains tremblaient d'excitation. Pour la première fois, quelqu'un allait soumettre au président du Mexique un dossier contenant autre chose que des témoignages de gens qui se rétracteraient à l'audience ou seraient abattus avant. Les relevés bancaires attestant les mouvements de fonds étaient accablants, les listes d'émargements aussi. Les politiciens et les Narcos mexicains n'étaient pas encore sophistiqués : ils n'utilisaient pas les sociétés « off-shore » ou les Caïman Islands pour dissimuler leurs malversations. Tout se passait à l'intérieur du Mexique.

Armando Guzman, comme Eduardo Bosque, avait été aidé dans son enquête par un réseau réduit et discret de fonctionnaires et de responsables économiques excédés par la toute-puissance du tandem Narcos-PRI. Certains avaient pris des risques mortels en communiquant des photocopies ou en installant des systèmes d'écoute perfectionnés dans des bureaux, des voitures ou même des appartements. Eduardo Bosque avait joué un rôle prépondérant, en faisant acheminer tout le matériel technique, emprunté au FBI ou à la DEA, sans que les agences fédérales américaines connaissent l'exacte destination de ce matériel sophistiqué. Par prudence, le nouveau cardinal de Tijuana avait quant à lui refusé de collaborer. Officiellement, parce qu'il considérait que l'Eglise n'avait pas à prendre position dans ce combat temporel. En réalité, parce que les Arrellano, instruits par les velléités de son prédécesseur, Mgr Ocampo, lui fournissaient gardes du corps, voitures et domestiques, plus une aide substantielle pour ses œuvres sociales. Une goutte d'eau dans leurs profits.

Armando Guzman, prêt à repartir, vérifia d'un coup d'œil que la rue était déserte. Il se trouvait dans les bureaux du quotidien *El Universal*, au premier étage d'un petit bâtiment de la Calle Doblado. Seuls les deux correspondants du quotidien de Mexico y avaient accès, en principe. La porte était protégée par un contrôle d'accès digital inviolable importé des Etats-Unis. Si on le forçait, cela déclenchait l'émission d'un gaz paralysant. C'est là qu'Armando Guzman avait consciencieusement accumulé les pièces de son dossier, dans un vieux coffre qu'on aurait ouvert avec une épingle à cheveux. Mais à l'intérieur se trouvait un *second* coffre, scellé dans le mur et protégé lui aussi par un dispositif de secours. A la moindre manœuvre anormale, le même gaz paralysant était capable de stopper n'importe quel intrus en quelques secondes.

Le policier dissimula la serviette noire dans le grand sac en plastique du Dorian's – un hypermarché connu – qu'il portait en arrivant, garni de quelques achats.

La rumeur du cirque installé dans la Plaza de Toros, de l'autre côté de la rue, parvenait jusqu'à lui. Cela l'incita à ne pas s'attarder.

Il quitta les bureaux et dégringola l'escalier extérieur, puis remonta ensuite la Calle Rio Toque jusqu'à Agua Caliente. Une longue queue s'allongeait déjà entre deux rangées de cages qui abritaient des éléphants et quelques girafes, pour la séance suivante.

Armando Guzman alla directement au contrôle, montra son billet pour la séance en cours et rejoignit ses deux enfants. Fascinés par le spectacle, ceux-ci s'étaient à peine avisés de son absence. Lorsque les clowns eurent terminé le numéro final, les battements de son cœur étaient calmés.

Susana Manzanos, la deuxième correspondante d'*El Universal* en Baja California, était sa maîtresse. Le bureau de la Calle Doblado leur servait de nid d'amour. Lorsque Armando venait lui rendre visite, l'autre journaliste, Francisco Cato, allait s'installer au fast-food d'en face, le temps qu'ils fassent l'amour sur un lit de repos.

Bien entendu, les Narcos le savaient. Et Armando Guzman ne venait jamais au bureau lorsqu'il n'y avait personne. C'est ainsi qu'il avait mis progressivement toutes les pièces de son dossier à l'abri. Susanna risquait sa vie et celle de sa famille en aidant son amant, mais elle ne s'était jamais dérobée.

Armando Guzman entraîna ses enfants vers la sortie. Il eut du mal à retrouver son chauffeur, Sanchez. Ce dernier l'attendait dans sa voiture blindée, une Chevrolet qui se traînait comme un veau et tombait tout le temps en panne, mais décourageait jusqu'à présent les attentats. Sanchez, tout en étant *inspector especial* de la *Policía federal*, travaillait pour les Narcos, avec pour mission de rapporter aux frères Arrellano tous les faits et gestes de son patron. A quoi bon en changer : le suivant serait pareil. Au moins, celui-là était gentil avec les enfants.

Armando Guzman réalisa que, lui qui vivait dans la crainte, n'avait même plus peur. Décidément, les Narcos avaient commis une lourde erreur en laissant s'échapper Eduardo Bosque.

*
**

– A toi de jouer, *gringo*, lança « El Coyote » d'une voix joviale.

Il tenait ouverte la portière de la Mustang rouge.

Malko attendait depuis plus de cinq heures !

Les *pistoleros* ne l'avaient pas quitté d'une semelle pendant qu'il déjeunait sur la terrasse. Il était trois heures passées. « El Coyote » s'était absenté, revenant une demi-heure plus tôt.

Malko s'installa au volant. Le moteur tournait déjà. Le claquement de la portière lui sembla sinistre. « El Coyote » pencha sa haute taille vers lui :
— Tu connais le chemin, *amigo* ?
— Oui, fit Malko.
— Alors, sois prudent ! On se retrouve à San Ysidro.

Malko descendit lentement l'allée, suivi par la voiture des *pistoleros*. Le portail était ouvert et il tourna à droite, descendant vers le boulevard Salinas. Les autres étaient presque collés à son pare-chocs !

Il se dit que son parcours jusqu'à la frontière était aussi implacable que celui d'un condamné à mort se rendant à la chambre à gaz.

Au feu rouge du boulevard Salinas, deux filles lui sourirent, intéressées par ce *gringo* blond dans une belle décapotable. Il repartit, comptant les feux, cherchant désespérément comment échapper à son sort. S'il accélérait brutalement, il gagnerait peut-être quelques dizaines de mètres, mais à quoi bon ?

Ceux qui le suivaient n'hésiteraient pas à déclencher la charge explosive, même si elle devait tuer des passants innocents.

Il croisa une voiture de police, plus loin, dans Sanchez Taboada. Son conducteur adressa un signe amical à celui de la voiture qui suivait Malko...

Le système était parfaitement verrouillé.

Il franchissait le canal. Il ne restait plus que quelques centaines de mètres avant le poste-frontière qui ressemblait au péage d'une autoroute, avec ses guichets surmontés d'une grande arche de pierre permettant aux piétons d'enjamber les quinze voies réservées aux automobiles.

Selon le nombre de candidats au passage, il restait à Malko entre un quart d'heure et vingt minutes à vivre.

Le franchissement de la frontière ne prenait que peu de

temps. Les non-Mexicains conduisant une voiture immatriculée aux Etats-Unis ne subissaient pratiquement pas de contrôle. Ensuite, du poste-frontière à l'entrée de San Ysidro, il n'y avait que deux ou trois minutes. Autant pour récupérer la cocaïne, et ensuite... Boum.

CHAPITRE XIII

Une voix grésillante de parasites sortit du talkie-walkie, annonçant :
– *Llegamos*... (1)

Homero Alcaraz, l'artificier colombien assis à côté d'Exaltación, ouvrit la portière et alla rabattre le capot levé de la BMW grise. Depuis vingt minutes, ils stationnaient sur l'avenue Padre Kino, une des avenues menant à la grande esplanade à quinze voies des guichets du poste-frontière pour les véhicules de tourisme. Un policier était venu leur demander pourquoi ils étaient là, et Homero Alcaraz avait expliqué que sa bobine venait de mourir et qu'on allait lui en apporter une autre. Le policier n'avait pas insisté. Pour ce genre d'opération, les Arrellano ne mettaient pas *tout* le monde dans la confidence.

– Vas-y, mets en route, les voilà ! lança le Colombien.

Exaltación tourna la clé de contact. Elle avait encore mal dans les jambes à la suite du supplice des *fire-ants*, mais c'était surtout son cerveau qui la faisait souffrir. Jamais elle n'avait été humiliée de la sorte. La vengeance de Ramon Arrellano, pour un écart sans conséquence, était sournoise et féroce. C'est Exaltación qui allait participer à l'exécution des deux *gringos* qui avaient été ses amants. Certes, elle ne se faisait pas d'illusion : ils seraient morts

(1) Nous arrivons.

de toute façon ; mais c'était un raffinement habile de la part de Ramon, pour montrer son pouvoir.

Quand il était venu la voir le lendemain de son supplice, il lui avait expliqué ce qui attendait John Doe. Sans lui expliquer *pourquoi* il devait disparaître.

John Doe n'avait pas trahi : il en savait simplement trop. Instruits par leurs sources au sein de la DEA du lien établi par les Américains entre l'attentat d'Oklahoma City et les Narcos, ceux-ci avaient tiré la conclusion qui s'imposait. John Doe savait d'où venaient les explosifs, puisqu'il était allé les chercher lui-même. Or, cela impliquait directement Gustavo Ortuzar. L'affaire, si elle éclatait, pouvait déclencher un véritable séisme dans la classe politique mexicaine.

Sa mission accomplie, Exaltación Garcia serait « réintégrée » dans le cartel.

Elle aperçut la Mustang rouge qui débouchait sur l'esplanade, en face du poste-frontière. Il y avait encore relativement peu de voitures. Exaltación accéléra et rejoignit la file des voitures qui attendaient. Elle se trouvait légèrement en retrait de la Mustang, sur la file de droite. Grâce aux glaces fumées de la BMW, on ne pouvait voir ses occupants. A travers son pare-brise, Exaltación apercevait en revanche les cheveux blonds de Malko.

Soudain une station-wagon marron arriva derrière la Mustang. Occupée par toute une famille américaine, avec au moins cinq enfants. Exaltación se tourna vers Homero Alcaraz.

— Tu as vu ?

Il haussa les épaules.

— Et alors ! Ce sont des *gringos, no ?*

Penché sur l'émetteur-radio, il vérifiait ses connexions. Il poussa en avant une manette et un voyant vert s'alluma. Il avait activé le dispositif de mise à feu. Il ne restait plus qu'à enfoncer le bouton noir pour déclencher l'explosion et détruire la Mustang rouge, ainsi que les véhicules voisins.

Les files avançaient lentement. Des vendeurs et des changeurs ambulants passaient le long des voitures arrêtées, offrant leurs services. Homero Alcaraz essuya ses mains moites de sueur sur son jean.

– *Qué calor !* grogna-t-il. Vivement que ces connards avancent. *Putos de gringos*.

Il pestait entre ses dents contre les *border officers* inspectant chaque véhicule. C'était très simple : tout de suite après le guichet, il y avait une chicane, et deux embranchements. Un grand panneau indiquait sur la gauche : *Seconde inspection*.

C'est là que le *border officer* dirigeait les véhicules suspects. Ils y étaient fouillés et, au besoin, dépiautés, inspectés par des chiens dressés à chercher la drogue.

La Mustang rouge n'avait plus que cinq voitures devant elle, avant le poste de douane. Homero Alcaraz, nerveux, se tourna vers Exaltación.

– Tu as compris ? Dès qu'ils sont passés, je déclenche le truc. Nous sommes encore au Mexique. Ils vont péter dans la chicane. Dès qu'ils ont sauté, on abandonne la tire. On file vers le parking où la voiture nous attend.

C'était le nouveau plan approuvé par Ramon. Pendant que Malko poireautait, les *pistoleros* avaient discrètement déchargé la cocaïne dissimulée dans le véhicule. Inutile de perdre de la bonne marchandise.

Dans la pagaille qui suivrait l'explosion, personne ne ferait attention à des gens abandonnant leur voiture sous l'emprise de la panique. La BMW avait été volée à Guadalajara six mois plus tôt. Elle ne mènerait nulle part.

– La station-wagon va y passer, observa la jeune femme.

Homero Alcaraz ne répondit même pas.

Encore deux voitures.

Exaltación Garcia était dans un état second. Ses yeux ne quittaient pas les cheveux blonds de son fugitif amant. Un chaos de pensées s'entrechoquaient dans sa tête. Machinalement, elle passa une vitesse pour avancer de quelques mètres. Bien que la voiture soit climatisée, elle était trempée de sueur.

*
**

Malko leva la tête. Un marchand ambulant venait de se pencher sur lui, offrant des poupées multicolores.
– *Compra dollares, señor.* (1)
Le son de sa voix n'avait rien de quémandeur. Malko vit le regard froid de ses yeux noirs, aperçut la crosse d'un pistolet dépassant de sa ceinture et comprit. S'il sautait de la voiture par surprise, même si celui qui devait déclencher l'explosion était pris de court, celui-là ne le raterait pas. Un autre faux marchand ambulant escortait à pied la Mustang, sur sa droite.

Son cerveau avait beau tourner à cent mille tours, il n'arrivait pas à trouver l'idée qui gripperait le compte à rebours. La voiture arrêtée au guichet devant lui démarra, filant dans la chicane de droite. Il en restait une avant Malko.

Il n'avait pas encore réussi à identifier de façon certaine le véhicule qui recelait le dispositif de mise à feu. La voiture des *pistoleros* était loin derrière, au moins dix véhicules l'en séparaient. Mais quelle était la portée de la télécommande ? Dix mètres ? Cent mètres ?

Il n'en avait pas la moindre idée.

Son pouls battait de façon désordonnée. Il ne s'était jamais imaginé la mort ainsi. Impossible de se concentrer sur un sujet grave. Il ne pensait qu'à des détails dérisoires... Le soleil lui brûlait la nuque, il était en sueur. Devant lui, la vieille Ford mexicaine démarra, direction l'inspection complémentaire.

Le *border officer* lui fit signe d'avancer et il stoppa à sa hauteur. Au même moment, il repéra la BMW grise aux glaces teintées, la voiture d'Exaltación, et il comprit.

(1) Achète des dollars, *señor*.

C'était de là que viendrait la mort. Décidément, il ne fallait pas se fier aux femmes.

– *What country are you from ?* (1)

La voix du *border officer* n'avait aucune amabilité. Il était en fin de service et en avait ras le bol. Malko lui tendit son passeport autrichien en le dévisageant. Un type pas sympa, rougeaud, qui mâchait du chewing-gum, assis sur un tabouret, des auréoles sous les aisselles.

Il examina rapidement le passeport de Malko, vérifia la validité de son visa américain et le lui rendit.

– *OK, take left.*

*
**

– Vas-y, colle-les !

Homero Alcaraz était de plus en plus nerveux. Le Colombien ne quittait pas des yeux la Mustang rouge arrêtée au guichet. La télécommande déclenchant l'explosion était posée sur le plancher de la voiture, entre ses pieds. Exaltación avança de quelques centimètres. Puis, quittant la route des yeux, elle lorgna son voisin. La crosse d'un petit revolver – un deux-pouces – dépassait de sa ceinture, la crosse en avant, sur sa hanche droite.

En une fraction de seconde, mue par une impulsion subite, sa main droite lâcha le levier de vitesse et arracha l'arme de la ceinture. Homero Alcaraz sursauta, tourna la tête.

– *Qué...*

Il ne termina jamais sa phrase. A bout touchant, Exaltación venait de lui tirer dans la tempe. L'énergie cinétique projeta le Colombien contre la glace, tandis que les quelques grammes de plomb du projectile de 9 mm lui faisaient éclater le pariétal gauche, causant ensuite des dégâts considérables dans son cerveau...

Exaltación appuya une seconde fois sur la détente. La

(1) De quel pays êtes-vous ?

deuxième balle acheva le travail de la première, traversant la tête du tueur de part en part avant de se ficher dans le montant de la portière avant droite. Tué sur le coup, Homero Alcaraz s'effondra en avant, laissant une longue traînée de sang sur la glace noire.

La jeune femme regarda vivement au-dehors. Dans le brouhaha ambiant, personne ne semblait avoir remarqué les détonations. Sauf le *border officer* qui scrutait les files de voitures, essayant de comprendre ce qui se passait.

D'un coup d'épaule, Exaltación ouvrit sa portière et sauta sur la chaussée, tenant encore à la main le revolver avec lequel elle venait de tuer le Colombien et cria comme une sirène.

– Malko ! *Arriba ! Corre !* (1)

*
**

Malko écrasa le frein et se retourna. Il aperçut Exaltación debout près de la BMW, qui lui adressait des signes désespérés. Il vit aussi, à travers le pare-brise, l'homme effondré dans la voiture. Balayé par une vague de joie sans nom, il bondit hors de la Mustang. A côté de lui, le *border officer* venait de dégainer son arme de service, un Beretta 92. Bien décidé à abattre la femme qui brandissait un revolver à quelques mètres de lui, quand il réalisa soudain que de l'autre côté de sa guérite, c'était le Mexique, donc un pays étranger.

Le pistolet braqué, il resta indécis.

Le conducteur de la station-wagon, stupéfait, le vit lui faire signe de passer par le guichet voisin, vide de contrôleur. D'une manœuvre brutale, il recula et s'y engouffra, passant sans s'arrêter. Les *border officers* de toutes les cabines, réalisant qu'il se passait quelque chose d'anormal, faisaient franchir les guichets aux Américains, le plus vite possible.

(1) Vas-y ! Cours.

Un homme surgit soudain, des poupées dans la main gauche et un gros pistolet noir dans la droite. Il leva son arme, visant Malko. Ce dernier se trouvait tout près du *border officer*, et ce dernier crut que la menace lui était destinée. Sans hésiter, il ouvrit le feu sur le tueur qui se préparait à abattre Malko.

Le pseudo-marchand tituba, frappé par plusieurs projectiles et s'effondra sur place sans lâcher son arme. Le faux changeur, devant la réaction américaine, s'enfuit et se perdit aussitôt dans la foule. Une pagaille incroyable régnait sur le terre-plein. Des voitures klaxonnaient, d'autres venaient s'agglutiner aux files arrêtées, ignorant ce qui se passait, certains entreprenaient de faire demi-tour. Des officiers d'immigration américains, assistés de douaniers, affluaient, arme au poing, sans comprendre.

Malko hésita. Exaltación lui faisait toujours signe, mais la sécurité était à quelques mètres. Il suffisait de franchir la frontière. Abandonnant la jeune femme, il fit un pas en direction des Etats-Unis. Pour se retrouver face à un soldat US braquant sur lui un M 16.

– *Go back !* lança-t-il. La frontière est fermée jusqu'à nouvel ordre.

En moins de deux minutes, la frontière venait d'être bouclée par un contingent de *US shérifs*. Et pas question de discuter. Dans ces circonstances-là, ils tiraient d'abord et s'expliquaient ensuite...

La rage au cœur, Malko fit demi-tour. Il courut vers la BMW, s'attendant à chaque instant à recevoir une balle. Exaltación, le revolver toujours à la main, lui cria :

– Faites le tour, vite ! Montez dans la voiture.

Il obéit, ouvrit la portière, ce qui fit basculer sur la chaussée le corps inerte du Colombien. Malko bondit sur le siège. Tandis qu'il s'asseyait, son pied heurta quelque chose, sur le plancher. Il n'eut pas le temps de se poser de question : une formidable explosion fit trembler le sol. Devant lui, la Ford Mustang, encore stationnée au point de passage, fut soulevée au milieu d'une énorme flamme orange, projetant des débris dans toutes les directions, puis une haute colonne de fumée noire.

Le soldat qui l'avait menacé de son M 16 disparut, englouti par l'explosion, ainsi que le *border officer*.

Sonné, Malko sentit la BMW bouger. Exaltación manœuvrait frénétiquement pour se dégager. Ce n'étaient que corps étendus partout, blessés hurlant et fuyant, passants figés par le choc. Trois autres voitures avaient été touchées par l'explosion. Tous les marchands installés sur le bas-côté de l'esplanade s'enfuyaient, abandonnant leurs marchandises.

De la Mustang, il ne restait qu'une carcasse tordue en train de se consumer.

D'un coup de pare-chocs, Exaltación acheva de se dégager et la BMW partit en biais, zigzaguant entre les voitures arrêtées et les piétons. Elle s'engouffra à contresens dans un sens unique, alors que Malko repérait la conduite intérieure des *pistoleros* qui eux aussi tentaient de se dégager pour les poursuivre.

Les dents serrées, Exaltación alternait coups de volant et coups de frein, klaxon bloqué. Enfin, la voie fut libre et elle accéléra à fond. Les *pistoleros* se trouvaient cent mètres derrière, et n'abandonnaient pas la poursuite.

Exaltación tendit le revolver à Malko.

– Essayez de les arrêter !

Elle fit un écart pour éviter un camion et faillit perdre le contrôle de la voiture. La Mercedes, plus puissante, se rapprochait. Malko sortit le haut de son corps par la portière. Tenant le deux-pouces à deux mains, il visa le pare-brise. La balle se perdit dans la nature. Il tira à nouveau, sans plus de succès.

Un *pistolero* brandit une Ingram et lâcha une rafale, heureusement sans dommage. Malko attendit et tira. Cette fois, la balle traversa le pare-brise, mais sans résultat apparent...

La Mercedes les talonnait, essayant de heurter leur

arrière. La tête du conducteur apparut dans la mire de l'arme. Malko pressa la détente. La Mercedes fit un violent écart et fila en biais, droit contre un mur où elle explosa.

Machinalement, Malko avait encore une fois appuyé sur la détente : le chien se rabattit avec un claquement sec. Le barillet était vide... Exaltación dévalait maintenant l'avenue Padre Kino à tombeau ouvert. Vers l'ouest, à l'opposé de la frontière. Malko s'ébroua ; tout s'était passé si vite que bien des choses lui avaient échappé. Et pour commencer, l'attitude d'Exaltación. Apparemment, elle avait tué l'homme qui l'accompagnait, un membre du cartel... Pourquoi ?

– Où allons-nous ? demanda-t-il.

Elle lui jeta un regard bref.

– On va essayer de franchir la frontière plus loin, à *Mesa de Otay*.

C'était le point de passage réservé aux camions, près de l'aéroport.

– Qui a fait sauter la voiture ? demanda-t-il.

Elle tourna la tête vers lui.

– Vous ! Vous avez marché sur la commande à distance, à vos pieds.

Malko baissa les yeux et remarqua enfin le voyant rouge posé sur le plancher. Avec précaution, il prit le boîtier et le posa sur ses genoux. Atterré. C'était LUI qui avait tué le soldat, le *border officer*, et tous les autres.

– Vous avez tué aussi John, précisa Exaltación.

– John Doe ?

– Oui, il était dans le coffre. Il devait mourir avec vous. Si je n'avais pas tué ce salaud de Colombien, vous seriez morts tous les deux.

– Pourquoi l'avez-vous fait ?

Elle haussa les épaules.

– On en parlera plus tard.

Brutalement, elle écrasa le frein. Une voiture de police

barrait l'avenue, interdisant l'accès à l'aéroport. Elle fit demi-tour et repartit dans la direction d'où ils venaient.
— Tout cela ne va probablement servir à rien, fit-elle. Tous les hommes des Arrellano sont à nos trousses. Nous avons une chance sur un million de nous en sortir.

CHAPITRE XIV

Malko fixait d'un air absent le paysage sans joie de l'avenue Padre Kino : marchands de voiture, maisons en pisé au toit de tôle, supermarchés. Encore sous le choc. Il avait tué l'homme qu'il était venu chercher au Mexique ! John Doe, le chaînon manquant entre les Narcos et l'attentat d'Oklahoma City...

Il avait fallu un coup de malchance extraordinaire pour qu'il mette le pied à cet endroit précis... Et, en plus, il était responsable de la mort d'autres personnes, totalement innocentes. C'était un souvenir dont il aurait du mal à se remettre, cette boule orange montant vers le ciel, les corps projetés dans toutes les directions. Bien sûr, il n'était pas responsable. Personne n'était responsable, sauf ceux qui avaient mis au point cet attentat abominable. Maintenant, il comprenait mieux le raffinement mis à le faire disparaître. Les Narcos aimaient bien les opérations qui frappent l'imagination. Celles qu'on n'oublie pas facilement. Faire sauter d'un coup deux personnes dont ils voulaient se débarrasser, c'était génial.

– Ils connaissent ma voiture !

La voix d'Exaltación l'arracha à sa rêverie morose. Il regarda autour de lui : ils roulaient maintenant sur une voie rapide, au nord du canal. Heureusement, la BMW grise passait inaperçue ; le sang sur la vitre droite était collé à l'intérieur. Malko se reprit.

— Il faut trouver un téléphone, dit-il. Normalement, on doit venir m'extraire. J'avais réussi à joindre Washington, ce matin.

Exaltación s'engagea sur le pont menant à l'avenue Lazaro Cardenas, vers le sud. La circulation était plus fluide.

— On va se cacher, dit-elle, dans un premier temps, pas trop loin. Nous n'avons pas d'armes.

Le revolver pris au Colombien était vide.

Malko essayait de se repérer. Ils étaient repassés au sud de la ville. Exaltación reprit la direction de l'ouest, vers le centre moderne. Puis, avant d'arriver à l'hippodrome Agua Caliente, elle tourna à gauche, escaladant la colline qui menait au quartier résidentiel. Cinq minutes plus tard, elle tourna dans une rue calme et se gara dans le parking d'une clinique privée, invisible de la rue.

— Venez, fit-elle.

Ils partirent à pied et se trouvèrent cinq minutes plus tard devant une hideuse église moderne qui ressemblait à un hangar préfabriqué. Sur le fronton s'étalait une inscription : *Parroquia del Espiritu Santo*.

Exaltación et Malko gravirent les marches et pénétrèrent dans la nef déserte et glaciale. La jeune femme suivit une des allées latérales, jusqu'à un confessionnal.

— Mettez-vous à l'intérieur, conseilla-t-elle à Malko, moi je vais jouer la pénitente. De cette façon, même s'ils nous cherchent, ils ne trouveront rien.

— Mais si un prêtre vient ?

— Pas à cette heure.

Le bois sentait le vernis. Malko s'installa dans un petit réduit, sur une étroite banquette, et ouvrit le panneau coulissant, devinant à travers la grille de bois le visage d'Exaltación. Il n'aurait jamais cru se retrouver dans cette situation avec elle.

Après l'explosion, les coups de feu, la mort, ce calme était irréel. Brutalement, la fatigue s'abattit sur lui. Il ne se sentait pas le courage de ressortir à la recherche d'une cabine téléphonique. Il avait besoin d'un *break*. De toute façon, il était hors de question de retourner au *Grand Hotel*, truffé d'indicateurs du cartel...

Le centre-ville, Constitución et Revolución étaient tout aussi dangereux, parcourus par des policiers à la solde des Arrellano. Quant à la zone frontière, elle devait grouiller de *pistoleros*. Finalement, dans cette église déserte, ils n'étaient pas si mal. A travers la claie de bois, il essaya de deviner les traits d'Exaltación. Le feu de l'action retombé, les questions se pressaient sur ses lèvres.

– Pourquoi m'avoir sauvé la vie ? demanda-t-il à voix basse.

Exaltación répliqua de la même voix assourdie :

– Oh, ce n'est même pas clair dans ma tête ! Derrière vous, il y avait une voiture avec des enfants. Cinq, je crois. Ce salaud de Colombien n'en avait rien à faire. C'est d'abord lui que j'ai voulu tuer, avant de vous sauver... Je pensais même qu'ils avaient un dispositif de secours.

– Vous réalisez qu'ils vous le feront payer ? Que vous avez définitivement changé de camp...

– *Claro que sí !* Mais je n'ai pas réfléchi. Après, tout a été très vite. Il faut comprendre. Moi, je n'ai jamais tué. J'essayais d'avoir une vie agréable en rendant service au cartel. J'ai passé de la drogue aussi, bien sûr, mais si les *gringos* veulent se suicider, ce n'est pas mon problème...

Elle se dédouanait, un peu facilement.

– De toute façon, dit Malko, si nous nous en sortons, je ferai en sorte que les Américains ne vous posent pas de problème...

– Je n'ai pas besoin de vous, dit-elle avec froideur. Je me suis toujours débrouillée toute seule.

Il sentit, à travers la paroi du confessionnal, l'odeur de tabac blond. Elle venait d'allumer une *Lucky Strike* et soufflait la fumée vers lui. C'était mieux que l'encens. L'explication des gosses semblait un peu courte à Malko.

– Vous deviez avoir une autre raison d'agir comme

vous l'avez fait, avança-t-il. Sinon, vous pouviez descendre de la voiture ou le menacer sans le tuer.

Il entendit un ricanement.

– Pour eux, ça aurait été la même chose. Et si je ne l'avais pas tué, il m'aurait tuée. C'était un vrai tueur. A Bogota, il avait déjà préparé une vingtaine de voitures piégées, massacrant des dizaines de personnes. Il s'est fait payer deux cent mille dollars d'avance pour venir préparer la Mustang. Mais, c'est vrai, j'avais une autre raison d'agir comme je l'ai fait.

– Laquelle ?

– La vengeance ! Vous ne savez pas ce qu'ils m'ont fait subir pour avoir fait l'amour avec vous, à la prison.

Sans fioriture, elle raconta à Malko l'épisode des *fireants*. Sa voix vibrait encore de haine rentrée. Elle se tut ensuite, tirant sur sa cigarette.

– Que comptez-vous faire maintenant ? interrogea Malko.

Elle ricana.

– Je n'ai pas le choix. Partir ! Le plus loin possible. Si je reste au Mexique, ils me retrouveront et me tueront d'une façon horrible. Comme l'agent de la DEA qui a mis dix jours à mourir. Qui suppliait « El Coyote » de lui tirer une balle dans la tête.

– Nous allons essayer de passer ensemble, proposa Malko. Je suis dans le même cas que vous...

– Je ne sais pas, répliqua Exaltación d'un ton étrange. Je n'ai pas encore réfléchi. Ce n'est pas parce que je vous ai sauvé la vie que nous devons continuer ensemble. En plus, vous n'êtes pas en meilleure posture que moi.

– Cela dépend, rétorqua Malko. Dès que j'aurai un téléphone, je pourrai vous en dire plus. Je vous l'ai dit, on doit venir m'extraire de Tijuana. Vous viendrez avec moi.

– On verra, fit Exaltación d'un ton évasif. Pour le moment, nous sommes traqués. Nous ne pouvons pas rester très longtemps dans cette église. Tout à l'heure, il y a une messe et des gens vont venir. Peut-être même Ramon. Il est très croyant...

Un ange vêtu de pourpre cardinalice traversa le confessionnal et s'enfuit, horrifié. Pour un homme qui assassinait des cardinaux... Exaltación continua :

– Ça paraît fou, mais il vient à la messe tous les dimanches. Ce sont des gens étranges, les Arrellano. Ce doit être de la superstition.

Malko continuait à s'étonner qu'elle soit aussi distante.

– Vous avez certainement une idée de ce que vous allez faire, insista-t-il. Sinon, nous partirons ensemble.

– Bien sûr que j'ai une idée, reconnut-elle, mais ce n'est pas votre problème. Disons qu'il vaut mieux nous séparer le plus vite possible. Mais je ne veux pas vous laisser tomber. Quand saurez-vous, pour les gens qui doivent venir vous chercher ?

– Dès que j'aurai téléphoné.

Il l'entendit se redresser.

– Alors, partons d'ici. Je sais où on peut attendre quelques heures sans trop risquer. Sur le chemin, nous trouverons une cabine.

Il cligna des yeux devant la lumière aveuglante. La BMW était toujours garée dans le parking de la clinique. Exaltación mit la clim à fond pour dissiper l'odeur fade du sang séché. Sur le plancher, le déclencheur brillait toujours de sa froide lumière rouge. La Mexicaine mit la radio et finit par tomber sur une station de *news*. Bien entendu, on ne parlait que de l'attentat au poste frontière. Le speaker parlait trop vite pour que Malko comprenne tout ; elle résuma d'une voix indifférente :

– Onze morts, dont quatre *gringos*. Ils disent que c'est une histoire de rivalité entre cartels. On a trouvé le corps de John, mais il n'a pas été identifié.

– Cela ne vous fait rien qu'il soit mort ?

Elle eut un haussement d'épaules résigné.

– De toute façon, il n'aurait pas vécu longtemps. Il savait trop de choses. Il a été imprudent de penser que le cartel lui ferait confiance. Les Arrellano ne font confiance à PERSONNE.

– C'était votre amant, pourtant...

– Il me baisait bien, fit-elle d'une voix égale. Mais il y en a d'autres. Au moins, il ne s'est pas vu mourir.

Machinalement, elle fit un signe de croix. Au Mexique, la mort est une compagne de tous les instants...

Malko n'allait pas pleurer John Doe, petite crapule responsable de dizaines de morts. C'était néanmoins vexant qu'il soit mort à quelques mètres des Etats-Unis, tué par celui qui le recherchait...

Exaltación changea de poste et le son rythmé d'une *cumbra* s'éleva. Malko regarda à travers la glace fumée. Ils roulaient sur une autoroute urbaine, presque en pleine campagne. Encore des garages, des entrepôts, des stations-service. Exaltación ralentit et entra dans l'une d'elles, pour s'arrêter à côté d'une cabine téléphonique.

– Faites vite, demanda-t-elle, je ne pense pas qu'ils viennent nous chercher par ici, parce que cette route ne conduit nulle part : c'est une impasse. Mais enfin, on ne sait jamais...

Elle alluma une *Lucky* comme Malko sortait de la BMW. Elle tâchait de maîtriser sa nervosité. Ils étaient deux animaux traqués par des chasseurs sans aucune pitié.

*
**

– On ne les a pas trouvés !

« El Coyote » avait perdu de sa superbe... Depuis l'explosion au poste-frontière, il avait mis en branle tout ce qui était possible, et promis une prime d'un million de dollars à qui ramènerait le *gringo* et Exaltación. Morts ou vifs. Dans l'affaire, il avait perdu le Colombien, dont il se moquait comme de sa première chemise, quatre *pistoleros*, brûlés vifs dans l'incendie de la Mercedes, un petit tueur sans importance et surtout, la confiance de son chef...

Ça, c'était plus grave.

— Tu as intérêt à les retrouver, dit Ramon Arrellano sans élever la voix.

Depuis l'incident, il ne cessait de répondre à des coups de fil affolés, sur trois téléphones portables. Du maire à la police fédérale, en passant par tous les hommes politiques, tous voulaient savoir ce qui s'était passé, persuadés qu'il s'agissait d'un coup du cartel de Sinaloa.

Ramon n'avait pas voulu accréditer la rumeur, afin de ne pas déclencher une vendetta sanglante. La version « officielle » était l'explosion accidentelle d'une voiture qui devait franchir la frontière pour aller sauter devant l'immeuble fédéral de San Diego, dans Front Street. Pas question de Malko, ni d'Exaltación. Quant à John Doe, transformé en charbon de bois, sans papier, sans empreintes, on n'était pas près de l'identifier.

Bien entendu, les Américains étaient eux aussi fous furieux. Sans bien comprendre ce qui s'était passé, ils subodoraient également un accident. Les Narcos n'étaient pas assez fous pour se livrer à ce genre de provocation. Hélas, les seuls témoins qui auraient pu avancer une explication étaient morts. On avait parlé d'un homme blond qui s'enfuyait, d'une BMW conduite par une femme. C'était flou...

Les autres membres du cartel ne décoléraient pas. Après un coup pareil, les contrôles risquaient d'être renforcés tout le long de la frontière. « El Coyote » se balançait d'un pied sur l'autre.

— J'ai mis des hommes partout, expliqua-t-il ; ils sont une centaine, répartis le long de la frontière et à l'aéroport. Tous en liaison radio. Il y en a aussi au *Grand Hotel*.

— Et la route de Tecate ? Celle d'Ensinada ?

— Verrouillées, affirma le Mexicain. C'est la première chose que j'ai faite, dix minutes après cette connerie. Ils n'ont pas pu sortir de la ville. Or, la frontière était fermée par les *gringos*. Donc, ils sont toujours à Tijuana et on va les retrouver...

Ça, c'était la méthode Coué... Ramon Arrellano leva un regard torve.

– Tu sais ce qui s'est *vraiment* passé ?

« El Coyote » hésita :

– Le seul qui ait vu quelque chose, c'est José. Il surveillait la Mustang, au cas où le *gringo* aurait essayé de s'enfuir ; avec Miguel. Miguel a été tué juste avant l'explosion, par un *border officer*. Qui lui-même est mort dans la déflagration.

– Pourquoi le Colombien n'a-t-il pas déclenché l'explosion ?

« El Coyote » avala sa salive.

– Il faudrait lui demander...

– *Cabrón !* explosa Ramon, tu sais très bien qu'il est mort.

– *Es verdad !* reconnut le tueur. Deux balles dans la tête. La seule personne qui peut l'avoir fait, c'est...

– Cette salope d'Exaltación ! compléta Ramon, ivre de fureur. Mais pourquoi ?

L'autre haussa les épaules.

– Dieu seul le sait, *jefe !* Elle est devenue *loca* (1) ou alors...

– Ou alors quoi ? aboya Ramon.

– Elle n'a pas aimé ce qu'on lui a fait l'autre jour. Les fourmis...

Ramon demeura muet, soutenant le regard de son subordonné. Lui aussi avait pensé aux fourmis. Il ne s'était jamais beaucoup penché sur la psychologie d'Exaltación.

– Il doit y avoir autre chose, rétorqua-t-il. Ce *gringo* l'a achetée. De toute façon, quand on l'aura, elle nous expliquera, *no ?*

– *Como no !* confirma « El Coyote », qui en avait les mains moites, à l'idée de faire payer à Exaltación sa petite plaisanterie.

Ramon lui jeta un regard noir.

(1) Folle.

— Commence par la retrouver. Et fais passer le message : nous avons la situation bien en main. Les plans continuent à s'exécuter.

— *Muy bien, jefe*, confirma « El Coyote », soulagé de mettre fin à l'entretien.

Il prit dans le bar une bouteille de *Defender*, s'en versa une solide rasade, la but d'un trait. Il avait besoin d'un sérieux coup de fouet.

Il traversa le living et regagna sa grosse Silverado noire. Direction le QG de la police municipale, où il avait installé un quartier général de campagne.

Le flic le plus obtus de Tijuana savait qu'il coulerait des jours heureux en aidant le cartel.

*
**

A Washington, il n'était encore que deux heures de l'après-midi, mais Roy Bean était déjà revenu de déjeuner. Dès que Malko entendit le son de sa voix, il sut qu'il y avait un problème.

— Jésus-Christ ! fit l'Américain, je vous croyais mort. Depuis sept heures du matin, je suis assiégé d'appels de San Diego. Ils sont affolés. Qu'est-ce que c'est que cette histoire ? Comment vous vous en êtes sorti ?

— *On* m'en a sorti, corrigea Malko, mais ce n'est pas le moment d'en parler. Où sont les gens que vous devez m'envoyer ?

— J'ai un problème, avoua le *deputy-director* de la division des Opérations. J'avais pensé faire agir les SEAL (1). Ils ont refusé. Ils exigeaient des garanties que je ne pouvais pas leur donner...

— Et vous n'avez trouvé personne ? explosa Malko. Dans un pays de deux cent cinquante millions d'habitants !

— Ecoutez, répliqua Roy Bean d'une voix conciliante, nous sommes un pays de *droit*. Même pour aller chercher

(1) Commandos de marine.

un putain de pilote au fond de la Bosnie, avec la bénédiction de la Maison-Blanche et du Pentagone, cela a pris six jours ! Et c'était *legitimate*. Vous m'avez appelé à six heures du matin pour demander un commando de types armés, prêts à en découdre avec les Narcos. Bien entendu, sans la moindre *credential* vis-à-vis des Mexicains. Vous croyez que c'est facile ?

Malko était écœuré.

— Ça ne m'étonne pas que vous ayez perdu le Vietnam, releva-t-il. Vous êtes devenu une administration. Du temps de William Casey, on aurait résolu le problème. Il serait venu lui-même.

A son tour, Roy Bean manqua d'exploser.

— Si j'étais à San Diego, je sauterais dans ma voiture et je viendrais, hurla-t-il dans le combiné. Mais vous réalisez qu'il s'agit de mettre en péril la vie de citoyens américains ? Je n'ai pas encore trouvé de Mexicains pour ce job et je n'ai pas confiance en eux. Nous n'avons plus un réservoir de voyous. Et même les voyous, il faut les prévenir longtemps à l'avance. Maintenant, calmez-vous. *Everything is going to be all right*. Vous n'avez plus vos « baby-sitters » au cul ?

— Non, mais ils ne sont pas loin. Et nous ne sommes même pas armés.

— Qui ça « nous » ?

— La femme qui m'a sauvé la vie en abattant celui qui devait déclencher l'explosion de la voiture où je me trouvais. Elle appartenait au cartel.

— *My God !* Je vais devenir fou, gémit l'Américain. Ecoutez, je peux vous promettre un hélicoptère piloté par un type sûr, pour le début de la soirée. Mais attention, il s'agit d'une opération *douce*. On ne va pas jouer « super-copter ». Pouvez-vous me promettre qu'il n'y aura pas d'échange de coups de feu ?

— Non.

L'Américain demeura silencieux quelques instants, avant de soupirer.

– Tant pis. Il va falloir que je trouve une poignée de fous furieux, prêts à entrer clandestinement au Mexique avec des armes et à s'en servir le cas échéant. Rappelez-moi dans une demi-heure.

Malko sortit de la cabine en eau, et regagna la BMW. Exaltación en était à sa troisième *Lucky Strike* et l'odeur du tabac blond avait complètement effacé celle du sang refroidi.

– Alors ?

– Tout est OK. Nous aurons un hélicoptère ce soir. Je dois rappeler pour les détails.

Exaltación eut un sourire ironique.

– Moi, je ne pense pas partir, mais je peux donner ma place à quelqu'un qui en a *vraiment* besoin.

– Qui ? demanda Malko, surpris.

– Armando Guzman. S'il ne part pas avec vous, il sera mort ce soir.

CHAPITRE XV

– Mort ! Pourquoi ?
– Venez ! Ne restons pas ici. Je vais vous expliquer.
Il la sentait nerveuse.
Ils remontèrent dans la BMW et la jeune femme prit la direction du sud. On avait l'impression de sortir de la ville, le *freeway* traversait de vastes espaces nus, semés d'entrepôts, de quartiers neufs et des éternels marchands de voitures. La circulation était de plus en plus clairsemée. Au bout de quelques kilomètres, la jeune femme tourna à droite, dans un chemin poussiéreux menant à ce qui ressemblait à une usine.
– Où sommes-nous ? interrogea Malko.
– A la *Colonia* Voceadores. Une ancienne *maquilladora* qui a fait faillite. Les bâtiments sont inoccupés.
Les *maquilladoras* recevaient les matières brutes des Etats-Unis et procédaient à l'assemblage. Cette grande spécialité mexicaine créait pas mal de grosses fortunes. Bien entendu, les cartels contrôlaient les plus importantes.
Exaltación longea un mur blanc, jusqu'à un portail rouillé entrouvert. A deux, ils eurent du mal à l'ouvrir assez pour laisser passer la BMW, et à le refermer ensuite. Exaltación se remit au volant, traversa deux cours pour aboutir à un hangar désert où régnait une chaleur de sauna. Elle coupa le moteur et Malko prit conscience du silence absolu, minéral, quand les oiseaux qui avaient fait leurs

nids dans les poutrelles métalliques soutenant les tôles ondulées de la toiture se turent. Il regarda Exaltación, vit ses traits tirés, ses yeux enfoncés dans leurs orbites et se dit qu'il devait avoir aussi mauvaise mine.

Pourtant, moins de deux heures s'étaient écoulées depuis l'incident du poste-frontière. Cela semblait une éternité.

Ils finirent par trouver un coin, près de l'entrée, où le vent amenait un peu de fraîcheur et des fûts pour s'asseoir. Malko mourait de soif...

Exaltación ouvrit plusieurs boutons de sa robe. Sa peau luisait de transpiration.

– Je n'en peux plus, soupira-t-elle. Je voudrais tellement dormir.

Avec cette chaleur, c'était impossible.

– Que se passe-t-il avec Armando Guzman ? demanda Malko.

– Comment le connaissez-vous ? demanda-t-elle.

Il hésita avant de répondre, mais Exaltación avait vraiment franchi la ligne, et il expliqua :

– Par Eduardo Bosque, que j'ai rencontré à Washington.

La jeune femme hocha la tête.

– *Sí !* Je comprends. Armando Guzman est un homme intègre. Mais imprudent. Depuis des mois, il réunit ici, à Tijuana, un dossier sur les cartels et les « dinosaures » du PRI. Il a fait très attention, mais pas assez... Quelqu'un l'a trahi. On a averti les frères Arrellano ; ceux-ci ont été très malins. Au lieu de le tuer tout de suite, ils l'ont mis sous surveillance très, très discrète. Ils ont acheté tous ses proches, dont son adjoint, en expliquant à ce dernier que ses quatre enfants seraient massacrés, s'il refusait de collaborer. Pour lui faire peur, ils ont égorgé son chien et ses deux chats...

– Mais pourquoi veut-on le tuer justement ce soir ?

– Ramon a appris que Guzman voulait se rendre à Mexico City aujourd'hui, sous un faux nom. Celui qui a pris le billet a parlé... Guzman doit apporter au président Zedillo son dossier sur les cartels et le PRI, avec des preuves. Seulement, ils ne savent pas où est le dossier, pas dans le bureau de Guzman, en tout cas. Aussi ont-ils décidé de le tuer lorsqu'il partirait à l'aéroport et de récupérer ce dossier. Je sais que Gustavo Ortuzar a promis deux millions de dollars pour une copie de ces documents. Il y est impliqué jusqu'au cou...

– Mais Guzman ne se méfie pas ?

Elle haussa les épaules.

– Bien sûr, mais ils sont trop forts pour lui.

Visiblement, elle se moquait totalement du sort d'Armando Guzman. Adossée au ciment nu, elle ferma les yeux, tentant de dormir. Malko en fit autant. Les oiseaux qui recommençaient à pépier dans cette fournaise donnaient une touche complètement surréaliste à cette usine désaffectée.

Ce que venait de lui apprendre Exaltación achevait de déstabiliser Malko. L'assassinat d'Armando Guzman était le dernier coup porté par les Narcos.

Une évidence se fit jour dans sa tête. Aveuglante.

S'il ne voulait pas que sa mission reste dans les annales de la CIA comme le prototype de la mission ratée, il n'avait qu'une chose à faire.

Il consulta sa montre. Vingt-cinq minutes s'étaient écoulées depuis son entretien téléphonique avec Roy Bean. Il se leva et secoua légèrement Exaltación qui ouvrit les yeux.

– Pouvez-vous me donner les clés de la BMW ? demanda-t-il. Il faut que j'aille téléphoner.

En une fraction de seconde, elle fut réveillée.

– Je viens avec vous, dit-elle en se levant.

La confiance ne régnait pas.

– Vous avez l'intention de partir avec moi par cet hélicoptère ? demanda Malko.

– Non.

C'était tombé comme un couperet.

– Que voulez-vous faire ?

Le regard atone flamboya à nouveau.

– Me venger ! fit-elle. Même si je dois y laisser ma peau.

– Et ensuite ?

Elle eut un geste évasif.

– Je ne veux pas penser si loin. Pourquoi ?

– J'ai une proposition à vous faire, dit Malko. Vous m'aidez à sauver la vie d'Armando Guzman, et je vous aide à vous venger. Et ensuite, si Dieu est de notre côté, nous partons ensemble.

Elle lui jeta un regard surpris.

– Mais l'hélicoptère ? Ce n'était pas vrai ?

– Si, mais je vais le décommander. Il ne viendra pas *deux* fois. C'est facile de prendre un rendez-vous téléphonique pour une exfiltration dans un jour ou deux.

Elle réfléchit quelques instants, puis lui adressa un sourire carnassier.

– *Muy bien*. Je vous aide et vous m'aidez. Mais j'espère que je n'aurai pas besoin de l'hélicoptère.

– Comment cela ?

Elle lui adressa un sourire chargé de mystère.

– On verra. *Vamos ahora*.

– Avant tout, il faut téléphoner, avertit Malko.

La BMW était un vrai petit sauna ambulant. Même avec la clim à fond, on frôlait les quarante degrés.

C'est avec une certaine appréhension que Malko retrouva la grande autoroute urbaine descendant vers le centre. Il se dit qu'il avait été contaminé par le virus mexicain de la *bravada*, le flirt avec la mort. Sans arme, dans une voiture repérée, avec toute une ville à ses trousses, il allait se jeter dans la gueule du loup.

Un kilomètre plus loin, une station-service apparut, flanquée d'une cabine téléphonique. Exaltación passa sa langue sur ses lèvres sèches.

– Pendant que vous téléphonez à vos amis, je vais

chercher à boire. Ensuite, on va faire le point pour Guzman.

– Que savez-vous exactement ?

– Qu'il prend ce soir l'avion pour Mexico et qu'il sera assassiné soit sur le trajet, soit à l'aéroport.

– Mais comment avez-vous eu connaissance de ce projet ?

Exaltación eut un sourire plein de mépris.

– Les Arrellano sont des *machos*. Ils pensent que les femmes n'ont pas de cerveau, si elles ont un beau cul. Et ils ne se méfient pas. J'ai surpris des conversations... Les *fire-ants*, ces *cabrónes* vont les regretter toute leur vie.

Elle stoppa devant la cabine et descendit en même temps que Malko, pour se diriger vers la boutique de la station-service Pemex.

A côté de la BMW, la cabine en plein soleil était un enfer. Même le métal du combiné était intouchable. Une nouvelle fois, Malko composa le numéro de la ligne directe de Roy Bean. L'Américain décrocha immédiatement et claironna dans le téléphone :

– Tout baigne ! L'hélico va décoller de la base de Coronado Island dans une heure. Nous avons choisi comme point de rendez-vous le cimetière de la *Colonia* Monarca. C'est désert et on peut s'y poser sans problème. Le parcours depuis la base de Coronado Island durera vingt minutes, parce qu'il faut faire un crochet au-dessus de la mer. L'hélico a un faux plan de vol pour Ensenada. Quelle heure dit votre montre ? Nous allons nous synchroniser.

– Inutile, annonça Malko, je ne pars plus.

– *What !*

Roy Bean s'en étranglait. Malko ne le laissa pas donner libre cours à sa fureur.

– J'ai encore quelque chose à faire, annonça-t-il. Qui compensera peut-être mon échec.

Rapidement, il résuma l'histoire du dossier d'Armando Guzman et conclut :

— Si les Arrellano le liquident et s'emparent du dossier, vous ne saurez jamais, pour Oklahoma City. C'est une occasion à ne pas rater.

— Vous êtes fou ! coupa Roy Bean, je vous donne l'ordre de rentrer immédiatement. Vous tirez trop sur la corde...

— Vous ne voulez pas le dossier Guzman ?

— *Of course !* Mais ne vous en mêlez pas, il va sûrement très bien s'en sortir. Comme il l'a fait jusqu'ici. Ne risquez pas de vous faire tuer pour rien.

— Vous oubliez l'information dont je dispose. Grâce à Exaltación Garcia...

— Cette fille travaillait pour le cartel il y a encore vingt-quatre heures ! Comment pouvez-vous vous fier à ce qu'elle raconte ? C'est probablement du bluff.

— Je ne crois pas, affirma Malko. Et dans le doute, je vais voir, comme au poker. C'est moi qui suis sur le terrain, pas vous. Et qui risque MA vie.

— *All right ! all right !* Ne le prenez pas comme ça, concéda l'Américain. Je suis malade de vous savoir dans cette situation et vous ne savez pas ce qu'on a dû faire pour organiser en si peu de temps votre exfiltration...

— Ce n'est que partie remise, le rassura Malko. Que l'hélico reste en *stand-by*, à Coronado. J'en aurai sûrement besoin. Peut-être même pour exfiltrer Guzman.

Il raccrocha sans laisser à l'Américain le temps de protester. Soudain, en dépit de la chaleur accablante, de la fatigue, de la tension nerveuse, il se sentait mieux. En accord avec lui-même. Comme tous les gens de son âge, il pensait souvent à la mort. Pas au passage proprement dit, mais à ce qu'il y avait de l'autre côté. Là d'où personne n'était revenu. L'humanité n'avait fait en réalité aucun progrès depuis l'âge des cavernes... Bien sûr, la perspective de ne plus exister lui faisait horreur. Mais quelque chose de plus fort encore le poussait à se dépasser. A faire des miracles. Une sorte d'instinct vital qui effaçait la peur du néant.

Exaltación revint, portant un pack de bouteilles de *Sprite*. Malko en vida une d'un trait, puis une seconde. Il avait l'impression d'être au Sahara. Exaltación l'observait, intriguée.

– Tu as décommandé cet hélicoptère ? demanda-t-elle, le tutoyant pour la première fois.

– Oui.

– A cause d'Armando Guzman, vraiment ?

– Oui.

Son regard sombre s'adoucit.

– *Tú es un hombre muy caballo !* (1) conclut-elle avec une nuance de respect. Ou alors, ça te rapporte beaucoup d'argent.

– Je ne pense pas, dit Malko avec un sourire.

Elle continuait à le scruter, étonnée, de toute évidence.

– Pour qui travailles-tu ? interrogea-t-elle. Ramon m'a dit que tu étais un *Border Rat* (2).

– Ce n'est pas exact, corrigea Malko. Je travaille pour une autre agence fédérale américaine : la CIA...

Elle éclata de rire.

– Si on m'avait dit un jour que je baiserais avec un agent de la CIA...

– Bien, dit Malko. A quelle heure est l'avion d'Armando Guzman ? C'est la première chose à savoir.

– *Espera un momentito*, dit-elle.

A son tour, elle pénétra dans la cabine téléphonique et en ressortit quelques instants plus tard, inondée de sueur.

– *Vuelo 110*, Aeromexico, annonça-t-elle. Décollage de Tijuana vingt heures trente.

Il était dix-huit heures trente. Si on admettait qu'Armando Guzman avait besoin d'une demi-heure pour se rendre à l'aéroport, et qu'il arrive également trente minutes avant le décollage, cela ne leur laissait qu'une heure pour découvrir où il se trouvait et le prévenir.

---

(1) Tu es un vrai gentleman.
(2) Surnom des agents de la DEA.

— Où peut être Guzman ? demanda Malko. Nous sommes dimanche. Il est probablement chez lui. J'ai son numéro, celui du bureau aussi.

— Il ne faut surtout pas appeler, conseilla Exaltación. Ses lignes sont écoutées par des techniciens du cartel. Cela risque de les alerter.

— Alors, comment le joindre ? En y allant ?

Elle essuya son visage couvert de sueur.

— Non. J'ai une meilleure idée. Armando Guzman a une maîtresse, Susana Manzanos. Une journaliste d'*El Universal*. Elle est peut-être à son bureau.

— Dimanche ?

— Ils travaillent tous les jours, c'est un quotidien.

— Tu sais où est ce bureau ?

— *Sí*. A côté de la Plaza de Toros, tout près de Agua Caliente, dans le centre. Il y a beaucoup de voitures de police par là...

Qui toutes devaient avoir le numéro de la BMW...

— Allons-y, dit Malko. Nous n'avons pas beaucoup de temps.

Sans un mot, Exaltación se remit au volant. Malko se sentait mieux depuis qu'il avait bu. Quant à la jeune femme, elle était mue par une espèce de fatalisme animal.

Ils redescendirent vers le nord, tournant à gauche dans l'Avenida José Gallebas qu'ils suivirent jusqu'au boulevard Salinas. Plus ils approchaient du centre, plus la tension montait dans la BMW. A chaque instant, Malko s'attendait à voir surgir derrière eux une voiture de police. Le commencement de la fin. Ils empruntèrent le boulevard vers l'ouest, en prenant bien soin de rester le long du trottoir de gauche, afin de pouvoir tourner rapidement. Chaque feu rouge était une dure épreuve pour les nerfs. Interminable.

Exaltación tourna enfin dans une petite rue calme, perpendiculaire, qui longeait l'enceinte de la Plaza de Toros, occupée par un cirque.

— C'est là, annonça-t-elle. Calle Doblado.

Deux cents mètres plus loin, ils repérèrent l'immeuble qu'ils cherchaient. Ce n'était pas très difficile : l'inscription *El Universal* s'étalait sur le mur blanc en lettres de cinquante centimètres. La jeune femme se gara. Ils montèrent l'escalier extérieur. Les bureaux du journal se trouvaient au premier étage.

La porte était entrouverte. Personne dans la première pièce, un bureau en désordre avec un ordinateur et des journaux empilés partout. Un homme écrivait à un bureau dans la seconde. Les cheveux gris ondulés, de grosses lunettes d'écaille, il leva la tête avec un sourire amical.

— *Buenas tardes.*

— Nous cherchons Susana Manzanos, dit Exaltación.

Le journaliste posa son stylo et enveloppa d'un regard aigu les deux visiteurs.

— Vous êtes des confrères ? demanda-t-il, visiblement sur ses gardes.

— Absolument, confirma Malko. Je suis journaliste autrichien, au *Kurier*.

— Elle n'est pas là, dit le journaliste.

De toute évidence, leur présence le dérangeait. Diplomate, Malko s'approcha d'une vitrine pendue au mur qui contenait une bonne centaine de Zippo, tous de marquage différent.

— Vous les collectionnez ? demanda-t-il. Moi aussi.

Le journaliste se retourna avec un sourire ravi.

— *Claro que sí !* Mais il y en a tellement ! Plus de trois cent mille différents depuis soixante ans. J'en ramène chaque fois que je vais de l'autre côté de la frontière et parfois j'en trouve des anciens, très rares. (Déridé, il ajouta aussitôt :) Je suis le *socio* (1) de Susana. Francisco Cato. Je pense qu'elle ne va pas tarder. Vous pouvez l'attendre ici.

(1) Associé.

Exaltación s'installa dans un fauteuil défoncé tandis que Malko continuait à admirer les Zippo briqués comme des louis d'or. Pas question de rompre le charme. Ce n'est qu'au bout d'un certain temps qu'il se retourna et demanda :

– Quand sera-t-elle là, pensez-vous ?

Francisco Cato eut un geste d'impuissance.

– Je ne sais pas. Elle est en reportage sur l'explosion d'aujourd'hui. Elle a été interviewer des policiers. Je pense qu'elle ne tardera pas.

Malko consulta sa montre : dix-huit heures quarante-cinq. Ils avaient encore une petite marge. Il s'assit. Malko essaya en vain de s'intéresser au dernier numéro d'*El Universal*. Il trépignait intérieurement.

A dix-neuf heures dix, il échangea un regard avec Exaltación.

– On va revenir ! dit-il au journaliste.

Dans l'escalier extérieur, il lança à la Mexicaine :

– Nous n'avons plus de temps à perdre. Il faut aller à son bureau, ce n'est pas loin.

Exaltación attendit d'être en bas pour répondre :

– Cela ne servira à rien. Ils nous repéreront tout de suite et nous tueront. Vas-y tout seul !

– Je croyais qu'on avait un pacte, protesta Malko.

– *Claro que sí !* Pour se battre, pas pour se suicider !

Malko allait rétorquer lorsqu'une vieille Coccinelle noire décapotable apparut, venant du boulevard Salinas. Au volant se trouvait une rousse flamboyante. Exaltación la suivit des yeux.

– Je crois que c'est elle.

La Coccinelle s'arrêta en bas d'*El Universal* et il en descendit une belle femme un peu forte, avec des lunettes noires, une poitrine importante et une abondante chevelure rousse.

– C'est Susana Manzanos, lança Exaltación. Va la voir tout seul. Elle risque de me connaître, elle craindrait un piège.

Malko se précipita à la poursuite de la rousse qui commençait à grimper l'escalier.

– *Señora* Manzanos !

Elle se retourna et s'arrêta, surprise. Malko la rejoignit.

– Je suis un ami d'Armando Guzman, annonça-t-il. Il faut que je vous parle d'urgence.

Elle le dévisagea avec une surprise visible.

– Vous êtes un de ses amis ? Je ne vous ai jamais vu.

– Oui. Et d'Eduardo Bosque aussi.

Il vit le regard de son interlocutrice vaciller.

– Venez, dit-elle. Nous allons parler dans le bureau.

*
**

Armando Guzman traversa le hall glacial de son petit building, escorté de son chauffeur-garde du corps. Ce dernier portait la lourde serviette dont le chef de la police fédérale ne se séparait jamais, mais qui ne contenait d'habitude que des dossiers sans importance.

Ce soir-là, Armando Guzman y avait entassé tout le contenu de son sac de supermarché, y compris le browning qui avait tué Donaldo Colosio. Il adressa quelques signes amicaux aux policiers en faction, puis gagna le parking, en contrebas de l'immeuble. La première chose qu'il vit fut le capot de sa Chevrolet blindée relevé et un mécanicien qui y farfouillait, enfoui dans le moteur jusqu'à la taille.

– *¿ Que pasa ?* demanda-t-il.

Le mécanicien se redressa, les mains pleines de cambouis.

– *No lo sé, señor* Guzman, le moteur ne démarre pas. Rien. Pourtant la batterie est neuve ; je vais sûrement trouver, mais il faut un petit peu de temps. Cela doit être un faux contact. Remontez dans votre bureau. Dans une demi-heure au plus, ce sera réparé.

Armando Guzman dissimula sa contrariété. Il était déjà

sept heures moins le quart et il devait s'arrêter quelques instants à la prison, située le long de la voie sur berge. Il ne pouvait pas attendre, sinon, il raterait l'avion de Mexico. Ce n'était pas la première panne de sa Chevrolet hors d'âge et parfois, il fallait aller chercher des pièces de l'autre côté de la frontière pour la remettre en route...

– Tant pis, fit-il, je vais prendre l'autre. Luis Miguel, va chercher les clés dans le bureau.

Luis Miguel Sanchez remonta en courant.

La seconde voiture était une Chevrolet Blazer blanche, assez usagée, haute sur pattes, sans même des glaces teintées. La plupart du temps, elle servait à conduire les enfants d'Armando Guzman à l'école.

Le policier gagna la Blazer et y prit place en même temps que son chauffeur. Il posa sa serviette entre ses pieds. Il aurait donné un million de pesos pour être déjà dans l'avion de Mexico...

Son chauffeur sortit du parking et s'engagea dans la Calle General Rodriguez en direction du canal, afin de prendre la voie rapide qui le longeait. Armando Guzman sortit un paquet de *Lucky Strike* et alluma la dernière, pour apaiser ses nerfs.

*
**

– Ce n'est pas possible, fit à voix basse Susana Manzanos d'une voix blanche. Ils ne vont pas le tuer...

– *Sí*, insista Malko, et vous êtes la seule à pouvoir le prévenir sans attirer l'attention. Nous n'avons pas beaucoup de temps. Je vous en prie.

Elle hésitait encore. Depuis vingt minutes, Malko cherchait à briser le mur de sa prudence. D'abord, elle avait fait comme s'il était fou, puis, devant l'accumulation des détails, elle avait été ébranlée. Quand il lui avait proposé de téléphoner à Eduardo Bosque, elle avait craqué.

Il poussa le téléphone vers elle.

– Appelez-le, vite. Trouvez un prétexte pour venir le voir. Il vous connaît. Si vous insistez, il comprendra qu'il se passe quelque chose d'anormal.

Elle était déjà en train de composer le numéro. D'abord, Malko crut que cela n'allait pas répondre. Au Mexique, les administrations ne travaillaient pas le dimanche. Puis on décrocha.

– *Diga me, el señor Guzman, por favor ?*

Malko n'entendit pas la réponse, mais elle continua :

– *De parte de una amiga, Susana Manzanos.*

De nouveau, la réponse fut perdue pour Malko, mais mettant la main devant l'écouteur, la journaliste annonça :

– Il vient de partir !

– Appelez-le dans sa voiture.

Elle raccrocha et composa un autre numéro.

– Hors circuit, annonça-t-elle aussitôt.

Elle rappela, expliqua ce qui se passait et Malko la vit changer de visage.

– Il n'a pas pu prendre sa voiture habituelle avec le téléphone, annonça-t-elle. Elle est en panne. Il est parti dans une Chevrolet Blazer blanche, sans téléphone. Sa seconde voiture. On ne peut pas le joindre ; il va d'abord à la prison.

A présent, elle croyait Malko. Celui-ci était déjà à la porte.

– Merci, lança-t-il. Je vais essayer de le rattraper.

Exaltación attendait au volant de la BMW.

– Alors ? demanda-t-elle.

– Il est déjà parti. Il faut le rattraper.

Elle secoua la tête tout en mettant en marche.

– *Está loco !* Ils vont nous repérer...

Il crut qu'elle allait refuser, mais elle fit demi-tour, regagnant le boulevard Salinas. Il connaissait assez Tijuana pour savoir qu'elle était sur la bonne route. Tout cela était fou : ils n'avaient pas d'armes et partaient se heurter à une équipe d'assassins professionnels, pour un homme qu'il connaissait à peine...

Exaltación vira brutalement à droite dans la Calle General Rodriguez et dévala vers le canal.

– Nous allons mourir tous les deux, *gringo* ! lança-t-elle. *Pero, morir es fácil !*

CHAPITRE XVI

Exaltación Garcia avait tourné à droite, au rond-point de l'hôtel *Lucerna*, prenant l'Avenida de los Niños Heros, afin de rattraper plus vite Poniente, la voie sur berge.

Malko comptait les secondes. Ils tournèrent dans Poniente, large avenue en sens unique. Les deux voies étaient séparées par un terre-plein, celle de gauche servant à la desserte des rues perpendiculaires remontant vers le sud. Il y avait peu de circulation, l'heure de pointe était passée. Exaltación accéléra.

— La prison est à quatre kilomètres environ, dit-elle.

A cette allure, il leur faudrait un peu plus de deux minutes. Malko commençait à reprendre espoir lorsqu'il aperçut un bouchon, droit devant ! Un flot de voitures roulait lentement, sur toute la largeur de la voie. Or, à cet endroit, il n'y avait aucune bretelle permettant de rejoindre la voie de gauche qui, elle, était dégagée.

— Qu'est-ce qui se passe ?
— Des travaux, probablement.

Ils arrivèrent à la hauteur des dernières voitures. Ce n'étaient pas des travaux. Simplement, plusieurs véhicules, tenant toute la largeur de la chaussée, roulaient très lentement, et retenaient les autres, créant une sorte de barrage roulant.

— Allez-y ! Passez ! fit Malko.

Exaltación se lança dans l'embouteillage, klaxonnant à

tout-va, se faufilant dans la moindre ouverture, gagnant peu à peu du terrain. Ils parvinrent ainsi immédiatement derrière les voitures de tête. Devant celles-ci, la voie était complètement dégagée.

Elles étaient quatre de modèles différents, roulant de front à quarante à l'heure. Chacune comptait deux hommes à bord. Exaltación eut beau klaxonner, faire des appels de phares, s'approcher à frôler leur pare-chocs, aucun des conducteurs ne broncha. Comme s'ils avaient été sourds.

Exaltación Garcia poussa soudain une exclamation.

– *Mirá !* La Blazer *blanca* !

Malko aperçut à une centaine de mètres au-delà du barrage roulant, un 4 x 4 blanc, sur la file de droite. Ce pouvait être en effet la Blazer d'Armando Guzman. En même temps, il vit surgir sur la voie de service une voiture marron roulant très vite. Profitant d'une bretelle située entre eux et le 4 x 4 blanc, elle gagna la voie principale de Poniente, pour déboucher à une trentaine de mètres du 4 x 4 blanc.

– Ils vont le tuer !

La voix tendue d'Exaltación le fit sursauter.

D'abord, il ne comprit pas. La jeune femme venait une nouvelle fois de tenter de forcer le passage, et la voiture devant eux avait freiné, la forçant à piler. Exaltación éclata d'un rire sardonique...

– *Son Federales aquí... Todos los coches* (1)...

Elle montrait à Malko les voitures qui roulaient à une allure d'escargot.

– Mais pourquoi ? s'étonna Malko.

– Ils retiennent les autres voitures pour qu'il n'y ait pas de témoins. *Ahorita, mirá, mirá !* (2)

La voiture marron venait d'arriver à la hauteur du 4 x 4 blanc. Malko vit distinctement le canon d'une arme surgir

---

(1) Ce sont des policiers fédéraux... Toutes les voitures...
(2) Regarde, maintenant.

du côté droit, et cracher de courtes flammes rouges ! Ils perçurent à peine le bruit des détonations, qui s'enchaînèrent sur plusieurs secondes. Une longue rafale. Le 4 x 4 zigzagua, puis fila en biais dans le terre-plein herbeux séparant la grande chaussée de la voie de service, franchit cette dernière et s'immobilisa contre un mur. L'endroit avait été bien choisi. Dans cette zone, Poniente était bordée par des terrains en friche, larges de plus d'un kilomètre.

Comme mues par un signal invisible, les voitures qui retenaient la circulation accélérèrent, « libérant » celles qui se trouvaient derrière. Le véhicule marron d'où étaient partis les coups de feu était déjà loin. Malko l'aperçut en train de monter la rampe menant à l'avenue Lazaro Cardenas.

En quelques secondes, les voitures des policiers fédéraux se perdirent dans la circulation. Malko était glacé d'horreur : il venait d'assister à un meurtre froidement planifié et exécuté par ceux qui étaient justement chargés de faire respecter la loi.

Le hurlement d'une sirène loin derrière eux le fit sursauter. Un coup d'œil dans le rétroviseur lui montra une voiture de police, gyrophare allumé, encore très loin, qui fonçait dans leur direction.

– *Atención !* cria Exaltación.

De biais, elle se lança à l'assaut du talus. La BMW cahota, des cailloux raclèrent la caisse, les roues patinèrent, puis d'un coup, ils furent de l'autre côté.

Trente secondes plus tard, la jeune femme stoppait à la hauteur du véhicule immobilisé. C'était bien un 4 x 4 Blazer blanc.

Deux corps étaient effondrés sur les sièges avant. L'homme au volant n'avait pratiquement plus de tête. A côté de lui, Armando Guzman, criblé de balles lui aussi, était visiblement mort, mais identifiable.

La glace avant gauche n'existait plus et la tôle de la portière était criblée d'impacts.

Exaltación, avec un cri de joie, plongea la main dans le véhicule et sortit un MP 5 au chargeur recourbé.

– *Vamos ! Vamos !* hurla-t-elle.

La voiture de police à son tour était en train d'escalader le talus. Mais, plus lourde que la BMW et plus basse, elle n'y parvint pas. Elle resta en carafe et deux policiers en jaillirent, qui se mirent à courir vers eux. Malko venait d'ouvrir la portière de droite. Retenu par sa ceinture de sécurité, le corps d'Armando Guzman bascula vers l'extérieur et il croisa son regard mort. A ses pieds se trouvait une grosse serviette noire. Il s'en empara et fit le tour du 4 x 4 en courant.

Juste à ce moment, Exaltación ouvrit le feu avec le MP 5 sur les policiers qui accouraient. L'un d'eux, touché, tomba, l'autre plongea à terre, et riposta.

Malko et la jeune femme arrivèrent en même temps dans la BMW dont le moteur tournait toujours. Exaltación lui tendit le MP 5.

– Allez-y ! Qu'ils ne nous poursuivent pas.

Elle démarra en trombe. Malko, d'une brève rafale, fit plonger le nez dans l'herbe au policier qui tirait sur eux. Impossible de voir s'il l'avait blessé ou tué ; au point où il en était... Trente secondes plus tard, Exaltación s'engageait à tombeau ouvert sur la rampe menant à l'avenue Lazaro Cardenas.

Malko baissa les yeux sur la serviette noire. L'opération des Arrellano était à double détente et bien préparée. D'abord, on privait Armando Guzman de sa voiture blindée par une fausse panne, ensuite on l'abattait et on récupérait ses précieux documents. C'était sûrement le job des policiers surgis, comme par miracle, juste après le meurtre.

Amer de n'avoir pu empêcher le meurtre de Guzman, mais remonté par une sombre satisfaction, il prit la serviette sur ses genoux. Enfin, il avait marqué un point contre ses adversaires, en entrant en possession de ces documents qui devaient être explosifs. Le tout était d'arriver à les faire passer aux Etats-Unis.

*
**

— Dans cinq minutes, s'écria Exaltación, nous aurons tous les policiers de Tijuana aux trousses et ils tireront à vue !

— Il faut filer au lieu de rendez-vous de l'hélicoptère, dit Malko. Et nous arrêter avant pendant une seconde, le temps que je les alerte. Dans une heure, nous pouvons être sains et saufs.

— *Vamos a la Colonia* Monarca, se résigna Exaltación. *Sí todo está bien*, nous y serons dans dix minutes. On remonte La Paz et ensuite Libramiento Sur. Mais il y a un nœud de *freeways* avant. Ils risquent d'être là.

Malko eut un geste fataliste.

— Il n'y a pas d'autre solution.

Ils roulèrent en silence quelques instants. Tout à coup, là où l'Avenida La Paz se scinde en deux, Exaltación poussa une exclamation.

— *Madre de Dios. Mirá !*

Elle montrait l'aiguille de la jauge d'essence, bloquée dans le coin gauche. Le réservoir était vide. Presque aussitôt, le moteur se mit à hoqueter, puis se tut pour de bon. Exaltación avait débrayé et la BMW continuait en roue libre. Pas longtemps, hélas, car la route montait.

La jeune femme se gara sur le bas-côté. Le silence retomba, irréel.

Malko, le premier choc passé, s'ébroua.

— Ne restons pas là. Une balle a dû crever le réservoir.

Ils descendirent. Des deux côtés, s'étendait une étendue caillouteuse, les premières maisons étaient à un kilomètre. Et surtout, pas la moindre cabine téléphonique en vue. Exaltación Garcia semblait transformée en statue de sel. Soudain, elle reprit vie.

— Venez ! lança-t-elle.

Déjà, elle s'engageait dans l'étendue caillouteuse, en direction de l'ouest. Malko lui emboîta le pas, le MP 5 à l'épaule et la serviette d'Armando Guzman à bout de bras. Il se retourna : la BMW se voyait comme une mouche dans une tasse de lait. Ils avaient intérêt à mettre le plus de distance entre elle et eux...

Exaltación marchait à grandes enjambées, aidée par ses chaussures plates, la tête baissée, ses longs cheveux au vent.

— Où allons-nous ? demanda Malko. Pourquoi ne pas tenter de nous réfugier au consulat américain ?

Elle tourna vers lui un regard noir.

— Nous sommes dimanche, il n'y aura personne, sauf les hommes de Ramon devant ! Et même si nous entrions, ils sont capables de faire sauter la porte à la roquette pour récupérer les documents de Guzman, et nous.

Elle reprit haleine et ajouta :

— Je ne connais personne d'assez courageux pour nous héberger, mais j'ai une idée : si elle marche pas, je ne sais pas ce que nous ferons.

— Quelle idée ?

Elle ne répondit pas. Dix minutes plus tard, ils atteignirent les premières maisons d'un quartier neuf de petits bungalows. Malko se retourna une dernière fois. La BMW était toujours là. Dans une heure, la nuit serait tombée, ce qui leur donnerait un répit.

Ils arrivèrent à une grande avenue, Las Palmas, et la traversèrent, puis deux rues calmes et résidentielles, pour arriver au bas d'une troisième qui montait vers le haut de la colline ; la Calle Lopez Vellarde. Pas un chat en vue.

Exaltación remonta sur quelques mètres le trottoir de droite, jusqu'à une petite maison rose de deux étages, avec une grande porte de garage grise et un minuscule jardin. Elle semblait inhabitée et portait le numéro 5608C.

— C'est la maison de Francisco-Xavier Arrellano, expliqua Exaltación. Celui qui est en prison à Mexico City.

Malko s'approcha et distingua alors des affichettes collées un peu partout en travers des portes. Elles avertissaient que cette maison avait été saisie par la *Procuradoria Generale* de l'Etat de Baja California, que son entrée était interdite et qu'elle était reliée par un système d'alarme à la police d'Etat.

Autrement dit, des scellés renforcés.

— Ce serait une bonne planque, non ? dit Exaltación.

— A condition d'y entrer, remarqua Malko, douchant son enthousiasme. Je ne suis pas spécialiste en alarmes électroniques...

— Moi non plus, répliqua Exaltación, mais il y en a un ici.

Elle tendit le bras vers un panneau de bois planté en bordure de ce qui semblait être un cimetière de voitures jouxtant la maison rose. Une inscription délavée par les intempéries annonçait : *Manuelo Chalio. Mecánico. Electrónico. Tallerias varias* (1).

— C'est dimanche, remarqua Malko. Et je doute qu'il accepte de forcer le système d'alarme de cette maison.

— Il travaille tous les jours, dit-elle simplement. Jusqu'à neuf heures du soir. Et je le connais. Attends-moi ici.

Elle défit les premiers boutons de sa longue robe, découvrant largement la naissance de ses seins pointus et se dirigea vers l'atelier de Manuelo Chalio.

*
**

Manuelo Chalio était en train de dépiauter un delco quand une apparition divine surgit dans son champ de vision. Les bouts de seins moulés par le jersey lui semblèrent des canons de pistolet braqués sur lui. Son regard descendit jusqu'au léger renflement de la bosse du pubis, soulignée par le tissu, et il lâcha sa clé à molette.

— *Hola Manuelo. ¿ Qué tal ?*

---

(1) Mécanicien. Electronicien. Réparations variées.

Le mécanicien essuya d'un revers de main la sueur qui lui coulait dans les yeux et chercha désespérément dans sa tête qui était cette créature de rêve qui connaissait son prénom. Il ressentit une forte envie de la toucher, pour s'assurer qu'il ne s'agissait pas d'un mirage dû à la chaleur et à la tequila. Déhanchée, appuyée à la carrosserie d'une vieille Chevrolet, elle le fixait, belle comme une héroïne de « telenovella ».

— *Buenas tardes, señora !* répondit-il, intimidé.

— Tu ne te souviens pas de moi, Manuelo ? demanda Exaltación. Pourtant, tu m'as vue souvent, quand je venais à la maison d'à côté. Celle qui est fermée maintenant...

La mémoire revint d'un coup au mécanicien.

— *Como no !* s'exclama-t-il, ravi. Il y a longtemps déjà. Il est revenu ?

— Non, pas encore. Hélas.

Il s'essuyait les mains fébrilement.

— Qu'est-ce que je peux faire pour vous, *señora*...

— ... Garcia, termina la jeune femme d'une voix trop douce. Me rendre un service. Tu t'y connais en électronique ?

— *Claro que sí !* se rengorgea le mécanicien. C'est mon métier. Vous avez des problèmes avec votre voiture ?

— Non. C'est un système d'alarme.

Il sourit.

— *Muy fácil !* Ils se ressemblent tous. Où est-il ?

— Pas loin, laissa tomber Exaltación. C'est celui de la maison dont on parle.

Manuelo Chalio s'essuya machinalement les mains sur son chiffon. Il ne s'attendait pas à une telle demande.

Sentant son hésitation, Exaltación continua :

— Tu crois pouvoir ouvrir cette maison, sans que toute la ville soit alertée ? C'est Ramon qui m'envoie. Il m'a chargée d'y prendre quelque chose. Bien sûr, tu seras récompensé pour ton travail.

Elle s'était rapprochée à le toucher. Le regard du mécanicien, quittant le visage souriant, s'abaissa sur la poitrine d'Exaltación. Le mot « récompense » carillonnait dans sa tête. Il eut une pensée folle. Et si c'était elle, la récompense...

— Tu es le seul à pouvoir nous aider, ajouta Exaltación d'une voix fondante.

Son regard aurait liquéfié une banquise. Manuelo Chalio se sentit gonfler d'orgueil. Il y avait la récompense, et en plus la fierté de rendre service à un homme aussi puissant que Ramon Arrellano.

— Attends-moi ici, dit-il.

Il prit une boîte à outils et partit vers la maison voisine. Exaltación attendit presque vingt minutes avant qu'il ne revienne, les yeux brillants de fierté.

— *Está hecho !* (1) annonça-t-il, le triomphe modeste. Tu peux entrer par-derrière, la porte n'est pas fermée à clé.

— Tu es sûr que cela ne va pas se mettre à sonner quelque part ?

— Certain.

Il se lança dans des explications techniques auxquelles elle ne comprenait rien et dont elle se moquait. De nouveau, elle lui adressa un regard brillant.

— Manuelo. Personne ne doit savoir. *¿ Entiende ?*

— *Entiendo*, répéta-t-il, tandis qu'elle glissait une poignée de billets de cent pesos dans sa paume. Il prit les billets, un peu déçu. Il aurait préféré l'autre récompense, celle qu'il avait imaginée dans sa tête. Il en serait quitte pour aller s'offrir une pute.

— *Adiós*, Manuelo, lança Exaltación. *Y muchissimas gracías.*

*
**

La nuit tombait quand Exaltación vint rejoindre Malko, au coin de la Calle Lopez Vellarde.

(1) C'est fait !

- C'est fait, annonça-t-elle. Attendons qu'il parte.

Ils guettèrent pendant dix minutes avant qu'une vieille Honda ne sorte par le portail du terrain où se trouvait l'atelier. Ils se faufilèrent sous la clôture symbolique, longèrent le cimetière de voitures et atteignirent la porte arrière de la maison rose. Elle était entrouverte et Malko n'eut qu'à la pousser.

A l'intérieur, cela sentait l'humidité. Pas de lumière : l'électricité avait été coupée depuis longtemps. Ils traversèrent la cuisine, puis un hall, et empruntèrent l'escalier. A tâtons, ils finirent par trouver une chambre donnant sur un terrain vague et ouvrirent la fenêtre, profitant de la clarté relative du crépuscule. Exaltación se laissa tomber sur le lit.

- Je n'en peux plus, avoua-t-elle.

Malko posa le MP 5 et la serviette d'Armando Guzman sur la table, épuisé lui aussi.

- Les Arrellano ne risquent pas de venir nous chercher ici ? demanda-t-il.

- Non, cela fait des mois qu'elle est fermée et tout le monde sait qu'elle est protégée par le système d'alarme de la *Procuradoria*.

- Et ce mécanicien ?

- Il croit avoir agi pour le compte de Ramon. Il faudrait une coïncidence extraordinaire...

- Bien, reconnut Malko, mais nous ne pouvons pas rester longtemps ici. Je vais sortir téléphoner.

- Non, fit sèchement Exaltación. C'est trop dangereux. Il n'y a pas de téléphone dans le coin. Demain, j'emprunterai sa voiture à Manuelo et nous irons téléphoner. Je t'amènerai à ton hélicoptère.

- Et toi ?

Son sourire de fauve revint sur ses lèvres.

- On verra. J'ai une autre idée en tête. En attendant, j'ai sommeil.

Dans la pénombre, elle commença à défaire les boutons de sa robe, puis s'en débarrassa.

– Quelle est ton idée ? insista Malko, intrigué.

Leur situation avait encore empiré. Maintenant, ils n'avaient même plus le moyen de se déplacer.

– Je te le dirai demain, promit Exaltación. Si tout se passe bien, nous serons bientôt en Californie, sans utiliser ton hélicoptère.

Malko ne voyait pas bien comment, alors que Tijuana était quadrillée de centaines d'hommes à leur recherche. Les Arrellano avaient sûrement truffé les postes-frontières et l'aéroport, ainsi que les deux routes partant de Tijuana, vers Tecate et Ensenada, de guetteurs.

– Et si tout ne se passe *pas* bien ? demanda-t-il.

Exaltación s'étira.

– Nous irons ensemble en enfer, *guapo*.

CHAPITRE XVII

« Plouf ! » Le bruit caractéristique d'un bouchon de champagne qui saute, puis une explosion de voix joyeuses, de verres entrechoqués. Des voix d'hommes uniquement. Malko n'était pas assez fort en espagnol pour comprendre tout ce qui se disait dans ce brouhaha, mais en plus de la cassette, plutôt mal enregistrée, il y avait la transcription intégrale des conversations. Avec l'identité des participants : Gustavo Ortuzar, Benjamin et Ramon Arrellano, « El Coyote » et d'autres membres de la bande, moins connus. Tous célébraient au champagne l'assassinat du cardinal de Tijuana, Mgr Ocampo.

« *Esto perro es en el paraíso !* » (1) conclut la voix ravie de Ramon Arrellano, saluée aussitôt par des vivats.

Malko arrêta la cassette et posa le dossier qu'il lisait depuis les premières heures de l'aube. La faim et la soif l'avaient réveillé. Il était descendu au rez-de-chaussée, avait bu au robinet et n'avait pu se rendormir. Dès qu'il y avait eu assez de lumière, il avait ouvert la serviette d'Armando Guzman et commencé à lire son contenu. Exaltación dormait à plat ventre sur le lit, vêtue de son seul slip. La chaleur était encore étouffante, aucun bruit ne filtrait de la Calle Lopez Vellarde.

Malko reprit la lecture de l'épais dossier réuni par

(1) Ce chien est au paradis !

Armando Guzman. Le mot « explosif » était faible. C'était un travail de fourmi, de grand flic, accablant à la fois pour toute la hiérarchie policière mexicaine, pour le ministère de la Justice et, surtout, pour le PRI, le parti au pouvoir au Mexique depuis plus d'un demi-siècle.

Des écoutes téléphoniques sauvages, des photocopies d'interventions *écrites*, pour faire libérer par exemple un homme accusé d'avoir torturé et abattu un agent mexicain de la DEA – intervention signée par Gustavo Ortuzar, avec l'approbation manuscrite du ministre de la Justice ; des listes de policiers fédéraux, avec les numéros de leurs *credentials*, « arrosés » par les Narcos, et la description de leurs activités, comme l'escorte, pour le compte du cartel de Tijuana, de sept tonnes de cocaïne. Ceux-là avaient fait le coup de feu contre des policiers de l'Etat. Il y avait leurs noms, les circonstances de l'affaire et, surtout, les télégrammes de leur hiérarchie leur ordonnant de prêter main-forte au cartel...

Et encore des dizaines de relevés bancaires, des dossiers de blanchiment d'argent, des preuves de l'implication du cartel dans des dizaines de business en apparence légaux.

Une chemise jaune renfermait tous les documents relatifs à l'attentat d'Oklahoma City, apportant les réponses que la *Task Force* CIA-DEA-FBI n'avait pu trouver.

Compte rendu téléphonique de conversations entre Gustavo Ortuzar et Benjamin Arrellano. Dans un premier temps, Benjamin Arrellano révélait au politicien l'existence d'une unité spéciale de la DEA chargée d'enquêter sur les liens entre le PRI et les cartels de la drogue, particulièrement celui de Tijuana.

D'autres conversations montraient que l'idée de donner une leçon aux *gringos* était venue de Gustavo Ortuzar, qui avait abandonné les détails opérationnels à Ramon Arrellano.

Il y avait le nom de la mine d'argent appartenant à Gustavo Ortuzar d'où venait l'explosif. Un relevé bancaire d'un capitaine de l'armée mexicaine ayant fourni un système de mise à feu à retard, des conversations où le nom et le rôle de John Doe revenaient souvent.

Bref, c'était accablant. D'autant qu'au cours d'un échange de vue, Gustavo Ortuzar expliquait à Benjamin Arrellano qu'en cas d'enquête, il avait le nouveau ministre de la Justice dans sa poche...

Malko comprenait que le cartel de Tijuana ait tout fait pour que ce dossier ne parvienne pas au président Zedillo.

Il s'arrêta de lire et gagna la petite terrasse surplombant le terrain vague, à l'abri des regards, derrière le muret de pierre. Il faisait enfin presque frais. Il s'assit à même le sol et se remit à réfléchir. C'était fou de se trouver à quelques kilomètres de la frontière, coupé de tout moyen de transmission, traqué comme un criminel. De se dire que s'il se rendait à la police, il signait son arrêt de mort. Il songea à Eduardo Bosque...

Il avait testé le téléphone : mort. Il aurait tant voulu parler à Roy Bean. Ce qu'il ramenait avait mille fois plus de valeur que John Doe, qui n'était qu'un comparse... Il fournissait de plus la réponse au mystère d'Oklahoma City. Seulement, il fallait rapatrier tout cela aux Etats-Unis ! Il croyait Exaltación : ils ne pouvaient tenter de passer ni par l'aéroport, ni par les postes-frontières. Le cartel avait à coup sûr tout verrouillé.

Leur seule chance était l'hélicoptère de la CIA. Encore fallait-il pouvoir organiser à nouveau leur exfiltration et atteindre le point de rendez-vous. Sans voiture, c'était hautement aléatoire.

Il y eut un bruit de meuble cogné derrière Malko, et il se retourna, le pouls à cent cinquante. Exaltación, le MP 5 coincé dans le creux du coude, le fixait d'un air méchant.

*
**

— Ne bouge pas ! lança la jeune femme à voix basse.

En slip noir, avec le pistolet-mitrailleur, elle évoquait une photo de pub. Malko se raidit. Il y avait déjà eu tant de coups de théâtre... Comme dans *La Rivière du hibou*, ses rêves risquaient de s'évanouir sous une rafale de MP 5. Mais Exaltación se détendit et s'assit près de lui, posant l'arme sur le ciment de la terrasse.

— Je me suis réveillée, dit-elle, et j'ai cru que tu étais parti... Cela aurait été idiot.

— Pourquoi ?

— Parce que tu n'avais aucune chance. Je le sais... Il fait bon ici, meilleur qu'à côté.

Elle respira avidement l'air frais de l'aube, gonflant sa poitrine.

— A quelle heure arrive le mécanicien ? demanda Malko. Tu m'as dit que tu lui emprunterais sa voiture. J'en ai besoin pour trouver une cabine. Moins longtemps nous resterons à Tijuana, mieux cela vaudra.

— J'ai réfléchi, fit Exaltación. C'est un risque. Il va se poser des questions.

— Dans ce cas, j'y vais à pied... Tu as une idée de l'endroit où on peut trouver une cabine ?

Il la sentait réticente, sans bien comprendre ses raisons.

— Nous ne pouvons pas rester ici, martela-t-il. En plus, nous n'avons rien à manger.

— C'est vrai, admit-elle, mais je peux sortir pour acheter quelque chose, pas loin. Et puis... j'ai peut-être un meilleur plan que ton hélicoptère.

— Lequel ? Pourquoi ne pas l'avoir appliqué hier ?

— C'était trop tôt. Maintenant, je peux t'en parler. Le cartel, depuis six mois environ, a creusé un tunnel sous la frontière. Il mesure près d'un kilomètre de long et aboutit près de San Ysidro. C'est un secret très bien gardé, mais Gustavo Ortuzar m'en a parlé.

— Où se trouve-t-il ?

— C'est le problème, avoua-t-elle. Je ne connais pas le point de départ, de ce côté de la frontière.

— C'est un inconvénient majeur, souligna Malko avec une pointe d'ironie. Tu ne crois pas que l'hélicoptère est plus sûr ?

Exaltación lui adressa un sourire froid :
– Pour toi, sûrement, mais pas pour moi. Lorsque tu seras de l'autre côté de la frontière, tes problèmes seront terminés. Les miens, non. Ce n'est pas avec les quelques milliers de dollars que je possède que je vais vivre longtemps. Et je n'ai pas envie de faire la pute.
– Quel rapport avec le tunnel ?
– A l'autre bout, du côté américain, il y a beaucoup d'argent. Les dollars collectés grâce à la distribution de cocaïne en Californie. On les stocke là-bas en billets et on les rapatrie régulièrement ici, grâce au tunnel. Ensuite, on les dépose dans des banques amies qui les « lavent ».
– Comment sais-tu cela ?
– J'ai souvent amené des sacs de billets de cent dollars à des banques, fit-elle simplement. J'allais les chercher chez Ramon. Il m'a expliqué le système. Je ne sais pas combien il y a là-bas en ce moment, mais c'est sûrement beaucoup d'argent. La distribution rapporte près de trois millions de dollars par jour. Il faudrait beaucoup de malchance pour que je ne trouve rien. Avec ce qu'il y aura là-bas, je pourrai refaire ma vie. J'ai trente-deux ans et j'en ai marre de galérer.
– Ce n'est pas vieux, remarqua Malko.
Son regard s'assombrit.
– Dans ma tête, j'ai cent ans...
– Je te comprends, admit Malko, mais si tu ne connais pas l'emplacement de ce tunnel ?
– J'ai un moyen de le découvrir, affirma Exaltación. Une cargaison de cocaïne doit arriver demain matin très tôt par camion, de la province de San Felipe. J'étais là quand Gustavo l'a annoncé à Ramon. La plus grosse partie de ce chargement passera par le tunnel. Cependant le camion n'ira pas directement au point de départ du tunnel. Avant, il va décharger la partie « officielle » de sa cargaison : des fruits et des légumes. Ensuite, seulement, il ira à sa destination finale.
– Mais comment vas-tu le retrouver ? Il y a des cen-

taines d'entrepôts à Tijuana. Tu ne peux pas le guetter sur la route.

Exaltación planta ses yeux dans les siens et annonça triomphalement :

– J'ai la description et le numéro de ce camion et je sais où il va décharger ses agrumes. Cela te suffit ? Je t'ai déjà dit qu'ils parlaient tous beaucoup devant moi. *Jamais* ils n'auraient pu supposer que j'utilise une information contre eux.

– Quelle est ton idée ? interrogea Malko, ébranlé par les précisions de la jeune femme.

– C'est simple, répliqua-t-elle. Une fois les agrumes déchargés, ce camion sera conduit là où part le tunnel. Il s'agit sûrement d'un entrepôt près de la frontière, mais il y en a des dizaines. Il suffira de le suivre. Et ensuite de prendre le même chemin que la cocaïne.

– Cet entrepôt doit être gardé, objecta Malko.

– Le jour, sûrement. Mais il ne doit pas y avoir grand monde la nuit. Tu comprends, il doit fonctionner comme une entreprise normale. Pour ne pas éveiller l'attention. Il suffit d'attendre ce soir. Et d'y aller avec *ça*.

Elle posa la main sur la crosse du MP 5.

– Dans ce cas, nous devons rester toute la journée ici, conclut Malko.

– Où est le problème ?

Malko regarda le soleil qui se levait. Il se trouvait dans une situation de folie avec une alliée dangereuse. Le plan d'Exaltación était à faire dresser les cheveux sur la tête. Fuir en hélicoptère grâce à l'appui de la CIA semblait un jeu d'enfant, à côté.

Exaltación l'observait. Il surprit une lueur de panique dans ses prunelles sombres et réalisa qu'elle craignait de se lancer dans cette folle aventure sans lui. Il sentait aussi que s'il disait non, elle tenterait quand même le coup toute seule. Traqué, sans véhicule, sans alliés, s'en sortirait-il ? Rien n'était moins sûr.

– D'accord, dit-il. On va essayer. Mais nous avons intérêt à *prier* très fort.

Exaltación explosa littéralement de joie, se jetant au cou de Malko.

– *Arriba ! Tú tienes cojones !*

En quelques secondes, elle fut soudée à lui, de la bouche aux orteils. La réponse de Malko semblait avoir déchaîné chez elle un raz de marée sexuel qui les engloutit tous les deux.

Roulant sur le ciment tiède dont ils ne sentaient même plus les aspérités, ils n'étaient plus qu'une seule lave en fusion. Deux corps enchevêtrés dans un concert de soupirs, de gémissements. Puis, allongée sur le dos, Exaltación, ouverte comme une parturiente, attira Malko sur elle.

– Doucement, sursauta-t-elle quand il commença à la pénétrer. Tu me fais un peu mal...

Il la vit se mordre les lèvres tandis qu'il l'envahissait et commençait à la prendre avec lenteur. Peu à peu, elle se détendit et il se mit à lui faire l'amour avec plus de vigueur. Elle ondulait sous lui, poussait de petits soupirs. Puis la houle de ses hanches s'accéléra. Tout à coup, son corps se souleva en arc de cercle, sa bouche s'ouvrit, elle se mit à trembler et brutalement, elle enfonça ses dents dans l'épaule de Malko, tandis qu'un râle filtrait de sa gorge, tout le temps de son orgasme.

Lorsqu'elle releva la tête, l'épaule de Malko saignait et la marque des incisives d'Exaltación y était imprimée.

– Pardonne-moi, dit-elle. Ici, il ne faut pas que je crie. Je n'aurais pas pu m'en empêcher.

Comme un fauve, elle se mit à lécher le sang qui suintait de la blessure. Quelle alliée...

Le plaisir évanoui, la faim se remit à tenailler Malko. Exaltación se releva et dit simplement :

– Je vais chercher à manger. Je prends le pistolet. Ne crains rien, je reviendrai.

*
**

– Ramon ! On a retrouvé leur voiture !

Ramon Arrellano crut que son cœur allait exploser et sauta de son fauteuil d'osier.

– Où ? hurla-t-il.
– Avenida La Paz, en face de la *Fraccione* Santa Ines.
– J'arrive.

Ramon Arrellano ne décolérait pas depuis la veille. Personne n'osait lui adresser la parole sans un motif pressant. Tapi dans sa propriété de la colline de l'Hippodrome, il ne tenait pas en place, se creusant la tête à essayer de deviner où étaient Exaltación et son *gringo*. La dernière fois qu'on les avait aperçus, ils s'enfuyaient après avoir récupéré les dossiers d'Armando Guzman. Depuis, c'est-à-dire la veille au soir, rien...

C'était contre la jeune femme que Ramon se déchaînait le plus ; il rêvait à ce qu'il lui ferait subir lorsqu'il la reprendrait. Les *fire-ants* seraient une aimable plaisanterie, à côté du traitement qui l'attendait...

Gustavo Ortuzar, terrifié, avait annoncé qu'il partait en voyage d'affaires en Europe. En Cadillac, jusqu'à l'aéroport de Los Angeles, ensuite il prendra le Boeing 747 d'Air France pour Paris. Ces onze heures de repos total en siège-couchette l'aideraient à retrouver son calme.

Il dévala le perron et sauta dans sa Viper. « El Coyote » eut tout juste le temps de monter dans la Silverado. Les deux voitures dévalèrent les rues étroites à tombeau ouvert. Ramon jurait tout seul, tapant sur son volant de fureur. Cinq minutes plus tard, il s'arrêtait à côté de la BMW, abandonnée sur le bas-côté de l'Avenida La Paz. Une voiture de la *Policía municipale* et une autre, pleine de *pistoleros*, s'y trouvaient déjà. Un des *pistoleros* vint au-devant de Ramon.

– Ce sont eux qui ont repéré la voiture, il y a une demi-heure.

Du coup, Ramon étreignit le gros policier d'un *abrazo* vibrant, puis lui fourra dans la main une épaisse liasse de billets de cent dollars. Il avait promis trois cent mille pesos à quiconque lui signalerait les fugitifs. Il regarda autour de lui l'étendue caillouteuse. Où pouvaient-ils être ? « El Coyote » avait examiné la BMW et s'approcha de lui.

– Ils sont tombés en panne d'essence, annonça-t-il. Donc, ils ont dû se planquer pas très loin. Ils ne vont pas se risquer à prendre un taxi. Tous sont prévenus, de toute façon.

Il alla chercher un plan de Tijuana dans sa Silverado et le déplia sur le capot. Ramon regarda la carte. Cette zone résidentielle ne comportait que des villas. Exaltación Garcia ne connaissait personne à Tijuana, en dehors des gens liés au cartel. Il l'imaginait plutôt, avec le *gringo*, du côté de Revolución, *downtown*, là où se pressaient des milliers de touristes américains. Les couples pouvaient espérer y passer inaperçus, il y avait des dizaines d'hôtels minables qui accueillaient les putes avec leurs clients. Aussi, des hommes du cartel arpentaient prioritairement Revolución et Constitución, inspectant les restaurants, les bars, les innombrables boutiques. A la frontière, une vingtaine vérifiait systématiquement *tous* les véhicules, en se faisant passer pour des marchands ambulants. Le poste de Mesa de Otay, à l'est de l'aéroport, réservé en principe aux camions, était lui aussi l'objet d'une surveillance sévère... Comme l'aéroport. Là, c'était plus facile, et il n'y avait pas de vol la nuit.

« El Coyote » leva soudain la tête, l'index posé sur un point précis de la carte.

– La maison de Francisco-Xavier n'est pas loin, remarqua-t-il.

CHAPITRE XVIII

Pour la première fois de sa vie, Malko dévorait des *tacos* avec joie ! Exaltación était revenue les bras chargés de paquets, comme une bonne petite ménagère, après s'être absentée plus d'une heure. Par mesure de sécurité, elle était allée faire ses courses dans un supermarché de l'avenue Las Palmas, plus discret qu'un commerçant de quartier. *Tacos, guacamole*, fruits et *Tecate,* et même une bouteille de Cointreau, une de tequila et des citrons verts. De quoi tuer le temps à coups d'« Original Margarita ».

Il faisait une chaleur étouffante dans la maison, des mouches entraient par la fenêtre ouverte, bourdonnant autour d'eux. Assise en tailleur sur le lit, sa robe largement déboutonnée, Exaltación semblait parfaitement supporter la chaleur poisseuse.

– Quand j'étais enfant, à *Los Mochis,* j'habitais dans un appentis près de la maison. En principe, c'était le poulailler, mais j'avais viré les poules pour m'y installer, et échapper aux brimades de ma sœur aînée, Regina. Une vraie garce. Elle poussait mon père à me sauter. Quand mon frère l'a su, il a essayé lui aussi... Je me suis bien vengée.

– Tu l'as tuée ? demanda Malko, à moitié sérieux.

– Non. C'était quand même ma sœur. Mais je me suis fait sauter par son mec, le jour de son mariage. Pourtant c'était un vrai *nopal* (1) ; et je suis partie le jour même.

Ça, c'était une famille unie... Ce passé sulfureux ne semblait pourtant pas perturber Exaltación. Elle s'étira puis jeta un drôle de regard à Malko.

— Demain, on sera peut-être morts tous les deux, fit-elle d'une voix égale, comme si elle avait dit : « demain, il va faire plus frais. » Viens, ajouta-t-elle.

Son expression ne laissait aucun doute sur ses intentions. Le « hors-d'œuvre » de l'aube ne l'avait pas rassasiée. Se coulant contre Malko, elle se mit à le caresser lentement mais avec efficacité. Puis elle s'arrêta, le regard trouble, les lèvres retroussées sur ses superbes dents régulières.

— J'ai toujours aimé regarder un sexe d'homme, dit-elle, cela me met le feu. Même celui d'un salaud comme mon père. Viens me baiser, maintenant.

En dépit de la chaleur inhumaine, Malko avait envie d'elle. Lorsqu'elle s'allongea entièrement nue sur le ventre, même un saint sur le point d'être canonisé n'aurait pas résisté... Quand le membre brûlant l'envahit, elle sursauta.

— *Espera !*

Elle attira à elle un oreiller dans lequel elle enfouit son visage, et lança :

— *Ahorita !*

Malko eut l'impression de plonger dans un puits de lave en fusion. C'était si exquis qu'il s'y enfonça d'un seul coup, aussi loin qu'il put. Exaltación se cabra, émit un hurlement heureusement étouffé par l'oreiller. Puis elle se mit à onduler, à se cabrer, s'aplatissant brusquement ensuite, comme un cheval qui veut désarçonner sa monture. Malko avait l'impression de participer à un rodéo.

Bientôt, oubliant le danger qui les guettait, il ne pensa

(1) Minable.

plus qu'à la femelle qui s'agitait sous lui. Sans l'oreiller, Exaltación aurait ameuté tout le quartier. Elle continuait à se débattre furieusement, comme une chatte couverte. Une secousse plus forte arracha Malko de son fourreau. Aussitôt, la croupe se dressa, cherchant le sexe qui la perforait quelques instants plus tôt. Malko, lubrifié comme une bielle, glissa et se retrouva à l'entrée de ses reins.

La tentation fut trop forte. Il poussa de tout son poids, attirant en même temps les hanches d'Exaltación vers lui. Pendant une exquise fraction de seconde, il sentit le sphincter résister, puis son membre força le muscle circulaire, millimètre par millimètre, et s'engouffra ensuite de toute sa longueur. Affalée sous lui, Exaltación ne bougeait plus, comme morte.

Cela ne dura pas. A peine commença-t-il à bouger qu'elle recommença d'abord à frémir, puis à onduler. Ils glissaient l'un contre l'autre, transpirant comme des lutteurs. Malko commença sa cavalcade finale, tandis qu'Exaltación déchirait l'oreiller à pleines dents. Il s'abattit sur elle, explosant avec un grondement de plaisir aigu.

Exaltación se dégagea, les pupilles encore dilatées, et se leva pour gagner la douche. Elle s'arrêta net. Malko vit son regard dirigé vers la rue. Elle se retourna, le visage transformé en un masque de pierre.

— Il y a des hommes en bas, annonça-t-elle d'une voix blanche.

*
**

« El Coyote » écrasait de sa masse la pièce minuscule. Il dominait de trente centimètres la femme fanée qui lui faisait face, l'œil mauvais. Une métisse indienne ratatinée, avec une longue natte noire et trois enfants serrés contre elle. Le sol de la cabane au toit de tôle ondulée de la *Fraccione* Alfonzo Garzon, un des innombrables bidonvilles du nord de Tijuana, était en terre battue. Même « El

Coyote » avait eu du mal à trouver la cabane, dans le dédale sans numéro des taudis serrés sur les collines.

– *Sí, señor*, mon mari est à son atelier, comme tous les jours.

Elle baissa les yeux. « El Coyote » grondait de rage, intérieurement. Après avoir quitté la BMW abandonnée, il avait foncé Calle Lopez Vellarde, remontant la rue sur toute sa longueur. D'abord, il avait vérifié les scellés de la maison Arrellano : ils étaient intacts. Il s'était ensuite renseigné dans une petite épicerie, au haut de la rue. Personne n'avait rien vu.

En redescendant, il avait voulu s'informer auprès du mécanicien, mais l'atelier était fermé. Cela lui avait semblé bizarre, un lundi matin. Par acquit de conscience, il s'était mis à la recherche de Manuelo Chalio, et avait laissé, à tout hasard, deux de ses hommes en faction devant la maison rose.

Soudain, il fut sûr que la femme de Manuelo Chalio mentait. Il n'y avait qu'une façon de lui arracher la vérité.

Une méthode qui marchait toujours.

Sans un mot, il sortit de son étui noir la longue machette qui ne le quittait jamais. La femme de Chalio recula avec un cri de souris.

– *No, señor ! No, por piedad !*

Les trois bambins se serraient contre elle. « El Coyote » allongea le bras gauche et saisit le plus grand par les cheveux, l'arrachant à sa mère. Aussitôt le gosse se mit à hurler. Sa mère fit un pas en avant, le regard fou, plein de supplication, et balbutia :

– *Señor !* Ne lui faites pas mal ! Il n'a pas dix ans.

Il en paraissait huit, à peine, avec ses épaules étroites et ses jambes maigres.

– Où est ton mari ? répéta « El Coyote », sans élever la voix. Tu me le dis ou je tue le *niño*.

La femme ouvrit la bouche, puis la referma. Comme « El Coyote » n'avait pas crié, elle se dit qu'il bluffait, qu'il voulait seulement lui faire peur.

– *Señor*, je vous l'ai dit : à son atelier, répéta-t-elle.

D'une poussée, « El Coyote » repoussa le gosse, comme s'il voulait s'en débarrasser. Mais en même temps, son bras armé de la machette fendit l'air horizontalement. Il y eut un bruit mou, atroce, quand la lourde lame s'enfonça dans la gorge du bambin, le décapitant presque entièrement. Il n'eut même pas le temps de pousser un cri.

Il tomba comme une masse, la tête presque détachée du corps encore agité de quelques soubresauts. Le bras d'« El Coyote » revint à la verticale, le long de son corps. Il y eut quelques secondes de silence irréel, puis la femme poussa un hurlement strident et se jeta à terre, essayant de prendre son enfant dans ses bras, balbutiant des mots sans suite. Une flaque sombre s'agrandissait sous le petit corps. Pétrifiée, sa mère continuait à se pencher sur lui comme si elle avait pu le ramener à la vie. Les deux autres enfants, muets de terreur, regardaient la scène sans oser bouger...

« El Coyote » attrapa la femme par sa natte, la forçant à se relever. Le visage ridé s'était encore ratatiné, des larmes coulaient silencieusement sur ses joues, elle tremblait.

– Tu as encore deux enfants, fit « El Coyote » de la même voix calme. Si tu veux les conserver, il faut me dire la vérité.

La femme de Manuelo Chalio mit plusieurs secondes à pouvoir articuler un mot. Choquée. A terre, le gosse, vidé de son sang, ne bougeait plus. D'une voix blanche, elle murmura :

– Il est en ville, voir les putes. Comme chaque fois qu'il a un peu d'argent.

– Qui lui a donné de l'argent ?

– Je ne sais pas, hier soir, j'ai fouillé ses poches, parce qu'il est rentré soûl. Il avait un gros rouleau de billets de cent pesos. J'en ai pris cinq pour les enfants. Ce matin, il s'est habillé propre et il est parti en ville.

— Où ?
— Je ne sais pas. Il va souvent dans un bar de Revolución, en face du Jai-Alai. Je ne connais pas le nom.

Elle parlait comme sous hypnose, le regard fixé sur son enfant mort. « El Coyote » remit avec soin sa machette dans son étui, puis fouilla dans sa poche, et en tira quelques billets qu'il posa sur la table.

— *Por el panteón* (1) lança-t-il avant de sortir.

*
**

— J'en connais un, souffla Exaltación Garcia. C'est Emiliano, il fait partie de l'équipe d'« El Coyote ».

Malko avança la tête avec précaution. Deux hommes étaient appuyés au mur d'en face, en train de bavarder ; rien de spécial dans leur allure. Il regarda alentour et ne vit pas de voiture. Tandis qu'il les observait, les deux guetteurs firent quelques pas et disparurent de son champ de vision.

— Il faut filer, dit Malko, sans perdre une seconde. Ils ne sont que deux.

Il sortit le chargeur du MP 5 et l'examina : il était encore à moitié plein. Avec le pistolet automatique 9 mm qui avait servi à tuer Colosio et comptait encore sept cartouches dans son chargeur, cela suffisait pour neutraliser les deux *pistoleros*. Grâce à la sortie sur l'arrière de la maison, ils les prendraient par surprise. Evidemment, les coups de feu risquaient d'attirer l'attention, mais ils n'avaient plus vraiment le choix. Cette surveillance, même si elle n'était que de routine, était trop dangereuse. De toute façon, Malko et Exaltación ne pouvaient plus rester dans la maison. Il réalisa qu'ils vivaient désormais avec un avenir limité à l'heure suivante...

Exaltación s'était rhabillée à toute vitesse. Elle prit le

(1) Pour le cimetière.

MP 5, et Malko le pistolet, la précieuse sacoche noire d'Armando Guzman dans la main gauche, puis ils commencèrent à descendre.

***

Les filles étaient debout, entre les rangées de bancs, livides sous l'éclairage blafard des spots. Un barman, son chapeau blanc rejeté en arrière, le visage buriné, veillait sur les quelques verres des clients en train de contempler le cheptel. Ici, pour cinquante pesos, on avait droit à un verre de tequila et à une fille. Des métisses indiennes à l'air abruti, boudinées dans des vêtements bien serrés, pour faire ressortir leurs formes. Elles étaient nourries aux haricots et au *guacamole*. *Downtown* Tijuana, il y avait des dizaines de bars semblables.

L'arrivée d'« El Coyote » sema la panique ; jamais un homme de son importance ne se hasardait dans un bouge pareil. Le barman ôta son chapeau et vint s'incliner. « El Coyote » ne perdit pas de temps en embrassades.

— Je cherche un type, annonça-t-il. Manuelo Chalio. Il a une petite affaire de mécanique dans la *Fraccione* Santa Ines. Il est client ici. Il doit être avec une de tes filles.

— *Espera un momentito !* fit le barman, mort de trouille.

Il fonça au milieu des putes et commença à poser des questions, puis revint vers « El Coyote ».

— Il y a un type avec Rosita qui pourrait être celui que vous cherchez, *señor*.

— Où ?

L'autre montra le plafond.

— Dans une des chambres.

— Emmène-moi.

Ils s'engagèrent dans un étroit escalier crasseux. Dehors, éclatèrent les cuivres d'un orchestre de *mariachis* jouant pour les clients du restaurant attenant au stade Jai-Alai, sur l'Avenida Revolución. « El Coyote » pensa que c'était de bon augure...

Le barman frappa à une porte et comme rien ne bougeait, donna un coup de pied dans le battant.

Un homme était allongé, nu, sur un lit étroit, une fille agenouillée à côté de lui, en train de lui prodiguer une fellation peu enthousiaste.

La fille se redressa et l'homme blêmit en voyant « El Coyote » s'approcher.

– Tu t'appelles Manuelo Chalio ? Tu as un atelier de mécanique Calle Lopez Vellarde ?

– *Sí, sí*, balbutia le mécanicien dont l'érection avait disparu comme par un coup de baguette magique.

– Fous le camp, fit « El Coyote » à la fille.

Ramassant sa robe, elle s'esquiva. Le tueur sortit la machette de son étui. Là non plus, il n'avait pas de temps à perdre. D'une seule enjambée, il fut au bord du lit et posa le tranchant de la lame sur le sexe recroquevillé.

– Tu as vu quelqu'un entrer dans la maison de Francisco-Xavier ?

Le mécanicien le fixa, dégoulinant de bonne conscience.

– *Claro que sí ! Una señora, amiga de Usted*. Je l'ai même aidée.

– Tu l'as aidée ?

– *Sí*. J'ai débranché le système d'alarme relié à la *Procuradoria*. Mais je n'ai rien dit à personne ! A personne, *señor*. Il y a un problème ?

Il était tellement plein de bonne volonté qu'« El Coyote » en fut désarmé.

– Il n'y a pas de problème, dit-il. Elle est venue quand ?

– Hier. *Por la tarde*.

– Elle était avec un *gringo* ?

– Non, je n'ai vu personne. Je croyais bien faire.

– Tu as bien fait, assura « El Coyote ».

L'autre disait de toute évidence la vérité. Où était le *gringo* ? S'il s'était enfui aux Etats-Unis, lui, « El

Coyote », ferait bien de l'imiter. Jamais Ramon ne le lui pardonnerait.

— *Muy bien*, dit-il, continue de t'amuser.

Il quitta la chambre et dévala l'escalier. Il songea tout à coup qu'il n'avait pas laissé de téléphone aux deux types en faction devant la maison. Sa mauvaise humeur revint.

*
**

Emiliano Ortiz cracha par terre, la gorge sèche. Même à l'ombre, il devait faire plus de trente-cinq degrés. Il jeta un coup d'œil à son copain, Laurel Tabares.

— Tu n'as pas soif ?
— *Sí*.
— Il y a une *groceria* (1), là-haut. Si on allait chercher à boire ?

Il désignait le haut de la rue.

— Mais *El Jefe* ?
— On fera vite. Reste, si tu veux, moi j'y vais.
— On y va ensemble, fit Tabares, qui mourait de soif lui aussi. De toute façon, il n'y a personne dans cette baraque.

Ils se mirent en route vers la petite épicerie, se retournant d'abord fréquemment, puis un peu moins souvent.

*
**

— Il n'y a plus personne ! lança Malko.

Ils étaient arrivés au grillage clôturant le terrain vague qui donnait sur la Calle Lopez Vellarde. Malko l'écarta et se glissa sur le trottoir. En tournant la tête, il aperçut les deux *pistoleros*, de dos. Exaltación l'avait rejoint. Sans se concerter, ils franchirent la rue d'un bond, fonçant aussitôt dans une voie transversale. Ils reprirent un pas plus normal pour ne pas se faire remarquer. Exaltación le guida

(1) Epicerie.

à travers un dédale de petites rues désertes, écrasées de chaleur. Un quart d'heure plus tard, ils traversaient l'Avenida La Paz.
– Où allons-nous maintenant ? demanda Malko.
– A la *Colonia residential* Loma, dit la jeune femme. C'est plein de maisons en construction. Nous pourrons nous y cacher.

A condition d'y arriver.

*
**

La Silverado jaillit du virage et remonta la Calle Lopez Vellarde sur quelques mètres, pour stopper en face de la maison rose. « El Coyote » sauta à terre, tenaillé par l'angoisse, et apostropha Emiliano.
– Tu n'as vu personne ?
– Non, affirma le *pistolero*.
– Tu n'as pas bougé ?

Son regard s'était porté sur trois bouteilles de *Tecate* alignées sur le mur bas, derrière les deux hommes. Emiliano avala difficilement sa salive.
– On a juste été là-bas, à l'épicerie, acheter de la bière. *Hace mucho calor...* On s'est retournés tout le temps.

Laurel Tabares vint au secours de son copain :
– Il n'y a personne dans cette maison, *jefe*.

« El Coyote » se contenta de dire :
– Venez.

Il franchit le grillage lâche protégeant le terrain entourant l'atelier et gagna la porte de derrière. Une seule poussée et elle s'ouvrit. Les deux *pistoleros* pâlirent. Leur chef montait déjà l'escalier. Ils découvrirent en même temps que lui les bouteilles vides et les restes du repas d'Exaltación et de Malko.

« El Coyote » se tourna sans un mot vers Emiliano Ortiz et Laurel Tabares. Son regard flamboyait de fureur.

Il arracha son colt 45 nickelé de son holster et, le bras tendu, logea d'abord une balle dans la tête d'Ortiz, qui s'effondra comme une masse. Laurel Tabares ne lui survécut que quelques secondes. Atteint dans le dos et ensuite dans la tête, comme il tentait de s'enfuir, il rebondit jusqu'au bas de l'escalier.

« El Coyote » ressortit de la maison rose, en proie à une rage sans limites. A cause de ces deux imbéciles, il allait subir une crise effroyable de la part de Ramon Arrellano. Maigre consolation, le filet se resserrait sur les fugitifs, et la prochaine fois serait la bonne.

*
**

Exaltación Garcia marchait à grandes enjambées, Malko légèrement en retrait. Depuis qu'ils étaient entrés dans la *Colonia residential* Loma, ils n'avaient pas vu un seul véhicule. La plupart des habitants étaient partis au travail et seuls quelques enfants jouaient au ballon. Cela faisait quarante-cinq minutes qu'ils marchaient. Malko n'avait pas aperçu une seule cabine téléphonique sur leur passage... Soudain, la jeune femme poussa une exclamation joyeuse.

– *Mirá !* lança-t-elle.

Devant eux, sur la gauche, il y avait une maison en construction, les murs dressés jusqu'au premier étage, avec des ouvertures béantes. Personne en vue : le chantier semblait abandonné. Un chemin de terre longeait la maison, vers un jardin en contrebas. Ils le suivirent, débouchèrent sur un terrain encombré de piles de briques et de matériaux de construction. La seule partie achevée de la maison semblait être un garage en ciment auquel manquait la porte. Ils s'y réfugièrent aussitôt, et s'assirent sur le ciment, reprenant leur souffle. Protégés du soleil, ils demeurèrent silencieux un moment. Malko broyait du noir. Leur situation empirait à chaque heure. Sans voiture, ils ne pouvaient pas monter leur opération d'exfiltration, ni suivre le camion de cocaïne.

Exaltación Garcia acheva une bouteille de *Tecate* et se tourna vers Malko :

– Il nous faut une voiture, fit-elle. Autrement, on n'y arrivera jamais.

– Cela dépend, rétorqua Malko. Si nous attendions ici jusqu'à la nuit, il sera possible de trouver une cabine téléphonique sans prendre trop de risques. Je crois qu'il vaut mieux abandonner ton projet. En moins de deux heures, un hélicoptère peut venir nous chercher.

Elle lui jeta un regard furieux.

– Tu veux dire que nous allons nous enfuir comme des rats, en rasant les murs pendant que ce *perro immundo* d'« El Coyote » bâfrera en écoutant ses *mariachis*.

– Que veux-tu dire ?

– Manuelo dîne tous les lundis dans un restaurant de *mariachis*, *Carnitas Uruapan*, dans l'avenida Jose Galleros.

Quelque chose fit « tilt » dans la tête de Malko. Pratiquement, sans réfléchir, il lança à Exaltación :

– Voilà la solution.

– Quelle solution ? demanda Exaltación, visiblement dépassée.

– Tant qu'à prendre des risques, répliqua Malko, nous allons passer à la contre-attaque. Est-il très protégé quand il va là-bas ?

– Les *pistoleros* habituels. Trois ou quatre. Souvent, ils restent à l'extérieur.

– Tu es certaine qu'il y est, même aujourd'hui ?

Exaltación lui jeta un regard surpris.

– Pourquoi pas ? Il faut bien qu'il mange. Il a assez d'hommes pour nous traquer. C'est seulement le lundi qu'il y a les *mariachis* là-bas. Pourquoi veux-tu savoir où il mange ?

– Nous avons besoin d'une voiture, n'est-ce pas ?

– Oui. Et alors ?

– La Silverado ferait bien notre affaire. Elle doit être garée dehors pendant qu'il dîne.

Le visage d'Exaltación s'éclaira.

– *Cierto !* On va la voler ! Il suffit d'arriver et de liquider ses *pistoleros*. Ils ne sont pas plus de trois. Il ne se méfie pas.

– Absolument, approuva Malko. Et on peut même faire mieux.

– Quoi ?

– Tu ne devines pas ?

– *Matarlo ?* (1)

Il y avait tant d'incrédulité dans sa voix que Malko se hâta de préciser :

– A Washington, lorsque j'ai rencontré Eduardo Bosque, il m'a dit que si je lui rapportais la tête d'« El Coyote », il me serait reconnaissant toute sa vie. C'est « El Coyote » qui a massacré toute sa famille. Je pense que si je le tue cela lui suffira.

– Tu sais que c'est très risqué, avança Exaltación ; il est toujours sur ses gardes, ses *pistoleros* aussi. Si nous le ratons...

Malko lui adressa un sourire carnassier.

– C'est *toi* qui n'as pas voulu prendre l'hélicoptère.

Exaltación demeura silencieuse quelques secondes, puis éclata de rire. Un rire féroce et fataliste.

– *Tú es loco, totalmente loco !* On va probablement se faire tuer ! Mais, comme je te l'ai dit : *morir es fácil !*

---

(1) Le tuer ?

CHAPITRE XIX

Les trompettes larmoyantes de l'orchestre *mariachi* « Mexico Lindo » égrenaient des variations sur *Guadalaja*, grand classique du genre. Elles couvraient le brouhaha du *Carnitas Uruapan*. Tous les lundis, les meilleurs orchestres de la ville s'y succédaient, attirant autant les amateurs de musique que de viandes succulentes. Le restaurant était plein à craquer et des gens faisaient la queue à l'entrée, sur l'Avenida Jose Galleros.

Trois joueurs de trompette, disposés en cercle autour de la table de Manuel « El Coyote », soufflaient dans leurs instruments à se faire péter les poumons. Seul à sa table, « El Coyote » en fermait les yeux d'aise. C'était vraiment le seul moment où il se détendait totalement. Il avait beau avoir entendu ce morceau des centaines de fois, cela lui faisait toujours le même effet. Il avait l'impression que l'orchestre, regroupé autour de sa table adossée à une grande télé dont on avait coupé le son, ne jouait que pour lui. C'était en partie exact. Les *mariachis* l'entouraient de près car il les couvrait de billets de cent pesos, tous les lundis.

Les trompettes ayant terminé leur solo, il rouvrit les yeux, béat. Tous ses soucis s'étaient envolés, le temps de *Guadalaja*. Il adressa un sourire aux trois musiciens. Un sourire qui se figea instantanément. D'abord, il se crut le jouet d'une hallucination. Entre les trois artistes s'était glissé un quatrième homme.

Le *gringo* dont il devait ramener la tête à Ramon Arrellano !

Instinctivement, il esquissa le geste de se lever et sa main partit vers le colt automatique accroché à sa ceinture. Comme dans un cauchemar, il vit le bras droit du *gringo*, prolongé par une arme, se tendre vers lui, et il sut qu'il allait mourir.

Il n'avait même pas peur, il était surtout déconcenancé. Le premier projectile le frappa juste au-dessus de sa grosse ceinture. Les deux autres lui firent éclater l'aorte. Brutalement, il étouffa, se sentit très lourd et n'entendit plus la musique.

*
**

Lorsqu'il était entré au *Carnitas Uruapan*, après avoir patienté jusqu'à la nuit dans leur planque, puis fait le trajet à pied, Malko souhaitait de tout son cœur qu'« El Coyote » l'aperçoive. Il avait traversé la salle dans toute sa longueur, longé le bar sans se cacher. Mais, envoûté par la musique, « El Coyote » ne voyait rien. En plus, il se sentait parfaitement en sécurité. Malko était parvenu juste derrière les musiciens sans attirer son attention. Au moment de tirer, il avait quand même hésité. Tuer de sang-froid lui faisait horreur. Puis il avait revu le tic d'Eduardo Bosque, ses mains qui tremblaient, son regard mort à jamais d'avoir subi tant d'horreurs.

Alors, le reste avait été facile.

Peut-être que la culture de mort du Mexique avait fini par l'imprégner.

Il regarda le corps du géant s'effondrer en avant sur la table et recula d'un pas. Seuls les musiciens avaient compris ce qui se passait. Le brouhaha du restaurant avait étouffé le bruit des détonations. L'arme à bout de bras, Malko se dirigea vers une seconde porte donnant sur le parking latéral. Il allait l'atteindre quand une fusillade éclata dehors.

*
**

Exaltación Garcia attendait dans l'ombre, une main crispée sur la crosse du MP 5, l'autre sur le fût. A quelques mètres d'elle, deux des gardes d'« El Coyote » dégustaient du poulet frit au *guacamole*, assis dans la Silverado. Ils regardaient une petite télé posée sur le tableau de bord... Le lundi, il y avait de bons programmes de variétés.

— Va me chercher une *Tecate*, demanda le conducteur à son copain.

A côté de lui, un téléphone portable était activé, au cas où il y aurait eu des nouvelles. La chasse au *gringo* battait son plein dans Tijuana.

Le second *pistolero* sauta du véhicule et se trouva nez à nez avec Exaltación. Au même moment, trois détonations assourdies parvinrent du restaurant. Il n'eut pas le temps de s'en inquiéter. A l'instant où il sautait à terre, plusieurs projectiles l'atteignirent et il tomba sous les roues de la Silverado. Le chauffeur sautait déjà sur un pistolet-mitrailleur. Presque à bout touchant, Exaltación lui fit exploser la tête. L'homme s'effondra sur son siège. La jeune femme se rua à l'avant de la Silverado, poussant le corps inanimé vers l'autre portière. Elle jeta sur le plancher la machette qu'« El Coyote » ne portait pas sur lui.

Malko surgit du restaurant. Personne ne le poursuivait. Il bondit dans la Silverado.

— La clé est sur le contact ! cria Exaltación.

Elle projeta à terre, à coups de pied, l'homme qu'elle venait de tuer. Malko lança le moteur, passa la marche arrière. Puis il fonça, prenant l'Avenida Jose Galleros vers l'est.

– ¿ *Le has matado ?* (1) demanda Exaltación.
– Oui.
– Bravo !

Elle se jeta à son cou et faillit lui faire perdre le contrôle du gros 4 x 4. Il tourna ensuite dans l'Avenida La Paz, puis elle le guida dans le dédale des petites rues, jusqu'à leur planque.

Dix minutes plus tard, la Silverado était dans le garage. Ils se regardèrent et virent l'épuisement dû à la tension nerveuse sur leur visage. Brutalement, Malko se sentait vidé.

Les dernières quarante-huit heures avaient été éprouvantes pour ses nerfs. Or, il avait encore une longue nuit devant lui et la journée du lendemain. En supposant que tout se passe bien et qu'ils repèrent le camion. Ils ne pourraient agir que le soir.

De plus la Silverado était terriblement repérable. Se déplacer avec représentait un risque supplémentaire.

Malko s'allongea sur la banquette arrière afin de récupérer un peu. L'exécution de Manuel El Mazel, dit « El Coyote », l'avait secoué. Cependant, même l'Eglise recommandait parfois la violence *juste*, envers des individus nuisibles. « El Coyote » correspondait parfaitement à ce cas de figure.

Soudain, il réalisa qu'Exaltación était toujours dehors. Il sortit et la découvrit en train de fumer une *Lucky*. Elle jouait avec le capot de son Zippo au scorpion, en contemplant les étoiles.

– Tu ne viens pas te reposer ? lui demanda-t-il.

Elle tourna la tête vers lui.

– Je voudrais te demander quelque chose.
– Quoi ?
– J'ai besoin de la voiture. Pendant une heure environ. Afin de récupérer de l'argent. Je te laisse les armes.

(1) Tu l'as tué ?

— Tu es folle, fit Malko. Toute la police de Tijuana doit la rechercher, en ce moment.

— *Lo sé*. Mais il faut que j'y aille. Je reviendrai.

— OK, accepta Malko. J'espère que tu ne fais pas une grosse erreur...

Elle était déjà debout. Après l'avoir étreint rapidement, elle alla prendre le MP 5 dans la Silverado et sortit celle-ci du garage. Malko vit disparaître les feux rouges, le cœur serré.

Si Exaltación tenait tant à récupérer de l'argent, c'est qu'elle ne croyait pas absolument à la solution du tunnel. Ce qui n'était pas bon signe. Il s'allongea dans l'herbe et tenta de ne penser à rien.

*
**

En entendant un bruit de moteur, Malko se redressa, attrapa le pistolet-mitrailleur et plongea derrière une haie. C'était la Silverado. A cause des glaces teintées, il dut attendre qu'Exaltación ouvre la portière pour être rassuré.

— *Todo está bien !* lança-t-elle.

Il lui sembla qu'elle avait une drôle de voix. Calmement, elle rentra la voiture dans le garage et l'appela :

— Il faut se reposer.

Malko la rejoignit et elle verrouilla les portières. Trente secondes plus tard, allongée sur la banquette avant, elle dormait. Malko, lui, eut plus de mal à trouver le sommeil. Le lendemain serait la journée décisive. Ou le plan fou d'Exaltación fonctionnait, ou ils seraient à nouveau obligés de jouer au chat et à la souris avec les hommes de Ramon Arrellano.

*
**

Malko avait été réveillé par la lumière du jour. Exaltación dormait encore, roulée en chien de fusil sur la banquette avant. Il en profita pour inspecter leur armement. Il restait quatre cartouches dans le chargeur du browning et six ou sept dans le MP 5. Pas de quoi soutenir un siège.

Il sauta à terre et fit le tour du véhicule. C'était vraiment un monstre, haut sur pattes, impressionnant avec ses glaces teintées, sa carrosserie noire et ses énormes pneus. Exaltación descendit à son tour, regarda le soleil qui montait dans le ciel.

– Allons-y, dit-elle. C'est de l'autre côté du canal. Il faut passer par le pont Lazaro Cardenas. C'est le point le plus dangereux.

Il y avait déjà beaucoup de circulation. Miracle, ils ne virent pas une seule voiture de police. Vingt minutes plus tard, ils arrivèrent dans une zone industrielle, au sud de l'aéroport, pleine d'entrepôts et de camions. Exaltación désigna le parking d'un grand centre commercial Price Club, juste en face des bâtiments d'un transitaire. Une vingtaine de camions étaient alignés le long des entrepôts.

– Garons-nous là, dit-elle.

Il y avait assez de monde pour que Malko puisse dissimuler la Silverado entre deux fourgons.

– Attends-moi, dit Exaltación en se dirigeant vers le magasin.

Elle revint avec un paquet qu'elle tendit à Malko. Il contenait un feutre clair à large bord.

– Avec ça, tu n'as plus l'air d'un *gringo*, dit-elle. Il faudrait que tu ailles traîner de l'autre côté de la rue. Le camion doit être là. C'est un Kenwood semi-remorque, avec une cabine jaune. Immatriculé à San Felipe. Voilà le numéro. Fais attention.

Elle lui tendit un bout de papier.

Malko mit le chapeau et s'éloigna à travers le parking. Effectivement, rien ne le distinguait des gens qu'il croisait. Il atteignit le trottoir, s'arrêta devant un bistrot en retrait, une sorte de routier, puis continua à pied, surveillant du coin de l'œil la cour du transitaire. Il ne lui fallut pas longtemps pour repérer, vers le fond, un gros camion à la cabine jaune, qu'on déchargeait.

Trois hommes bavardaient autour.

Il s'éloigna puis revint quelques minutes plus tard. Impossible de vérifier le numéro sans pénétrer dans la cour et se faire repérer. Il regagna la Silverado.

– Il y a bien un camion jaune, annonça-t-il, mais je n'ai pas pu voir le numéro...

– On va attendre, décida Exaltación.

– Je vais téléphoner, dit Malko. Il y a des cabines.

– *Bueno*, fit-elle, ne reste pas trop longtemps.

Il gagna une cabine, sous le soleil brûlant. A Washington, il était déjà onze heures. Le temps d'obtenir une opératrice, il était en nage. Enfin, il entendit une voix de secrétaire répéter le numéro qu'il avait appelé. Manie de la CIA.

– Je veux parler à Roy Bean, dit Malko. De la part de Malko Linge.

On n'en était plus à finasser. Les Narcos n'écoutaient quand même pas la CIA...

– Je suis désolée. M. Bean est en réunion, fit la secrétaire. Pouvez-vous le rappeler dans une heure ?

– Non, fit Malko avec une fermeté qui la fit sursauter. J'appelle d'une autre planète. Allez lui dire qui est à l'appareil et je suis certain qu'il va quitter son *meeting*...

– Bien, ne quittez pas, je vais essayer, concéda la secrétaire, pas enthousiaste.

Malko attendit. Et soudain, son pouls grimpa vertigineusement. Un petit convoi venait de pénétrer dans le parking du centre commercial : deux 4 x 4 aux glaces fumées, suivis d'une voiture pleine d'hommes à l'allure patibulaire. La voix de Roy Bean éclata dans ses oreilles.

– Malko ! Vous êtes là ? Je vous croyais mort !

– Je suis là, fit Malko, mais c'est un miracle.

– Jésus-Christ, que s'est-il passé ? Mes types attendent pratiquement dans l'hélico. Quand voulez-vous qu'on l'envoie ?

– Attendez un peu. Cela ne sera peut-être pas utile.
– Quoi ?

Malko ne répondit pas tout de suite. Il surveillait le convoi suspect qui venait de s'arrêter. Une douzaine d'hommes, visiblement armés, sortirent des voitures, entourant un homme en tenue ecclésiastique.

– C'est bon de vous savoir prêt, reprit Malko, mais j'ai peut-être une autre solution pour franchir la frontière. Plus originale.

Roy Bean manqua s'étrangler.

– Originale ! *You're pulling my leg*. Vous êtes en danger de mort et vous faites la fine bouche !

– Non, pas vraiment, corrigea Malko, mais j'ai des engagements à tenir. Ce serait trop long à vous expliquer. Que l'hélico reste en *stand-by*. Je vous rappelle.

Il raccrocha et alla retrouver Exaltación. Le convoi était toujours là, ses occupants à l'intérieur du *shopping center*.

– Tu as vu ? demanda-t-il.

Elle sourit.

– Bien sûr, c'est le nouveau cardinal de Tijuana. Il fait attention. Mais il n'a rien à craindre. Il a déjà accepté de recevoir Benjamin... Il a compris où est son intérêt. Tu as parlé longtemps...

– Un hélicoptère est prêt à venir nous chercher, annonça-t-il. Tu es certaine de ne pas vouloir changer d'avis ?

– Certaine, laissa tomber Exaltación.

– Mais je ne crois pas à ton histoire de tunnel... soupira Malko.

Elle ne répliqua pas.

Avec la clim, il ne faisait pas trop chaud dans la Silverado. Exaltación alla acheter un journal. Ils se relayèrent pour surveiller la sortie des camions.

– *Vamos !* lança soudain la Mexicaine.

Le mufle jaune du semi-remorque venait d'apparaître au seuil de l'entrepôt du transitaire.

*
**

Le camion jaune longeait le terrain de sports de *Mesa de Otay,* montant vers le croisement des routes de Tecate et de celle qui longeait la frontière en direction de l'aéroport. Ils avaient laissé plusieurs véhicules entre eux et lui. Son numéro correspondait bien à celui que détenait Exaltación.

— S'il va tout droit, c'est fichu, grommela-t-elle entre ses dents.

Pas lavée depuis vingt-quatre heures, les traits tirés, sans maquillage, elle n'était pas au mieux de son charme. Seuls ses seins aux longues pointes moulées par le jersey lui conservaient son côté sulfureux de salope tropicale.

Au croisement, le chauffeur du camion mit son clignotant. Il tournait à gauche. Exaltación poussa un cri de triomphe.

La route tournait encore, longeant le mur-frontière. Un bâtiment rouge apparut, avec un terre-plein encombré de camions. Derrière, se trouvait un grand hangar au toit bleu, prolongé par un mur blanc. Le camion remit son clignotant et s'arrêta pile au portail.

Au moment où Malko passait devant, celui-ci s'entrouvrit, révélant une grande cour entourée d'entrepôts et quelques véhicules.

— C'est là ! s'écria Exaltación.

L'entrepôt ne portait aucune inscription. A droite de la porte se dressait une sorte de mirador au toit bleu d'où on surveillait les entrées. Exaltación lança à Malko :

— Fais demi-tour, il ne faut pas passer devant l'aéroport. C'est trop dangereux.

Malko s'empressa d'obéir et ils rebroussèrent chemin. Le portail s'était refermé.

— Nous tenterons le coup ce soir, annonça la jeune femme. Maintenant, il y a trop de monde.

— Comment trouverons-nous l'entrée du tunnel, s'il existe ?

Le sourire d'Exaltación aurait glacé un cobra.

— On trouvera quelqu'un pour nous renseigner...

Malko n'était pas chaud pour retraverser la ville dans la Silverado, mais il dut reconnaître qu'elle avait raison. Leur armement ne leur permettait pas d'engager une bataille rangée. Encore une fois, la chance était de leur côté. Ils n'avaient pas croisé une seule voiture de police quand ils retrouvèrent leur planque. Les recherches des Arrellano devaient se concentrer autour de la frontière et des routes quittant Tijuana, depuis le vol de la Silverado.

Le soleil commençait à taper. Le 4 x 4 au garage, ils cherchèrent de l'ombre. La journée allait être longue. Malko pria de toutes ses forces pour que ce soit *vraiment* la dernière à Tijuana.

*
**

Malko regardait les étoiles s'allumer une à une dans le ciel. Enfin, il faisait nuit ! La journée avait été interminable, chaude, épuisante pour les nerfs. Grâce à la radio de la Silverado, ils avaient eu quelques nouvelles du monde extérieur, mais rien qui les concerne. La mort d'« El Coyote » n'avait rien dû changer au dispositif déployé contre eux. Au contraire.

— Allons-y, proposa Malko.

Il était neuf heures. Il se glissa au volant de la Silverado et lança le moteur. Cinq minutes plus tard, ils roulaient sur l'avenue Jose Galleros. L'idée de Malko était d'emprunter Lazaro Cardenas et de foncer vers le nord en contournant Tijuana par l'est. Au croisement de Lazaro Cardenas, le feu était au rouge.

— Vas-y quand même, lança Exaltación.

Malko tourna à droite. Il n'était pas engagé dans Lazaro Cardenas depuis vingt secondes que le hululement d'une sirène de police fit bondir son pouls à cent cinquante. Il jeta un coup d'œil dans le rétroviseur et aperçut derrière lui une voiture de patrouille, gyrophare allumé, qui l'avait pris en chasse !

Il voulut accélérer, mais un fourgon, devant lui, le gênait. La voiture de police le doubla, sirène hurlante, pour piler en travers de la route, cinquante mètres plus loin. Deux policiers en jaillirent, arme au poing.

Malko doubla enfin le fourgon. Le véhicule de police ne lui laissait pas la place de passer, mais la Silverado pesait plus de deux tonnes. Avec ses énormes pneus et son pare-chocs de camion, c'était un monstre. Malko vit un policier en train de les ajuster, son arme tenue à deux mains. Exaltación hurla à côté de lui. D'excitation, de haine, de peur, il ne le saurait jamais.

Une flamme orange jaillit du revolver du policier et Malko rentra instinctivement la tête dans les épaules.

Le pare-brise s'étoila, juste à la hauteur de sa poitrine. Il réalisa alors qu'il était blindé. Dix secondes plus tard, le pare-chocs de la Silverado heurta l'arrière de la voiture de police, la projetant sur le côté. Malko sentit à peine le choc. Exaltación poussa un cri sauvage. Devant eux, la route était dégagée. Dans le rétroviseur, Malko aperçut la voiture de police qui commençait à brûler.

Il écrasa l'accélérateur. Pendant plusieurs kilomètres, ils roulèrent à tombeau ouvert sur des avenues désertes, s'attendant à chaque seconde à voir surgir une voiture de police.

Rien.

Puis la route s'incurva vers la gauche : ils n'étaient plus qu'à quelques centaines de mètres de la frontière.

– Nous sommes arrivés, annonça Exaltación.

Une petite ligne droite, cette fois parallèle au mur-frontière, et les phares éclairèrent le bâtiment rouge devant lequel étaient garés plusieurs camions, puis l'entrepôt bleu d'où, d'après Exaltación, partait le tunnel vers les Etats-Unis. Il n'en était plus qu'à une centaine de mètres.

Bien entendu, le portail était fermé. Sans hésiter, Malko

effectua une large courbe sur la grande route déserte et braqua sur sa droite, fonçant vers le portail cadenassé.

– Tiens-toi bien, lança-t-il à Exaltación.

A quarante à l'heure, il lança la Silverado à l'assaut du portail.

***

Les deux vantaux métalliques s'écartèrent dans un fracas de tonnerre, sous le choc. Sur son élan, la Silverado parcourut encore une dizaine de mètres dans la cour déserte et sombre. Malko stoppa au moment où une lumière s'allumait dans le mirador, à côté de l'entrée. Exaltación avait déjà bondi à terre.

Courant jusqu'au portail, elle en repoussa tant bien que mal les battants. Un gardien hagard, torse nu, clignant des yeux et puant la tequila, surgit face à elle. Elle enfonça le canon du MP 5 dans son estomac maigre et aboya :

– Tu me mènes au tunnel ! *Ahorita*.

– Quel... Quel tunnel ? balbutia l'homme.

Sans hésiter, Exaltación dirigea le canon de l'arme vers le sol et appuya sur la détente. Le type poussa un cri horrible et tomba. Le projectile lui avait transpercé le pied. Exaltación appuya le canon contre son cou.

– Tu me mènes au tunnel, *hombre*. Ou la prochaine te fait exploser la tête...

Jesus Menez, humble employé du cartel de Tijuana, n'était pas un héros. Aidé par Exaltación, il se releva et boitilla, hochant la tête en signe de bonne volonté. La jeune femme le soutint jusqu'au hangar de droite. Malko fit coulisser la porte, le gardien alluma. Des caisses s'empilaient partout. Il les mena vers un petit bureau vitré, désigna un vieux tapis usé jusqu'à la corde qui couvrait toute la surface de la pièce.

– *Está aquí*.

En un clin d'œil, ils eurent bousculé les meubles. La trappe mesurait bien un mètre carré. Son ouverture déclencha un éclairage secret. Une échelle métallique s'enfonçait comme dans un puits. Exaltación repoussa le gardien. Ils n'avaient plus besoin de lui... Il leur fallut un temps très long pour atteindre le fond. Le puits mesurait au moins une dizaine de mètres...

Ensuite, le tunnel filait à l'horizontale, vers le nord, éclairé par des lampes grillagées. Le sol était recouvert de claies métalliques et le tout étayé comme dans une galerie de mine. Du beau travail.

Sans dire un mot, ils parcoururent un bon kilomètre dans un silence absolu. Maintenant, ils étaient sans doute aux Etats-Unis. Malko n'en croyait pas ses yeux et ne sentait plus le poids du précieux dossier d'Armando Guzman. Au bout du tunnel, ils tombèrent sur une porte fermée à clé. Les dernières cartouches du M 5 firent exploser la serrure. L'éclairage révéla une grande pièce rectangulaire. Dans un coin étaient entassés des sachets de plastique transparent : de la cocaïne. Il y en avait bien deux tonnes ! A l'opposé, ils découvrirent des paquets rectangulaires enveloppés dans du papier marron, un peu comme des rames de papier. Exaltación en prit un et l'ouvrit. Son cri fit sursauter Malko.

– *Mirá !*

Elle se retourna, brandissant le paquet éventré. Il contenait six liasses de billets de cent dollars. A vue de nez, chaque liasse devait compter une centaine de billets. Malko, en comptant les paquets, fit un rapide calcul : il y en avait pour environ dix-huit millions de dollars...

Il n'avait jamais vu autant d'argent.

Et dire que cela ne représentait qu'une semaine au plus de vente de cocaïne en Californie !

Il s'attaqua à une seconde porte, pas même blindée. Cette fois, ce furent les cartouches du pistolet qui servirent. Il termina en défonçant la porte à coups de pied. Elle donnait sur un escalier de ciment, qui aboutissait à une trappe. Ils peinèrent un peu pour la soulever, y parvinrent finalement, et trouvèrent exactement la même disposition que de l'autre côté. La trappe s'ouvrait dans un bureau vitré qui donnait sur un entrepôt. Dans la cour, plusieurs véhicules étaient garés. Exaltación Garcia sortit et revint aussitôt, radieuse.

— J'ai trouvé un van avec la clé dessus, annonça-t-elle. Aide-moi.

Tous les paquets enveloppés de papier marron furent rangés dans le fourgon en à peine plus d'une demi-heure. La nuit, cet entrepôt n'était même pas gardé. Malko avait voulu utiliser le téléphone, mais Exaltación l'avait arrêté d'une voix sèche :

— Pas encore.

Ils sortirent de l'entrepôt. Au loin on apercevait les lumières du petit aéroport de Brown Field. Ils en étaient séparés par des champs, sur deux kilomètres de profondeur. Exaltación tourna à gauche dans un chemin non asphalté. Un peu plus loin, les phares éclairèrent un panneau : Kerns Road.

Ils étaient bien aux Etats-Unis. La route en rejoignait une autre, asphaltée, qui filait vers le nord : la Media Road. Les phares éclairèrent des entrepôts semblables à celui qu'ils venaient de quitter. Les transitaires pullulaient dans cette zone frontière. Deux kilomètres plus loin, ils tombèrent sur une grande route longeant Brown Field : Otay Mesa Road, la 905. Au carrefour, un fourgon blanc était embusqué dans une station-service fermée. Il portait sur son flanc, en grandes lettres noires : BORDER PATROL.

Exaltación éclata de rire.

Dix minutes plus tard, ils retrouvèrent l'Interstate Freeway n° 5, filant vers San Diego et le Nord. Un peu plus loin, Exaltación sortit du *freeway* par la rampe indiquant South San Diego. Elle stoppa sur le terre-plein d'une station-service, à côté d'une rangée de cabines téléphoniques.

— Maintenant, tu peux téléphoner, dit-elle. Sinon...

— Sinon quoi ?

Elle sourit à Malko.

— Tu viens avec moi. Tu as droit dans ce cas à la moitié de cet argent. Mais je te préviens, je ne suis pas facile à vivre.

— Je te remercie, dit Malko, mais ma vie est ailleurs.

— *Muy bien !* fit-elle, philosophe. Mais je ne regrette pas de t'avoir rencontré. Un homme capable de refuser tant d'argent... Tu dois venir d'une autre planète. Mais j'ai un cadeau pour toi.

Elle sauta à terre et alla ouvrir l'arrière du fourgon. Elle en sortit un sac qu'elle tendit à Malko.

— Qu'est-ce que c'est ?

— La tête de Ramon Arrellano, dit-elle calmement. Lundi, je savais qu'il était chez sa nouvelle maîtresse, Angelica. J'ai attendu qu'il sorte, il était seul... J'avais la machette d'« El Coyote ». Je n'ai jamais été aussi heureuse de ma vie que lorsque j'ai vu la terreur dans ses yeux.

Elle sourit tranquillement.

— Je garde la machette. En souvenir. Prends la tête : elle vaut un million de dollars. Je n'ai plus besoin de cet argent-là. Prends ça aussi. Il ne m'a jamais quittée. *Recuerdo.*

Elle lui tendit son Zippo au scorpion de turquoises et l'étreignit. Une sorte d'*abrazo*, à la fois tendre et sensuel. Puis elle recula.

— *Ahorita, adiós.*

— Où vas-tu ? demanda Malko, suffoqué.

Elle éclata de rire.

— Là où personne ne me trouvera. Aujourd'hui, je commence à vivre.

Elle remonta dans le fourgon et démarra aussitôt. Malko suivit des yeux pendant quelques instants les gros feux rouges rectangulaires, puis abaissa son regard sur la serviette d'Armando Guzman. Les événements des derniers jours se bousculaient dans sa tête. Il avait encore échappé à la mort, tué un homme de sang-froid, refusé la fortune et il ramenait de quoi secouer le système politique mexicain.

Il se sentait dans la peau d'un matador qui vient enfin d'estoquer le taureau féroce qui a failli le tuer.

36.15
SAS

LA MESSAGERIE D'ALEXANDRA

✱✱

LA COMTESSE
ALEXANDRA
VOUS RACONTE SES
AVENTURES
LES PLUS TORRIDES
SUR MINITEL

IBT 1,27 F/mn

IMPRIMÉ EN FRANCE PAR BRODARD ET TAUPIN
Usine de La Flèche (Sarthe), le 15-09-1995.
2424C-5 - Dépôt légal Editeur : 0704 - 10/1995.
ISBN : 2 - 7386 - 5733 - 8

42/5733/3